当代作家精品
散文卷

主编　凌翔

春水

秦景棉 / 著

文化发展出版社
Cultural Development Press

图书在版编目（CIP）数据

春水 / 秦景棉著 . — 北京：文化发展出版社，2020.11
ISBN 978-7-5142-3233-2

Ⅰ. ①春… Ⅱ. ①秦… Ⅲ. ①散文集－中国－当代 Ⅳ. ① I267

中国版本图书馆 CIP 数据核字（2020）第 203132 号

春水

秦景棉 著

责任编辑：魏 欣
出版发行：文化发展出版社（北京市翠微路 2 号 邮编：100036）
网　　址：www.wenhuafazhan.com
经　　销：各地新华书店
印　　刷：唐山楠萍印务有限公司

开　　本：710mm × 1000mm 1/16
字　　数：220 千字
印　　张：16.5
印　　次：2020 年 11 月第 1 版　2020 年 11 月第 1 次印刷
定　　价：55.00 元
I S B N：978-7-5142-3233-2

序　心灵的春水

许福元

秦景棉以一个朝圣者的虔诚，在文学创作之路上，一步一步坚韧地前行。无论换什么样的鞋子，她只认准在这一条路上跋涉，她对文学的持抱一直没松手，一直秉持着耐心和毅力。现在的这本散文集《春水》已经是她第五本个人专集了。

在澳大利亚，她面朝大海，看海天一色，浪花如雪；在悉尼的别墅，她修剪草坪，与孙女共舞，秋千春风。带露摘黄瓜，经霜采紫叶，以一种闲情静享时光。但时时地一怀乡愁，梦回北京。觉得北京才是最真实的家，处处都弥漫着家的味道。她为作为一个北京人而感到自豪，为作为一个中国人而感到骄傲。在异国他乡也常常绽放其标准定制式的笑容。

书中的文字，有雨中去东城区图书馆听课，有雪中去文化宫取经；有于灯光璀璨的舞台上献舞，也有回到燕赵大地对家乡的感怀。自然，不乏对亲情的诉说，对文友的记述，对同事的感恩，对逝者的追思。

秦景棉多愁善感。结网的蜘蛛，砖缝的小草。弟弟的小小苦难，父母的轻声叹息，还有朋友间脸色的阴晴圆缺，擦肩而过路人的一颦一笑，都会引起她心海的涟漪波动不止而流露于笔端，凝滞于稿纸。生活在文学之外的人，是不大会懂得文学中人的感受及其内心丰富的世界。

是的，这本散文集里，并没有宏大的叙事，沉重的主题。篇幅也短小，行文也收敛。当行则行，当止所止。然而有对人生的哲思，对世相的剖析，对生活的感悟，对家人、亲人、友人的情愫。所有的文字都晾晒在丰沛的阳光下，没有黑暗，连灰色也不曾有。却充满热爱生活的情趣又不失典雅的小幽默，小心思，小情绪。平凡的小事，在秦景棉的笔下，就成了阅读者有滋有味的享受。逐篇读来，犹余音在耳，有意犹未尽之感。

究其原因，我想作者虽讲的是身边的人和事、景与物、阅历与过程，但她用文学之文字参与进来，用文学的眼光抚弄开来，所经历的人和事，于是虽平常则不再平淡，就生出许多明亮与明媚、异彩与华彩来。也许不只是读者，就是作者自己回望自己曾经留下的文字，也觉得此情值得追忆，不负流年。过去时时再现，即使只是一个人的感动。不然的话，经历过也就经历过了，不会留下轨迹。就如鸟儿飞过天空，天空并未留下鸟儿飞过的痕迹。

秦景棉的文字，如春水般明澈荡漾而又似河流倒影。没有晦涩艰深之词，无佶屈聱牙之语。自然而平实，鲜明而质朴。她的作品基本上是写实，写实却很需要功力，观察要细致细微，描写要准确传神。

作者的文字如春水，其心灵必然也如春水。她笔下呈现春光无限，鲜花烂漫。一个人的创作，总是和他的经历与阅历有关。一个作家写来写去，其实还是在写自己。秦景棉从家门到学校门，从学校门到大工厂门，从大工厂门又回到家门，如此波澜不惊。其经历与阅历决定了她的写作风格，其风格来源于其心态与心境，静谧平和如春水，澄明通透。但痴怨爱恋的心绪，有感岁月蹉跎的惆怅与得宠于家庭的安宁，也汇集在这里。这也是生命的本真。

秦景棉在现实中，不是一个精明人，却是一个厚道人，兼有自卑有余而苦于无法自我超越，有时就活在自己的内心世界里。有句话说得好，精明不是错，厚道才是福。从个人生活、家庭生活、社会生活诸方面来说，她确是一个有福的人。在我所接触文友中，在人生之路和文学创作的道路上，还从未见过行为如此端庄，行文如此规矩，她也太正派、太正常、太良善了。

每个人都有自己的样子。秦景棉所以成为这个样子的秦景棉，我想，她心中总有一湖波光潋滟，涟漪叠叠，清新朗洁的春水。

许福元（中国作家协会会员）

2020.5

目 录

第二辑　心海微澜

第三辑 缘起人生

第一辑　悉尼琐记

修剪草坪

来悉尼将近一年了，这是第几次修剪草坪，已经记不得了。但每一次操作，都像为新娘子修剪头发帘儿似的，认真，细心，专注。

一月，尚在夏日，草长得快，几天工夫，就窜出来一大截子。傍晚，天儿凉快了，儿子推着割草机，在院子里和大门外的草坪上，来来回回，嘟嘟了一遍。机器经过的地方，平展展齐整整，一片新绿茬儿。草坪周边摆放花盆的地方，机器推不到的边缘，就需要修剪一下。割草机的活儿干完了，已经八点半，天色渐渐暗下来，我想趁着凉快进行修剪，已经看不太清楚了。

次日，吃过早饭，来到草坪上，天空没有一丝云，太阳升起来就毒辣辣的，霸气十足，威力四射，整片草坪全都裸露在强光下，让人望而却步。如果等到傍晚再干，担心干不完就天黑了。没有人规定必须什么时间干完，家人劝说每天少干点儿，自家的院子自家的草，什么时候干或者不干，都不碍事的。可我看着别扭，恨不能立刻把它修剪利索。

北面墙根下有窄窄的一条阴凉儿，我打算从那里下手。

戴上手套，操起大剪刀，开练。剪刀开合，咔嚓，咔嚓，蹲着前行。不大工夫，腰酸了，背痛了，腿麻了，胳膊抬不起来了，坐在草地上喘口气，回眸一望，整片草坪洁净、齐整、养眼。于是，便有了一种小小的成就感。太阳越来越烈，阴凉儿瘦成窄窄一条，已经容不下我的身子，半个肩膀暴晒在阳光里，火辣辣的，汗水流进眼里，杀得慌。坚持干了一半，实在热了，疲惫了，便把剪下来的草放进绿帽儿垃圾桶，收工。

太阳西沉了，阳光撤离草坪，我戴上手套，提着剪刀，又上工了。没有了烈日的灼烤，小风一吹，挺舒服的。剪着剪着，便又大汗淋漓了，胳膊上腿上，多处奇痒无比，肿起了红疙瘩，不得不停下来抓挠。没有发现蚊子的踪影，也没有听到蚊子的嗡嗡声，蔫不出溜的，叮咬我好几口。悉尼的蚊子真够凶狠的。

家人不停地劝说别干了，我一边答应着马上，一边咔嚓咔嚓前行。腰疼极了，忍着，坚持。终于在晚饭前干好了。

草坪焕然一新。

以前，每每听到某某住别墅，家中有大片的草坪，便感觉很诗情画意。一旦拥有了，诗情画意就变成寻常、劳累、不以为然了。

晚上，爱人点燃一支烟，在草坪上凉快儿。他隔着一扇纱门叫我：别老闷在屋里，出来透透风。我随他来到草坪上，四周很安静，半个月亮像美女的侧脸剪影，星星亮晶晶的。我坐在草坪的秋千上，爱人坐在滑梯上，我们望着星空，嗅着花草的清香，慢声细语，聊起了家常。此时此刻，我好像突然感觉到，诗情画意光临了。凉爽的风飞舞着我的鬓发，似乎把心门也吹开了，一腔的清爽，满心的蜜意。

心儿随风飞舞，想到了童年在河北老家过夏天，那个时候，没有电扇，更没有空调，到了晚上，屋子里闷热，睡不着觉。母亲不停地为我们扇扇子，一旦停下来，越发地热了。于是，母亲抱一床被子，蹬着梯子上了房，老家的房顶是平的，她把被子铺开，放好枕头和被单儿，然后把我们一一带到房顶。哇！房顶上视野开阔，小风习习，甚是凉爽。仰面躺下，蓝天变成了屋顶，高深莫测，满天繁星，赶集似的，磕头碰脸。我们找北斗星、牛郎织女星、八砖琉璃井星，找着找着，便滑入甜美的梦境。那个画面，何时想起来，都觉得挺诗情画意的。

想到此，我无声地笑了，对爱人说：“今晚，我们睡在蹦床上数星星怎么样？”

草坪，花香，星星，月亮，秋千，蹦床……那些原本存在身边的东西，你留意了它们，并赋予它们诗意，你便会感受到生活美好的一面。如果对它们视而不见，整天在柴米油盐锅碗瓢盆以及孩子的哭闹声中转磨，拔不出身子，也就远离了诗意。

其实，生活中不是没有诗意，而是缺乏一份宁静温和的好心情去品味。今晚，坐在刚修剪过的草坪上，我感受到一次难得的诗情画意。

2017.10《慈善北京》第 20 期

舞动悉尼

一艘游轮开过来了，船行，浪涌，灯影被搅乱了，无数灯火在水中扭动着身躯，欢腾，跳跃。岸边，大桥旁的空场地儿，飘荡着欢快的乐曲，我和来澳洲或定居或探亲的姐妹们一起，伸臂，踢腿，压腕儿，翻腕儿，旋转，腾挪……心儿随着歌曲欢畅，形体随着舞动飞扬。

初到悉尼，原以为，我将在这里度过单调乏味的一年。这一年，将会没有歌声舞蹈相依，没有读书写作相伴，有的只是干不完的家务以及围着孩子团团转。

数日过去了，那天在海边，在绿草地的亭子下，我环视四周，空无一人，便想活动活动筋骨，来一段舞蹈。于是，把袖珍播放器打开，和孙女一起，跳起了舞蹈《梅花引》。孙女亦步亦趋，跟在我身边，学得专注认真。一曲，两曲，连续跳下来，累了，汗珠子也下来了，我们便坐在草坪上歇息。有位老外走过来，经过身边，他没有一直走过去，而是停下来，一脸友善，微笑着，要和我长谈的样子。他语速很快，一嘟噜一串儿的，一口气说了很多。我摇摇头：No English，他听后，没有停止的意思，继续说着。我虽然听不懂他的话，但从他频繁竖起大拇指的举止中，从偶尔蹦出的 beautiful 单词里，我似乎明白了，他在夸赞我的舞蹈跳得好。

哦，我想起来了，在我环视四周时，好像远处的长椅子上坐着一个人，背对我们，面朝大海。我不清楚究竟是在什么时候，这位陌生人开始打量我们的。但我知道，一定是我所跳的中国古典舞，吸引了这位四五十岁的老外，他很可能注意我们有一会儿了，不然怎会发出那么多感慨。我是从他的表情里，从他的目光中，以及从他迟迟不愿结束的长话中感觉到的。那一刻，我有点欣喜。我是一个自卑有余自信不足的人，陌生人的赞许，让我对所跳的舞蹈充满了自信。

在以后的日子里，我想跳舞锻炼时，不再回避人了，无论是中国人还是外国人。我经常带孩子去家附近的海边、游乐场、大草坪上、亭子下玩耍，想活动筋骨了，就拿出袖珍播放器，舞上一曲。见面打招呼的华人，日子长了便熟悉了。她们有时会说："大姐，给我们跳一段舞吧。"每当此时，我便爽快地答应，把播放器挂在小孩儿推车上，舞动起来。孩子们围着我，伸胳膊踢腿地模仿，有的姐妹跟在我身后跃跃欲试。有音乐舞蹈相伴的时光，总是欢乐的。一个人的舞动，能有观众，能为周围的人送去开心一刻，自身也收获了开心。

我的舞蹈可谓抛砖引玉。来澳洲为子女照看孩子的华人中，有爱唱歌的，有爱跳舞的，有爱玩儿乐器的。那日，我们在海边，来了一段湖南、上海、北京同唱一台戏。来自湖南的吴革峰夫妻，一个拉二胡，一个弹中阮；来自上海的左岸夫妇，女的唱歌，男的用手机拍照；来自北京的一对，是我和我的爱人，我跳舞，他录像。音乐响起来了，歌者放开了喉咙，我开始翩翩起舞。在游乐场陪同孩子玩耍的华人和老外，不少人把头扭转过来。大一点的孩子，像猴子似的，从攀爬的绳索上跳下，停止了滑滑梯、荡秋千，奔过来看热闹，休闲的老外也驻足观赏。柔美的歌曲，像一股清爽的风，吹过花草树木，滑过海水岸边，注入每个人的心田。

后来听说，我们所在的社区，每周二为华人提供免费听英语课，为孩子们提供各种玩具和游乐场所。我们几个便结伴前往，带孩子到那里玩耍。除了听英语，带孩子玩儿以外，还有教唱歌的，辅导跳舞的。舞蹈难度不大，我跟着跳了一会儿便学会了。活动结束后，美丽河畔艺术团团长丽莎从中挑选了几位女士，我也在其中，说是要参加演出。

于是，便有了文章开头的一幕。每天晚上，美丽河畔艺术团的舞蹈队员，都要集中到海边大桥下的空场地儿，沐浴着海风，欣赏着海景，在欢快的音乐中畅游一小时。

我们的舞蹈曾在多种场合演出。后来，此舞蹈被悉尼北京之声合唱团团长看中，同其他演出队一起，到波兰克汤姆为西人奉献了一台精彩的文艺节目。蓝天白云下，大片的草坪上，老外们或坐垫子，或带座椅，密密麻麻，铺展了一地，观看华人演出。

“走遍了南北西东，也到过了许多名城，仔细地想一想，我还是最爱我的北京。”嘹亮的歌曲在悉尼上空盘旋，在欢快的乐曲中，我登上敞亮的舞台，翩翩起舞，我的身心一起随乐起舞、飞扬。我们的表演得到了外国人的喝彩。那一刻，我在心里说，祖国，亲爱的母亲，您的儿女走出国门，用文艺演出的形式，向西人展示了华人的风采，通过载歌载舞的方式，向澳洲人民传播中华民族博大精深的文化，给您增光了。

演出结束了，我们的队员结伴走在大街上，一辆轿车驶到我们身边停下来，里面的外国人探出头，向我们伸出大拇指，说刚刚看了我们的演出，用一连串的英语夸赞我们，使人备受鼓舞。会英语的队员和他们聊着，表示感谢。

时隔一日，我们的舞蹈又登上悉尼达令港的大舞台。我们的节目刚演完，悉尼北京之声合唱团团长章琳，带领着她的合唱队队员，离开达令港，走进悉尼歌剧院，参加晚上的那场演出。

听，风在吼，马在叫，黄河在咆哮，黄河在咆哮……震撼人心的歌声在悉尼歌剧院回荡。唱吧！华人的歌喉，唱响了澳洲，响彻在地球村的角角落落。

看，古典舞，民族舞，彩扇舞，广场舞……遍及澳洲的大小舞台。跳吧，华人的身姿，舞动了悉尼，舞动了世界各地。

2016.10—12 月《首都公共文化》总第 40 期

悉尼的“反常”

天蓝水蓝空气净，花红叶翠草木青，这是悉尼一年四季不变的景象。然而稍加留意就会发现，在这不变的大背景下，似乎存在着些许反常。

进入五月，秋已渐深，路边的枫树上摇曳着无数火红的五角小扇子，在周围一片绿色中显得格外抢眼。不远处，在一户人家的院子里，有一棵不知名字的树，形状收敛，亭亭玉立。金黄的叶子均匀飘落在树下的草坪上，黄绿相间，雅致好看。故而每日经过此地，我总要多看上几眼。秋深叶落，是很正常的自然现象。当树上的叶子落尽，我想它该歇冬了，等到春来再发芽。因此，也就不再留意那棵光秃秃的树了。

一日经过这里，偶尔抬头，发现这棵树上竟然钻出一片淡粉色的花。秋去冬来，它却落尽黄叶开粉花。紧接着就是花落叶生。季节的脚步还在冬季里遛弯儿，这棵树已经全身披挂新衣，融入绿色海洋中了。

我家院门外有一棵树，叶片像极了含羞草，但它没有含羞草特有的敏感，任你怎样摇晃触碰，叶片也不闭合。这种树在夏秋冬三个季节时，叶子茂密而浓绿，到了春天，它的叶子便开始变黄飘落，可谓逆季节而生长。春的脚步临近夏的门槛了，在一片新绿老绿的映衬下，这棵树变成了“秃和尚”，远远望去，枝枝杈杈一片萧条。待走近了，才发现有墨绿色的嫩芽鼓包，已经悄然钻出。

又过了数日，鼓包里绽放出紫色的花，形状似喇叭，先是一两朵，紧接着一嘟噜一串的，压弯了枝头。进入春夏交替的季节，花开繁茂，摇曳着一树的浪漫。远远望去，像一片片紫色的云。这种树叫蓝花楹，花语是宁静，深远，忧郁，在绝望中等待爱情。时常走着走着，不期然就会撞到一树的花，累累的，紫莹莹一片，似乎要把人间的烂漫全揽在怀里。每天，都有无数朵紫色喇叭花，相继开放，飘落，树上树下，一片紫色，置身树下，有一种进入童话般梦境的感觉。渐渐地，随着花开花谢，绿叶悄悄地长出，及至深夏，它逐渐脱掉了紫裙装，换上了绿衣裳，蓬勃出满树碧绿。

我仔细观察过，这种蓝花楹，最早绽放出花朵的时间，是在10月18日左右。紫色的喇叭花，一边绽放，一边飘落；一边飘落，一边绽放。到了11月10日左右，是花开的鼎盛时期，树上一片紫色，树下紫色一片。奇怪的是，那些个日子，每天都落下密密麻麻的一层，树上的花一点不见少。慢慢地，随着绿叶的生出，花朵才不易觉察地开始稀疏，一直开到来年1月。月初，一场大雨过后，我以为所剩无几的花朵，会被风雨击落得干干净净。不料，1月7日凌晨，我抬头向门口的蓝花楹望去，还有最后几束喇叭花，精神抖擞，在满树碧绿中，婀娜地摇曳着，不肯退去。

悉尼的夏日，太阳火辣辣得灼人，周边满是深浅不一的绿色。但马路上，草坪上，飘落着不少干黄的叶子，我看不出它们是从哪棵树上落下的。风像一把扫帚，把落叶聚拢，这里一堆，那里一堆，好像北京的秋风扫落叶。一日，我冒着酷暑，把门前马路边的树叶，装进齐胸高的绿帽垃圾桶，居然装了满满一桶。看来，四季常青的树木，在人们不易觉察中，正在进行着叶落叶生的新旧更替。时序也在悄然更替。

一日去商场途中，我发现一排三棵靠墙的树，它们的叶子，在炎热的夏季中变黄了，变枯了，继而掉得光光的。又过了些日子，当我再次经过这里时，树上又生出一片新绿。万物真是生生不息。

不仅树木有反常现象，人也有。就拿孙女就读的小学校来说吧，冬季里，外国孩子中有不少人依然穿着夏天的衣服。男孩子身着裤衩背心，女孩子穿着短裙。我时常看着他们裸露四肢，思忖着他们为何不怕冷？季节行走在冬日里，他们的穿着却像过夏天一样。看来人种不同，差异很大。不管怎么说，身穿大衣外套的人和着装裤衩背心的人，同时进入我的视线，还是感觉有点儿滑稽。在我们中国，有“二、八月里乱穿衣”之说，而在悉尼，我有幸目睹了冬季里来乱穿衣。

北京和悉尼相距万里，距离便意味着一种差异，悉尼的正午时分，太阳在北边，朝北开窗的房间阳光灿烂，和北京正好相反。北京入冬，悉尼入夏；北京入春，悉尼入秋。季节也相左……

世界的万千奇妙，我今生所能看到的，也许不到万分之一，感觉稀奇有趣的同时，对神秘的大自然充满了敬畏、迷惑、感恩之情。

2018.8.25《北京晚报》

小学生的日子

我每天送孙女上学，经常会听到她说，今天是什么节日，需要做些什么。

比如，3 月 18 号是和谐日，这一天学校规定，学生上学不必穿校服，可以穿上属于自己国家自己民族的服装。孙女穿了一件从北京购买的艳丽连衣裙，立刻变成了一只蝶儿，活泼、漂亮、可爱。

那天送孙女走进校门时，我的眼睛瞬间被点亮了，来自不同国家的孩子，脱掉了平时穿在身上的统一校服，穿上了颇具民族特色的行头，小姑娘个个花枝招展。在众多的服饰中，除了中国的旗袍，我只认识朝鲜服、印度服、日本和服等，其他的服装便一概不知了。

铃声响过之后，孩子们立刻涌到有顶棚的操场上，以班级为单位排成两行，在地毯上席地而坐，听校长和有关老师进行课前讲话。

首先，校长把各班着装最具特色的学生叫出来，站到前面排成一排。这些孩子的服饰最能代表自己的国家。他们面对大家，逐个介绍自己是来自哪个国家的。其中有两个穿旗袍的女孩，轮到她们介绍时，她们清脆地说出："china！中国！"

在异国他乡，看到中国孩子，并听到她们说是中国人，好亲切啊！

3 月 19 号是疯狂发型日。早晨，我像往常一样，把面包、牛奶摆在客厅的餐桌上，拿一把梳子，准备为孙女梳头。

突然，随着一声"奶奶"，孙女出现在二层楼梯口，我抬头一看，小辫子不仅梳好了，而且发型别致，装饰多多，配上黄色连衣裙，醒目、耀眼、充满朝气。听儿媳说，今天是疯狂发型日，学校要求给孩子们梳成各种发型。

孙女梳着别致的发型显得很兴奋，上学的路上一直蹦蹦跳跳的，速度比平时快了许多。

走进学校，如同走进发型展博会，每个学生头上都顶着家长们精心设计的发型。他们互相欣赏着，开心极了。

铃声响了，孩子们纷纷涌入操场，席地而坐。哇！眼前一片创意大展示，有的顶着一头小辫，有的把小辫支棱起来，再扎成复杂的形状，有的临时为头发涂抹上艳丽的色彩，一绺儿一个色，像是颜色大比拼。总之，各式各样，五花八门。

老师们在席地而坐的小学生面前，站成一道美丽的风景，女老师个个佩戴假发，火红的，翠绿的，金黄的，橘红的，颜色鲜亮，格外抢眼。有一位胖胖的男老师，戴一顶奇怪的动物帽子，当发型。

紧接着上来一位金发小男孩，坐在前面，有人为他当场理发。在大家的叫好声中，不一会儿他就变成了秃瓢，随后又陆续上来三位学生和一位老师，都被剪出不同的发型。在整个理发过程中，坐着的同学们不停地叫着，笑着，十分开心！

4 月 1 日是回顾历史日。学生上学时需穿上一百年前的校服，校长带头穿了一件类似中国白围裙的衣服，当然，比白围裙的式样要复杂一点儿，好看一点儿。邻居借给孙女一个白围裙，套在白衬衫外面，搭一条披肩，戴一顶小帽，很有历史感。

上课前，同学们依旧在操场上集合，老师把穿着像一百年前校服的孩子叫出来，在前面站成一排，让其他同学观赏，孙女也在其中。当天，学校领同学们去参观校史，讲述了一百年前校服式样的缘由。

那天，我注意到有不少学生，还是穿平时的校服。看来，学校的要求，家中没有类似一百年前的校服式样，也可以不照办。

学校的节日很多，有些节日我并不懂得具有什么意义，但孩子们是开心的、快乐的。平凡的校园生活，填充了丰富的内容，也许会在孩子们幼小的心灵中留下别样的感受和记忆。

孙女每天上午九点上学，下午三点放学。中间要吃三次东西，什么水果，点心，午餐。上课时，有时席地而坐，有时坐在小桌前画画、做手工。孩子们也背大书包，但里面不是课本，而是水瓶、水果和各种吃的。

他们的作业极少，上十周课就要放一次假。真是名副其实的快乐童年！孩子们在学校学的什么内容，我不得而知。不过我发现，5岁半的孙女，知识面还是挺广的。

一天放学后，她看到我出版的一本书，说："奶奶，我也要写书！"于是，她趴在玩具房的小桌上，拿出几张A4纸写了起来。她写了满满几张，竟还有封面和插图，全是我不认识的英文。等她爸下班回来，一边读一边翻译给我听，她居然编了一个美妙的童话故事。

2019.7.8 月合刊《东方少年》

悉尼的邻居

居住的这条大街上，除了一所学校、一所幼儿园外，总共有四户人家，分布在马路两侧，两两相对。三户是当地人，另一户便是我们，是我儿子家，是堂堂正正的中国人，来自首都北京。

每天出门，只要见到那三户当地人，他们便会微笑着用生硬的中国话同我打招呼：“你好！”就连对门刚满两岁的小男孩三米欧，见了我也会流利地说：“你好！”有一次，我抱着孙女，出家门向右侧的小桥走去，三米欧的妈妈热情地迎上来，邀请我到她家做客。我比画着说，孩子困了，我要哄她睡觉。三米欧的妈妈说：“随时欢迎你，带着孩子到我家里玩。”当然，后一句话是经过一位中国女孩儿翻译给我的。这些外国邻居们，操着各种腔调的中国话，向我问候，让我感到十分亲切。

距离圣诞节还有好几天，三户邻居就开始装扮自己的家，大门口纷纷拉起了彩灯，一嘟噜一串儿的，很好看。他们过圣诞节，就像我们中国人过春节一样重视。入乡随俗，儿子家的大门口、房檐上、树上、护栏边、草坪边，也都拉起了彩灯。夜幕降临，灯光闪烁，透着喜庆、热闹、好看。

圣诞节的前一天，吃过晚饭后，儿媳说：“出门向左走，整条街的夜景很好看，你们还不遛遛弯儿。”经儿媳提醒，我和爱人披上一件长袖衫出门了。外国人称这一天的晚上为平安夜。我们观看了三户邻居家布置的灯光，有彩灯长明的，有忽明忽暗的，有变幻莫测的，各有千秋，都很新奇、养眼。走出我们居住的街道，继续向前走，到了别墅相对密集的地方。五彩缤纷的灯光，把一座座别墅点亮了，把一棵棵树木粉饰了，把一个个门脸装扮了，把一块块草坪美容了。有的灯光像雨帘，在平展展的绿地上流淌；有的灯光像银蛇，在绿莹莹的果树上攀缘；有的灯光变幻纷呈，把人的心里映照得一亮一亮的，走在大街上，如同置身在歌舞厅，兴奋，愉悦，眩晕。在灯光制作的效果里，我好像游荡在梦幻中。

是啊，做梦似的，儿子羽翼丰满了，飞出北京的老巢，在地球村属于澳洲的地界儿上，建筑了属于自己的新家。他文明的举止，良好的品德，过人的才能，赢得单位同事和领导的好评，也赢得邻居们刮目相看。和我们家相邻的是三户外国友人，大人孩子都喜欢来家串门。每次，他们来家里玩儿，除了几句你好谢谢之类的短语外，我一律听天书似的，只有通过儿子或孙女翻译，才能交流片刻。他们来后，女人端一杯小香槟酒，男人拿瓶啤酒，坐在草坪长桌旁的椅子上，或干脆坐在草坪上，边喝边聊。孩子们随意从果盘里翻找爱吃的食物，那些东西是我从北京稻香村购买的，真空包装，有豌豆黄、栗子糕、小紫薯、茯苓饼、野酸枣泥、果丹皮、山楂片等。孩子们一副吃不够的样子，没几天，就把我带来的食品一扫而光。吃完了，就在草坪上折跟头，在蹦蹦床上弹跳。看得我心里一惊一乍的，唯恐哪个孩子有个闪失。

四户人家中的孩子，爱扎堆儿，他们如果听到谁家有笑闹声，就会跑出来加入。比如斜对门的那一家，有两个上小学的男孩，在盛夏的休息日，他们会在门口的草坪上，铺一块特殊的塑料布，注入水，四周的边缘，略微鼓胀，能喷出细细的水柱。中间是个长长的有一定宽度的凹槽，盛满水，融入一种润滑液，小哥俩身穿紧身短裤头，在草坪上助跑，然后扑进水里，一滑到头。有时候，他们会操起水管子，当滋水枪，浇得对方抱头鼠窜。他们的妈妈，穿件乳罩，坐在门口的大树下乘凉，手里端着一杯小香槟酒，眼睛盯着两个孩子玩耍、打闹，发出咯咯的笑声。声音传进我家敞开的窗口，儿媳让孙女赶紧换上泳衣，找他们玩去。左邻家的泰勒出来了，对门的三米欧出来了，瞬间，孩子们就凑到了一块儿，追逐、推拉、嬉戏。不大工夫，一个个小姑娘小小子，满身披挂水珠，在阳光下，像一条条跃出水面的鱼。

三户邻居家的别墅，都有些年头了，房屋比较陈旧，草坪的规模也比较窄小。相比之下，儿子的新家就气派多了，加之房屋所占的地势比较高，就有了一种鹤立鸡群的感觉。我从小受到的教育根深蒂固，那便是：生活上，向低标准看齐；学习上，向高标准看齐。所以，在国内，无论到同学朋友怎么豪华的家中做客，祝福、赞美的同时，我还是喜欢自己的温馨小窝儿。一个在生活上从不爱攀比的人，到了国外，看到中外两国人居住的差距，我还是挺高兴的。中国人，凭着自己的本事，住进这样的新居内，还是很自豪的。

听说外国人不攀比，不比谁的老子官儿大，不比谁的别墅豪华，不比谁家车子昂贵，更不比谁的服饰是什么名牌。他们很自我，很自信，过着属于自己的快乐生活。但是，我注意到了，自从邻居们来新居串门后，不久，都有了自己的行动。左邻居泰勒家，她妈妈本来是不上班的，在家做全职太太。忽然就找了一份工作，上班了。她说："我要挣钱，把房子重新设计装修一下。"斜对门那一家，也开始对厨房进行整修改造装饰，对门的女主人三米欧的妈妈，一位大学老师，时常露着一段洁白的后腰，蹲在门口的草坪上，拔除里面的杂草。我估计，他们都是想让自己的别墅，尽可能地漂亮起来。三家中，泰勒家的动静最大，工程最繁杂，时常干着干着，就停工了，说是没钱了，等挣了钱再继续干。我很疑惑，难道他们从来不储存钱？然而，装修可以停下，但丝毫不影响他们开着房车出去野营，乘着飞机出国旅游。

一次，三户邻居到我儿子家聚餐，儿媳做了许多菜，乒乓球台子似的餐桌上，摆放得满满当当。我为他们包的饺子。酒足饭饱，他们热情地聊着。我不会英语，无法加入交谈，心里痒痒的。见三米欧的妈妈一个劲夸赞饺子好吃，我有点忘乎所以，陡然冒出一股臭显摆的冲动。我在自己人面前，永远是一副谦虚谨慎的样子，但在外国人面前，潜意识里或曰不由自主地就挺直了脊梁。我借机向她比画着："明天，我代表中国人，要去悉尼的达令港表演节目。"她似懂非懂，问旁边的孙女，听明白后，"哇"的一声竖起大拇指。儿媳见状，把我的一本小说集递给她看，那意思不言而喻，我婆婆不仅爱跳舞，还爱好文学。三米欧妈妈的眼睛瞪得更圆了，惊讶的声音更高了。

此时此刻，我多想用流利的英语告诉他们，告诉这三户外国邻居家的全体成员：中国的变化太大了，中国的能人太多了，我算什么？我只是中国人群中，最最普通最最不起眼的一员。

走出国门，一有机会，我就情不自禁地想为母亲增光添彩，哪怕是微不足道的一笔。作为炎黄子孙，在外国人面前，我们的腰杆子是挺拔笔直的，我们的一言一行都有着中国人的尊严。我们在万里之外的澳大利亚，衷心祝福祖国繁荣昌盛！我们永远爱您——亲爱的母亲！亲爱的中国！

2019.5 期《邯郸文学》（发表时改了题目）

孙女为我做翻译

这次来悉尼，爱人说，孙女可以当你的小翻译了。

孙女5岁半，上小学一年级，说一口流利的英语，那声音，嘎嘣脆，铜铃似的，很悦耳。第一天送她上学，有位家长和我说话，我听不懂，让孙女翻译，她不乐意，扭转头，甩给我一根小辫子。我无奈地笑笑，用手指着自己："我，是她的奶奶。"对方似乎听明白了。又嘟噜了一句，看我实在听不懂，便和我道拜拜了。我自言自语："没人翻译，也不知人家说的什么，真别扭。我想明天就回北京。"大概最后一句话触动了孙女，她拉住我的手说："奶奶，那个阿姨刚才说，很高兴认识你……"我说："谢谢，谢谢你为奶奶翻译。"

我以为，孙女从此肯为我当翻译了。然而，事情并非我想得那么简单。有好几次，我和老外用尽比画之能，仍然搞不明白对方的意思。孙女看着我们干着急，却无动于衷。这让我很苦恼。

这次来，发现孙女弹钢琴、画画、游泳、滑冰，都很棒。她细柳身材，圆圆的脸儿，笑起来很甜美。尤其晚上睡觉前，总要站在楼梯口，向着楼下，满含深情地拉着长调叫一声"奶奶"，我应声后，会响起一串铜铃："奶奶晚安！早点睡觉，身体健康，天天快乐！"瞧这张小嘴有多甜。

当然，孙女也有不尽如人意的地方，比如，我发现她脾气变大了，一生气就爱大声嚷嚷，问什么都懒得回答，更谈不上做翻译了。她不愿意的时候，噘着小嘴儿，一句话不说。

记得第一次来悉尼照看她的时候，她很乖巧，很招人喜欢。刚会说话，我就经常在她耳边叨叨简单的唐诗，等她说话连成句子后，居然一首接一首，都背下来了。她性格随和，懂得礼貌让人，懂得关心他人。她爸爸每次洗完澡，刚一探头，被她发现了，会立刻跑到卧室帮着拿衣服……

我离开悉尼时，看着孩子的身心在健康成长，感到很欣慰。

这次来后，面对孩子的脾气，我很着急。但又不能上来就严厉批评。我们毕竟分开三年多了，虽然经常视频，孩子同我也有一种生疏感。此刻，我多想变成一位懂得孩子心理的教育家，给她以正确的引导，让她尽快改掉毛病，不再任性，不再稍不如意就发脾气。

今天，我去学校接她，铃声响过之后，孩子们背着书包从教室涌出来，小燕子似的飞到家长身边。孙女双肩背着书包，头戴遮阳帽，身穿草绿色短裙、T恤校服，从教室的台阶上走下来。她把书包交给我，便和同学们玩起来。我保镖似的追随在他们身边。不一会儿，过来一位女士，看样子像学校的老师，和孙女开始说外语，一长串说下来，一个熟悉的词汇都没有。我不解其意，问孙女什么意思，她不吭声，拉住我，很不情愿地走出校门。

我不甘心，继续问："是批评你了？说给奶奶听。"她发脾气："我不想说。"看她的表情，我猜想一定是挨批评了。我觉得，表扬什么，不知道无所谓，但批评什么，一定得想办法让她说出来，使她明白错在哪里，以便改正。见她不说话，我就讲她爸爸上学时的情况：你爸爸小时候，每天从学校回来，拉着我的手，把在学校发生的事情一五一十讲给我听。老师批评他的话，表扬他的话，他都告诉我。这时候，孙女慢慢靠近我，有了开口的意思，但还是满脸不悦。我继续说："奶奶想写一篇文章，题目是小翻译，是写你的。可是，我没有内容可写，因为你不给我当翻译。就像刚才，老师批评你什么了？错了就改嘛，有什么大不了的。"她拉住了我的手，我心中暗喜：有戏。她果然开口了："老师说，我没有参加跆拳道的学习，让我和奶奶回家吧。"

原来如此，我松了一口气。

接下来的日子里，我和孙女到家附近的游乐场玩，两位蓝眼睛的老太太见了我，微笑着说外语，我不知其意，孙女立刻翻译："她们说你长得很漂亮……"孙女向外国老人介绍说："她是我奶奶。"老太太听后，又说外语，孙女翻译说：“她们说我很幸运，因为我有一个漂亮的奶奶……”

那一刻我很高兴，因为孙女很爽快地为我做了一次完整的翻译，还因为我的形象没有给中国人丢脸。走出国门，我身上贴着一张明显的标签：黑头发黑眼睛的中国人！我不仅是我自己，更是一位堂堂正正的中国人。

孙女为我做翻译，有时爽快，有时不乐意。和孙女相处，使我感受到，教育孩子是个颇费心思的事情，首先要以身作则，处处为孩子树立好的榜样，要做孩子的朋友，和孩子一起进步，一起成长。

2018.4.28《北京晨报》

饯行饺子

连日来，走出家门，小鸟在树间跳跃，啾啾鸣唱，路上碰到的行人，他们攀谈起来，闻其声不知其意，也如同听鸟鸣。人言鸟语对于我来说，统统属于蛤蟆跳井，不懂。碰到热心的陌生人向我打招呼，我所能表达的，只有微笑。若对方继续笑着滔滔不绝地说鸟语，我只好来一句：I don't speak English，对方赶紧说 I am sorry，结束鸟鸣。

周日，陪孩子游泳回来，儿子儿媳说，要到一个中国朋友家包饺子，让我跟着一起去。一听说要见中国人，别提有多高兴了。况且，包饺子是我拿手的活儿。儿媳打电话问对方，还需要带什么东西？对方说，拿上你家的面板和擀面杖，赶紧来吧，其他人都到了。于是，带上面板、擀面杖、西瓜，还有从北京带来的十字绣等礼物，开车出发了。

这是一次中国朋友聚会，共来了四个家庭 16 个人。我加入包饺子队伍中。主人小郑的妻子和另外几个家庭的年轻妈妈，都很能干，光饺子馅就调了好几种，有韭菜的、茴香的、虾仁的等。两个人擀皮，三个人包，说说笑笑，很是热闹。

最热闹的要属孩子们了，他们一见面，就抱在一起又说又笑，又蹦又跳，一片叽叽喳喳，说的全是鸟语。主人家的别墅里，房间多，客厅大，凉台宽，草坪绿，花树美。孩子们一会儿跑到玩具房，摆弄各式各样的玩具，一会儿在草坪上追逐。他们家的草坪比凉台低了一人多高，需从凉台上走下几节台阶。我很纳闷，我们是走平地进来的，进家后，俯视看草坪，像是站在了二楼。主人解释说，这是利用原有的地势设计的，因为别墅后面有一片低洼地，正好种草，种树。小郑的母亲还告诉我，靠近凉台那片绿色植物，是她种的蔬菜，绿油油的，长势喜人。

几个孩子就利用这个落差，玩儿捞鱼的游戏。他们用根绳子系上小水桶，从凉台上放下去，接满水，装进几片或绿或黄的叶子，当成捞上来的鱼，然后由上面的孩子把小桶拽上来。如此单调的游戏，他们玩得津津有味，反反复复，乐此不疲。

我一直在包饺子，究竟包了多少盖帘儿，已经数不过来了。

作为客人，阳阳的爸爸自告奋勇，向主人请求负责煮饺子，一共煮了多少锅饺子，大概他也不记得了。听说这次聚会的由头，是为阳阳的爸爸饯行，因为他要离开悉尼，被派往布里斯班工作。

这些在悉尼工作的中国年轻人，虽然在此已经生活多年，却依然遵循着我们中华民族的许多传统习俗，比如这次聚会，就是按照“送客饺子迎客面”的习俗做的。

2015.3.8

除虱子

也许是条件反射，也许是心理作用，写下虱子二字，便觉头皮甚至全身刺痒。

一直以为，虱子这种东西，是和贫穷落后不讲卫生等字眼粘贴在一起的。从小就听说，穷生虱子富长疮。没想到，在发达国家，在澳大利亚悉尼市，和几十年不见的虱子不期而遇。

那天晚上，我正在楼下书房阅读文友送给我的《老子》，孙女站在楼梯口喊："奶奶，上来，除虱子。""什么？除虱子？哪儿来的？"我大惑不解，伴之而来的，还有一种耻辱感。

孙女戴一顶漂亮的浴帽儿，头上散发着一股药味儿。她刚刚涂抹上清除虱子的洗发液，需要捂一段时间。

哦，我想起来了。几天前，我去学校接孙女，班主任老师见到我，叽里呱啦说一通鸟语，我不解其意。孙女翻译说，老师见我总挠头，让仔细检查检查，看头发里有没有什么东西。因为，班里有的同学，头上生了虱子。

那天回到家，儿媳检查了，说没有发现异常，也用过药物预防。怎么？莫非真的发现了敌情？

果然，在孙女头上，用篦子梳下来一个很小的虱子。

儿媳爱干净的程度，那是相当够级别的。一人有情况，全家齐除之。无论男女老幼，无论长发短发，就连只有几根稀疏胎毛的婴儿，也都一一涂抹了药水。接下来，全家洗澡洗发。然后，所有的枕套、床单、被罩，统统扯下来，清洗。一家人，打仗似的，那叫一个紧张、忙碌。我甚至有点谈虱色变。

头上生虱子，无论如何，我都觉得是件很丢人的事情。有人说，这里的孩子生虱子，是件平常事儿，不足为奇。假如谁家大人发现，自己的孩子生了虱子，就会主动告诉曾在一起玩耍过的小伙伴家长，让他们及时检查，尽快除之。还有人说，可能这里的生态好吧，虱子才能存活。

虱子和生态是否有关，我不太清楚。我只知道，小时候，每到秋天，收割玉米、黄豆、棉花等农作物的时候，庄稼地里，欢蹦乱跳着许多蝈蝈、扁担钩、蚂蚱，还有漂亮的蝴蝶。蝈蝈有会叫的，有不会叫的。那种长尾巴不会叫的蝈蝈，还有扁担钩，有的肚子鼓鼓的，那是它们怀孕了。如今，不见了它们的踪影，这和生态有关，和使用化肥、农药有关。

在悉尼，买回家的青菜，上面经常有虫子在蠕动，这和生态有关，和不使用化肥、农药有关。

至于虱子，尤其在发达国家，在全世界数得上的、最适合人类居住的悉尼市，发现了虱子，不知和什么有关？有人说，和外国人家里养宠物有关。因为外国孩子和宠物过分亲密，被传上的。据我观察，有可能和长发以及气候有关。孙女就读的小学校，不知为什么，女孩子无论是金发还是黑发，一律留着长发，有梳马尾辫的，有梳两根辫子的，还有梳很多条小辫的。她们活动起来，经常汗湿衣衫，汗湿头发。这里的冬天不怎么冷，很多品种的花，依然开得恣意。老外的孩子，有不少女孩冬天照样穿短裙，有不少男孩子，照样穿裤衩短袖背心。莫非他们的体质不怕冷？女孩子发辫长，加上经常出汗，是否就形成了长虱子的土壤？今天送孙女上学，发现一个女孩把长辫剪成了短发，这是学校唯一的一个剪短发的女孩。我极想知道女孩剪短发的原因，她妈是马来西亚华人，会说简单的国语。

儿子把那个虱子放到显微镜下面，让孙女观察其长相，我也凑了过去。哇！显微镜下的虱子好大呀！长长的身子，六条腿，头上还有两个触角，肚子里有一道黑，是吸的血。我不由得开始挠头，浑身刺痒。

记得小时候，也见过这玩意儿，那是国产的。

读高小时，我和一个漂亮女孩邻桌，她眼睛大大的，睫毛长而密，皮肤细腻白净，头发油亮、顺溜，就像当今女孩在发廊做过的拉直一样。我时常痛恨自己的头发曲里拐弯，羡慕她的头发怎么长得那么好看。一天，上晚自习课，我的目光离开书本，看她垂在耳边的秀发。突然，发现上面有个东西在爬动，是虱子。再仔细看，黑黑的秀发上，有许多小白点儿，我知道，那是虱子下的蛋，是虮子。我赶紧把目光收回来，却无论如何学不下去了。如此干净漂亮的女孩，怎么会长虱子？我发现了敌情，没有告诉她，更不敢伸手捏住那个爬动的小东西，认为当面说了，做了，她会难为情，没面子的。显然，我是在为自己找借口，不管怎么说，我的做法和悉尼人相比，是不可取的。

红卫兵串联的时候，我们初一的学生在老师的带领下，来到北京，被安排住进中央水产部，等待毛主席的接见。当时是冬天，晚上，我们和来自新疆的、西藏的，总之都是来自五湖四海的学生，打地铺，挤在一起。一天晚上，我躺下后，发现有位同学抱着被子去了水房，好半天才回来。当时，看到的同学谁都没有多想。时隔几日，我们班心直口快的张大个，当着大伙儿的面，惊呼在被子上发现了虱子。大家纷纷查看各自的被子，都发现了敌情。这个时候，那位抱被进水房的同学才道出，她几天前就发现了，怕丢人没敢说。这位同学和我类似，一个是发现别人头上长了虱子，一个是发现自己被子上有了虱子，却都是顾及面子，闭口不提。这仅仅是生虱子，如果是重要疫情，发现了却不说，那情况就严重了。由此想到，生活中有的人得了肝炎，照样参加别人的请客；有的人得了皮肤病，照样和大伙儿一起泡温泉；有的人得了艾滋病，照样去理发店刮胡子。这些，似乎都是不道德的。

如此看来，悉尼人发现虱子后的做法，是可取的。他们不顾及面子，直言不讳及时告知和自己孩子接触过的小伙伴家长，使其尽快除之。老师对学生更是负责，观察很细致，发现哪位学生频繁挠头，及时告诉家长。

我十多岁的时候，见过两次虱子，认为长虱子是件很丢人的事情。如今，时隔 50 年，见到外国虱子，更是如临大敌，恐慌不安，依然感觉很丢人。50 年过去了，人间发生了太多太大的变化，然而，我认为长虱子丢人的观念，却丝毫没变。看来，人的某些观念，有时是相当根深蒂固的。

中国的古人曾将“扪虱而谈”视为佳话。然而，在现实生活中，我发现，人们总是喜欢晾晒光彩的一面，而把不体面甚至丑陋的东西包裹住，要想说出某件不体面或丑陋事情的真相，是需要觉悟和勇气的。

我能把一件认为丢人的事儿写出来，大概是受了悉尼人的影响。任何事情，无论美丑，敢于直率地讲真话，讲实情，才是可取的做法。

2015.6.11

带露摘黄瓜

窗外，雨下得正紧，一片唰唰声。雨帘倾斜而密集，千条，万条，沉甸甸地砸下来，砸出一个个明灭的水泡。院子里的草坪上，汪着水，石子路上的枕木，被雨水冲起来，像小船一样，随风漂荡。蓄水池满了，向外不停地流淌。到处都是雨水，万物都被水浸泡了。看来，靠近大海的老天，不哭则已，一旦哭起来，那泪水好像就刹不住了。

悉尼连续下了三天雨，夜间电闪雷鸣，动静之大，实属罕见。风声雨声，裹挟着凉飕飕的冷，阵阵袭来，秋意渐浓。记得北京的秋雨是淅淅沥沥的，连绵温和，这里的秋雨显得粗犷而凶猛，我添加了外套，心里、身上依然湿漉漉的凉。雨天让人伤怀，引发乡愁，下雨天使我越发思念河北老家黄土地里的父母，思念第二故乡北京，思念北京东城区东四的平房院，思念平房院里属于我的小窝儿，思念那里的亲朋好友，思念那里的一草一木，不由得泪水腮边流。

我期盼太阳赶紧上岗，晒晒我潮湿阴郁的心情。

第四天，雨住了，被刷洗了三天三夜的天空，越发蓝得透彻、水灵，白云朵朵，棉花糖似的，蓬松，洁净，真想伸手摘一朵，放入口中尝尝。

草坪上依然湿漉漉的，草叶上露珠点点，亮晶晶的，像是洒落一片珍珠。草坪边上几个大花盆里，生长着韭菜、香菜、黄瓜，都是亲家来后种下的，他们很有两下子，把大一些的花盆改良成小小的蔬菜基地，不仅养眼，还可以吃上自己亲手种植的菜。

韭菜长得齐刷刷，已经吃了好几次了。2015 年 3 月 30 日，我在朋友圈晾晒剪下来的韭菜：草坪边，花盆中，韭菜长得绿格盈盈。剪下来，包饺子，味道鲜美倍儿纯正。

香菜绿蓬蓬，做冬瓜汤，掐几根放进锅里，很是提味儿。尤其黄瓜，几天不见，手指头般的黄瓜长粗了，绿莹莹的，顶花带刺，有露水点缀，看着越发的鲜嫩多汁，不由得馋涎欲滴。这个黄瓜不同于从菜市场购买的黄瓜，它的成长包含了我们多少关注、关爱和期待啊！儿媳隔三岔五端出大碗的肉汤喂养它，我无数次用期盼的目光抚摸它，两个孩子天天站在黄瓜架下指指点点，问什么时候才能吃?

雨过天晴，心里也干爽多了。儿媳告诉孩子，那个大个儿的黄瓜可以吃了。大孙女激动地跑到室内，拿一把剪刀，在我们的注视下，从瓜的根部剪下。洗过，削皮，她一边脆脆地嚼着，一边赞不绝口，真甜！真好吃！

花盆里的东西，不接地气，能长成这般模样，已经很喜人了。兴许，每天都有几双关注关爱的目光抚摸它，给它送暖助力，才使它长得这般顺溜、鲜嫩、多汁、爽口。一根普通黄瓜，长在自家花盆里，就显得格外金贵，尤其是在三天大雨后，被隆重摘下来，看着孩子美美地咀嚼着，大人的心里有一种说不出的喜悦。

2015.4.23

合练小提琴

无论什么乐器，我一直认为，它们发出的声音都是悦耳的。也曾经听过大提琴、小提琴演奏，感觉很棒。然而，在悉尼某小学，听到孩子们练习的大提琴、小提琴合奏，彻底否定了我以往的认知。原来，大小提琴的声音如此不中听，或者说，孩子们拉出的声音不中听。

每周一早上 8 点，参加大小提琴合练的孩子们，背着书包，提着琴，赶往学校礼堂，在舞台上合练一个小时。而后，同其他同学一起，9 点钟正式上课。

约定 8 点合练，我发现有的同学经常迟到。先来的同学在老师的指挥下，先练。练习当中，总会有部分同学稀稀拉拉陆续赶到。到了也不着急，慢慢地取出小提琴，这里看看，那里拧拧，涂抹上松香，然后上台，站到自己的位置上。老师对迟到的学生什么也不说，有时还停下来，帮他们调整音调。

练习比较难的曲子，一年级的同学不会，就坐在台上玩自己的。

他们合练的曲子，没有一支是我喜欢的。不知是曲子的原因，还是技术问题，听起来都是吱扭吱扭、一顿一顿的，生硬而不连贯。包括老师拉的也不怎么悦耳，没有那种委婉、柔美、动听的感觉。

每次送孙女，总有一些家长站在台下听，我也是其中的一位。对此，学校不管，可以随意。直到集合的嘟嘟声响过，学生在操场集合，等待校长讲完话，目送孙女进了教室，我才离开学校。

观看孩子们合练大小提琴，总的感觉是，松松散散，玩似的。也许，他们的宗旨就是玩。

每周一，孙女带小提琴去练习，琴盒里总要放进 20 澳元，是给老师教琴的费用，也不知老师在什么时间段辅导她的。

孙女钢琴弹得不错，小提琴拉得一般般。

有一次，我问孙女的钢琴老师，她说，小提琴要想拉好，拉出好听的曲子，很难，需要下很大的功夫。钢琴就不同了，只要学会练熟一首曲子，弹出来就比较好听。

哦，原来如此。他们都是初学的小学生，能拉成那样子，也就不足为怪了。

2015.5.27

露天演出

清爽的草坪上坐满了人，密密麻麻一大片。他们大都以家庭为单位，把带来的毯子或防潮布铺在草坪上，上面摆上水果、饮料等，席地而坐，边吃边聊，等待着演出开始。

在湛蓝的星空下，不时有飞机经过，彩灯一跳一跳地闪烁着，引得孩子们举着小手，指指点点。突然，孙女指着一颗星星告诉我："奶奶快看，那是火星。"我顺着孩子指的方向望去，哦，看到了。继而转动脑袋，和孩子一起寻找北斗星。坐在草坪上仰望天空找星星，看星星，似乎是一种很奢侈的享受。很多年了，不曾有这般闲情逸致仰望星空了。

悉尼的天空好像很低，星星看着也并不遥远。置身在空旷的大草坪上，有一种野营的味道，有一种儿时看露天电影的感觉，有一种和大自然脸贴脸的冲动。总之，别样、新鲜、兴奋。

舞台塔建得很讲究，又高又大，上面、左右两侧、后面，都是封闭的，背景亮闪闪的。听儿子介绍，今晚将由悉尼管弦乐队在此演出，孙女也参与表演。

北京时间下午 5 点，是悉尼晚上 8 点钟。夜露降临了，空气湿润润的，小风一吹，携带着丝丝凉意。孩子们罩上了外衣，在大人中间穿来穿去，笑闹着追逐。

不知什么时候，演员已经布满了舞台。报幕员洪亮的声音响起来，演出马上就要开始了，走动的人们瞬间各就各位，很快坐下来，有鼓掌的，有叫好的，有尖叫的。音乐响起来了，指挥者个头不高，却很精神。一曲接着一曲，还有独唱。每次报幕说的什么，唱的什么，我一律听不懂，好歹音乐没有国界，用心欣赏演奏就是了。

演出进行了一段时间后，坐在我们右侧的高个子金发碧眼女郎，从坐着的人群中站起来了，她是孙女学校的音乐老师，只见她招呼孙女等几个孩子，向舞台前面走去。一时间，来自几个学校的学生，纷纷站到了台前。

第二轮演出开始了，管弦乐队奏起了欢快的曲子，孩子们跟随着音乐，有的跳，有的两人一组拍手。孙女和另外一个小女孩站在最前面，做的是拍手游戏，只见她俩双手拍腿，再拍手，然后彼此的左手背和右手背，分别从对方的两只手背上划过，然后二人相对击掌，合掌。就这样一个八拍接着一个八拍，动作娴熟敏捷流畅，充满童趣。我试着做了一下，回回都拍错地方。看似简单的动作，在快节奏下，要想做好挺不容易的。

孩子们的表演，不是整齐划一，看起来很随意，却热闹、欢乐、充满生气，和乐队配合得天衣无缝。一个管弦乐队，来到草坪上露天演出，这大概类似我们国内的专业文艺队下基层演出吧。

悉尼管弦乐队和孩子们一起，在星空下，为我们展示了一场别样的演出。演出本身如何，似乎不太重要，重要的是，我好像乘坐着音乐的时间列车，穿越到儿时，欣赏了一场露天电影。我和地上的草，头上的星，亲近了一晚上，视野开阔，接地气，周身清爽舒畅，很诗情画意。同样的事情，贴着大自然的肌肤去做，感觉就是不一样，大自然的怀抱就如同恋人的怀抱，令人欣喜、兴奋、激动、向往。

2015.3.14

乐在社区

举目远望，天蓝蓝，海蓝蓝，白云很悠闲。树木绿，草坪绿，花开很恣意。这是悉尼一年四季看不够的风景。

眼下，恰逢春夏交替的季节，澳大利亚最美丽的蓝花楹盛开了，紫色浪漫席卷全城！在悉尼，在迈德伴可社区，在家附近，走着走着，一抬头，就看到一棵棵蓝花楹，像身披紫衣的少女，雅丽清秀，在蓝天白云下，站成一道迷人的风景。

远远望去，蓝花楹的树冠，像一片灵动飘逸的紫云，树下的绿色草坪上，散落着密集的紫花，宁静，深远，如梦如幻。11 月 10 日上午，我从家里出发，经过一棵棵蓝花楹树，沿着海边向安德森公园匆匆走去，耳边传来阵阵欢歌笑语。路人问及，我回答："这是迈德伴可社区阳光歌舞团队，在组织一次嘉年华活动。"

众多或移居或探亲的华人，欢聚在公园里的亭子下，载歌载舞，展示才艺。诗歌朗诵激情澎湃，京剧清唱字正腔圆，女生独唱声音甜美，男生独唱音域宽厚，民族舞蹈《鸿雁》优雅柔美。我也献上了自己精心准备的节目，跳了一段古典舞蹈《太湖美》。大家踊跃献艺，一个节目接着一个节目，气氛轻松和谐，既愉悦了心情，又陶冶了情操。嘉年华活动，使大家在悉尼的生活，变得丰富而多彩。

参加活动的人，带来了各自的拿手饭菜，才艺展示结束后，一起共进午餐。在开怀畅谈中，不少人结交了新朋友，加深了情感交流，度过了一段开心难忘的时光。

两个小时的活动，很快就过去了。大家意犹未尽，仍在兴致勃勃地继续交谈着，为如何搞好阳光歌舞团队的建设，如何拿出更好更有水平的文艺节目，如何进一步丰富愉悦大家在悉尼的生活，畅所欲言，出谋划策。

迈德伴可社区负责人杰西，非常支持关心阳光歌舞团队的活动，丽莎老师热心编排，孙老师认真组织，大家心齐热情高，以丰富多彩的活动内容，吸引社区众多人踊跃参与，为来澳洲居住或探亲的人，提供了一个愉悦心情的好场所，消除了他们在悉尼的孤独感、寂寞感和不适感。使大家振作精神，尽快融入异国他乡的新生活当中。

这次嘉年华活动结束后，很多人在微信群发布了活动照片、录像，大家看了很开心。不少人感慨地说，这才是我们来澳洲所向往的生活。还有的人说，往返澳洲多次，参加嘉年华活动，是最开心的一次。

生活在迈德伴可社区，心情是愉快的。每周二，如果没有特殊情况，我总是按时赶到社区指定的活动场所，参加英语学习、唱歌跳舞等活动，和大家聚在一起，学、唱、跳，互相交流切磋，是一种提高和享受。走出国门，欣赏异国风光，干自己喜欢的事情，其乐融融。

参加迈德伴可社区阳光歌舞团队组织的活动，提高了在异国他乡的生活品质，团队生活将伴随着我，在澳洲度过一年的探亲时光。

学习提高，享受生活，乐在社区，乐在悉尼。

2015.11.10

千里寻雪记

悉尼四季草木青，不见白雪好身影。孩子欲看其容貌，驱车千里雪山行。山坡堆积白砂糖，晶莹剔透又冰凉，拿出冬装穿戴好，滑雪滋味初次尝。

这是我到雪山之后，在手机上写下的几句顺口溜。悉尼冬季无零点，最低气温都在零度以上。这里的冬天看不到雪，假如想让孩子见识白雪的真实面目，需要到悉尼以南千里之外的雪山上。

九月份，悉尼处在初春季节。十四日那天，我随儿子一家，驱车向perisher雪山开去。一千里，可不是个小数目，用四个轱辘的车轮子丈量，需要有足够的耐心。急切想见到白雪的是孩子，一路上，孙女不停地问："还有多远？什么时候才能看到白雪？"随着丈量的路程不断增加，孙女的心情越发迫切了，透过窗口向外张望："白雪呢？在哪儿呢？"好像白雪是她梦寐以求期盼的好朋友。

在孩子一路不停地念叨下，我对雪山的模样也开始勾画了：高高的雪山，起伏连绵，一望无垠的洁白世界，清爽，干净，凛冽，刺骨。是童话般的洁净世界……

"白雪！白雪！"孩子惊喜地叫着，小手激动地指向窗外。我循声望去，路旁的山坡上，这儿一块白，那儿一块白地匍匐着，不成规模，不成气候，小里小气的。我不免有些失望。随着汽车继续前行，白色逐渐多起来，开始连成片了。远远地，看到有人在滑雪。我们的汽车没有开向滑雪的人们，提前停下来。从后备箱拿出羽绒服、棉裤、帽子、手套，在汽车内全副武装好，下了车。

儿子儿媳领着手舞足蹈的孩子，迫不及待地向路边雪地里奔去。我迟疑地站在原地，心想，滑雪是否应该到指定地点？这里没有行人足迹，深浅不知，会不会有危险？正在疑惑，发现他们已经踏进雪的深处，步履艰难地行进着。积雪灌进鞋里，遇热即化，他们喊着好冰好凉啊！停止了脚步，扭转身，从深雪中跋涉出来。

傻子过年看街坊的俗话，是有一定道理的。没人滑雪的地方，看来是不适宜玩耍的。上车，继续前行。

这一次，我们带上了滑雪板，向能够滑雪的地方走去。不错，这里的雪是实在的，是光滑的，双脚塌陷不进去。儿子和孙女抱着滑雪板，向高处攀登，坐在滑板上，身子向后倾斜，飞驰而下。孙女的笑声在寒冷的空气里，嘎嘣脆地跳跃着，兴致勃勃，充满欢乐。

在儿子和孙女的鼓励下，我也试着滑了几次。我仰躺在滑板上，在白雪冰凉湿滑的肌肤上穿行。速度一旦加快，我便害怕起来，不由自主地把两只脚插进雪里，以加大阻力，减缓速度。被我划开的雪，像白砂糖小颗粒，蓬松开，飞溅着，钻进鞋里，钻进衣领，落在脸上，透心儿凉。

环视四周，我不免有些失望。这和我心里勾画的雪山相去甚远。听说这里有很多可供滑雪的地方，这仅是其中一处。就这处雪山来讲，没有我想象中的雄伟壮观，也没有想象中的洁净美丽。山上的树木，有的虽然枝繁叶茂，但大都是灰头土脸的。不知它们是在生长着，还是没有从冬眠里醒来。假如是睡着，为何不脱衣裳，依然满树叶子披挂在身。这些树给人乌涂涂模棱两可的印象。不像我们中国北方，旗帜鲜明。冬季里，叶落尽，树冬眠。来年开春，披一身崭新的嫩绿，一亮相，就倍儿精神。

我不知道这里下雪是什么模样，看到的只是山上的积雪。我坐在滑雪板上，仰躺着，望向湛蓝的天空，思绪一下子飞到曾经工作过的军工厂，想起带儿子赏雪的情景。那天，或曰那天的那一刻，眼前的整个世界都在雪花翻飞。我们带着儿子下了楼，走到厂外的麦田里。啊！太壮观了！天地之间，充斥的全是白白的雪片子，密集，轻盈，活泼，热闹，洁白的雪片，像无数只欢腾的白蝴蝶，围绕在我们周边嬉戏。它们趴伏在我们头上、肩上，落在眼睫毛上，用冰凉的玉体亲吻我们。站在空旷洁净的田野里，脚下，是老天爷为麦苗覆盖的巨大而松软的厚棉被。我们把这床崭新的棉被当成了蹦蹦床，跳着，笑着，闹着，并仰面接应，任调皮的白蝴蝶飘落在脸上，舌尖儿上，手心里。蝴蝶的亲吻，凉凉的，润润的，倍儿清爽。

我们带儿子赏雪，简便易行。儿子带孙女赏雪，需要驱车千里外。而千里之外的雪景，绝对没有中国的雪景美丽壮观。我想，如果让孙女置身在她爸爸小时候的雪景里，望着“燕山雪片大如席”的阵势，她指不定欢呼雀跃成什么样子呢。那样的雪景，对于在悉尼长大的孩子来说，该是多么奢侈的享受啊！

2015.9.14

门前三棵树

大门口左侧是连片的草坪，右侧是个小花园，花园中有花，有草，有树。成年的大树有三棵。一棵是蓝花楹，从根部一分为三，恰似三胞胎。十月份，满树盛开着紫花，繁茂却不妖艳，淡雅清爽，散发着幽幽的清香。名字虽叫蓝花楹，颜色其实为紫色，亭亭玉立，如大家闺秀，文静，窈窕，端庄。紫花退去，绿叶生长，由紫衣少女变成翠姑娘，依然静静地站立在那里，越发地端庄、清秀。其叶片小而密，像中国的含羞草。它洁身自好，不招任何虫子，无论开花长叶，都是一道喜人的风景。

另一棵树，不知其名，兴许是桉树吧。树杈很低，像五指沙发。五个枝干向外张开，伸出去很远。其中有两枝，穿越马路，伸向对面邻居的门口，像是要去串门似的。五个枝干中间还有一树杈，很短，像掌心托着一柱。我想，如果每个“手指”上坐一人，团团围着中心柱小憩，赏景聊天，一定别有一番情趣。

第三棵树，不知叫什么树，叶片极其寻常，模样也很一般，揉搓叶片闻之，有一股类似榆树叶儿的味道。不知为什么，颇受虫子和动物的青睐。树叶上生毛毛虫，很肥硕。夜晚，有袋熊住在上面歇息。清晨起来，到树下一看，袋熊的粪蛋儿黑枣似的，撒了一地。眼下已是秋天，有树叶飘落，外加肉滚滚的毛毛虫，令人生厌。于是，拿扫帚清理，而后能干净一天，第二天又是一地。我埋怨市政府为何不给打药。儿媳说，树长在咱家门口，就归属咱们管理。我心想，这一点真不如北京，如果在北京，院里的树生了虫子，打个电话，问题就解决了。

按说每天清扫一次，属于很正常的事情，还锻炼身体呢。袋熊的粪蛋儿，毛毛虫，全当成落叶，扫除就是了。无奈，劳动工具太难使用。这里的扫把，像猪八戒的九齿钉耙，不同的是耙头上不是钉子，而是刷子，不管是向前推，还是往后拽，都比较吃力。大约能停放六辆汽车的大门口，清扫一遍已是大汗淋漓了。倘若有把中国式的大扫把，也就是北京环卫工人在秋季清扫树叶儿的那种扫帚，何愁体力不支。

这里绝大多数的树木花草，虽然四季常绿常开，但树叶还是有零零星星飘落的。环卫工人在清扫树叶时，后背上驮着一个王八盖子似的东西，大概是发动机吧，手持一个管子，吹动着叶子朝一个方向聚拢。这种方法噪声大，效率低，远不如中国的扫帚。由此看来，还是中国人聪明，使用的劳动工具，环保，节能，便利，不扰民。

门口右侧小花园里的三棵树，有让人喜欢的，也有让人讨厌的。那棵不知名的树，牵扯了我不少精力和体力。

正是这一棵棵不同名称不同性格的树，绿化了悉尼大片土地。它们集体向空气中注入氧气，吸纳二氧化碳，是清新空气的功臣。如此想来，我每天小小的付出，也就算不了什么了。心中少了抱怨，便多了几分感恩。

2015.4.10

身边志愿者

那日，无风，云层很厚，沉甸甸的，像兜着许多水。突然，大雨如注，给行人带来诸多不便。我因参加迈德伴可社区举办的一次文艺演出活动，早早来到现场。

在一楼的通道里，有个身影在不停地忙碌着。她逐一接过参加活动人员携带的自制食品，分门别类放进冰箱里。然后对一些水果进行加工，比如把苹果切成片，把香蕉切成段，码放在盘子里。她和她的朋友们，为参加活动的全体人员在准备着午餐。

演出结束后，她越发地忙碌了，戴着一次性手套，来来回回，把各种食品摆放在桌子上，供大家享用。她不停地忙着添加新食品，为众多的人提供细心周到的热情服务。许多美味，例如中国饺子、中国地方风味小吃等，她忙活了半天，却没有品尝一口。活动结束了，她把现场收拾干净利索，饿着肚子回家了。马不停蹄累了半天，她已经很疲惫了，煮了点面条，就把自己打发了。

事后，我问及此事："你为所有参加活动的人准备午餐，自己为什么不顺便吃点儿？"她说："我是志愿者，一直在忙着做事情，根本没有时间吃饭。再说，每一次当这种志愿者，我们自己是绝对不会吃的。都是回到自己家再吃饭。"我听后，被她无私奉献的行为，深深感动了。

她姓孙，是一名澳洲华人志愿者，一直在做着志愿服务等诸多善事。

我和老孙是在迈德伴可社区学跳舞时相识的。自从来到悉尼，我把所见所闻所感，在"澳洲生活琐记"这个大标题下，写了数篇稿子。我希望琐记内容尽可能涉及面多一些（在上一本散文集里写过的内容除外）。我在北京退休后，从事过社区工作，对社区有着特殊的情感。所以，想借学舞的机会，了解一下国外社区开展活动的情况。于是，就结识了老孙等人。

老孙于 2014 年 9 月参加了慈善机构，她要做的事情很多，例如，做单亲家庭孩子的捐赠、安抚、慰问工作，直至孩子年满十八岁。对澳洲困难户进行访问探视，根据实际情况，为他们上报申请补助。补助的钱是由大家捐助的。每月，参加为长青老人和孤独儿童举办的“回娘家”活动，为他们做饭菜、点心，送他们礼物，为他们表演节目。另外，还做环保工作，把外面收集的易拉罐压扁，换成钱，作为捐赠资金使用。每逢过年过节，买材料进行手工制作，送给敬老院和困难户。她的付出，让更多人得到了关怀和帮助。

送人玫瑰，手留余香。能够帮助他人，多做一些慈善事情，老孙感到很开心。

前段时间，悉尼下大雨，她和其他志愿者自发组织，去现场进行救援。送食物等急需用品，提供免费牙医就诊，做好后勤保障。那些专科医生，来自澳洲各个城市，他们放弃休假，来到悉尼，为困难家庭服务。老孙连续三天，忙碌在志愿者队伍里，默默地做着后勤保障服务。

两年前，老孙曾遭遇车祸，动过两次大手术。她想趁着现在身体恢复尚可，多做一些事情。当然，也有不被人理解的时候，但她无暇顾及。她已经习惯了主动找事做，想用自己的行动感染更多的人，加入志愿者服务工作中，传递正能量，为和谐社会、和谐社区多做一些有益的事情。

来澳洲探亲的华人，由于语言不通，环境陌生，生活中有诸多不便。例如，他们想出去玩，孩子上班没有时间陪同。老孙得知后，就把这些人组织在一起，建立了一个大家庭开心老玩童群，结伴去观赏澳洲的自然风光，并向他们介绍澳洲的风土人情。大家有缘聚在一起，互相关心，互相帮助，和谐相处，玩得很开心。

老孙不满足只带大家旅游观光，还打算提供更多的服务项目，例如新闻读报、生活知识、环保讲座等多方位的服务。她还请了专职志愿者老师，在群里讲授有关“环保酵素”课，废物利用，节约资源，为拯救地球尽一份力量。

她愿用自己的付出，让大家在异国他乡的生活，变得丰富多彩一些，幸福快乐一些。能为他人送去欢乐的人，老孙内心也充满了欢乐。

2016.2.6

石子路

在悉尼，在孩子上下学的路上，有一段是石子路。石子路，麻匝匝，行走起来硌脚丫。一双皮鞋，在北京穿了好几年，无大碍，到悉尼几个月，鞋底儿居然磨透了。

倘若不是雨天，如果没有露水，在人行道上行走，我总是喜欢踏在软绵绵的草坪上，脚感好，柔软，舒适。同时，对鞋底的磨损程度，也大大减弱了。

悉尼的草坪，是允许众人踩踏的。不像北京的草坪，或围上栏杆，或插上爱惜小草的牌子，不允许人和草坪亲密接触。当然了，国情不同，做法各异。悉尼人少草坪多，北京人多草坪少，一人踩一脚，就够小草难受的。曾在某公园，看到一片美艳的黄花，想拍照，走近了才发现，花丛中居然被照相者踩出一条路，一棵棵枝蔓连同丰润的花朵，趴卧在地，全都伤筋断骨，站立不起来了。

奇怪的是，悉尼的草坪，好像格外皮实，众人踩，汽车压，居然没事。我经常目睹人们在草坪上席地而坐，吃喝玩乐。还有人在上面铺一块防潮布，卧倒歇息。草坪上时常举办各种活动，例如，新老式汽车展，一辆辆式样别致新颖的汽车，轰隆隆开进草坪，让众人参观。有时候还会把大型游乐设施安装在草坪上，供大人孩子游玩。还有在草坪上开演唱会、放烟花等。无数棵小草手牵手，肩靠肩，禁得住汽车碾轧，众人踩踏，其耐受力是惊人的。

所以，我愿意行走在草坪上，享受它的绵软，享受它的贴切服务。

在悉尼，起码在我居住的社区，在接送孙女上下学的路上，有一段是镶石子的路。

马路两侧的人行道上，中间是一条石子路，两边是草坪。雨天或者有露水的时候，我不得不走石子路。

这种石子路，看上去有些年头了，感觉很古老，很陈旧。但依然在使用。听说，在悉尼，不是十分必要的事情，政府花销纳税人的钱，是相当慎重的。澳洲人口少，资源雄厚，但做起事情来，是很节俭的，或曰，是很抠门的。这种马路要搁在北京，早就重新铺过了。

北京的大气，北京的美，北京笔直宽阔的马路，是有目共睹的，是悉尼无法相比的。北京，是座很注重外貌的大都市，做过不少形象工程。就拿马路两旁的人行道来说吧，经常是地砖好好的，便弄掉，更换新的。家附近的马路，重新铺过好几次了，人行道上的地砖，也更换过数次了。而悉尼，则与其相反，他们的许多设施，都很陈旧，甚至看着很不顺眼，很跌份儿。但他们好像不顾及这些，和我们做事的理念，有着明显的差别。

究竟哪一种做法更趋于合理性呢？国情不同，好像没有可比性。

2015.6.12

多姿的小生命

漂洋过海，从北京来到澳大利亚悉尼市，完全是为了你。

我们这一代人，干事情认真惯了，无论做什么，在任何环节上都不想有一点儿敷衍。尤其对你，我的小孙女，更是全身心投入，以至于把自己搞得疲惫不堪。

从你的眼神儿里，我知道，困意正在亲吻你。你长长的睫毛缓缓落下，又掀起，掀起，又落下。那一刻，我便大气不敢出了，走路的脚步放缓放轻了，右臂环绕在你身后，左臂沿着你的后背向上轻轻移动，弯曲成一个舒适的枕头，准备迎接你入睡。

你明明睡着了，却好似还醒着，只要放在床上，你便哭闹，抱起，又入睡。为了让你睡得时间长一些，睡到自然醒，我就那么小心翼翼地抱着你。十分钟，二十分钟，半小时，一小时……自然界刮风的声音，鸟叫的声音，人为弄出的一切响动，只要是有可能惊扰你的动静，我都给予敌视，甚至仇恨。

抱着你坐久了，腰酸了，背痛了，胳膊麻了，双手肿胀了，握拳感觉费力了，浑身窝巴得难受，没有一处是放松的。我实在坚持不住了，极想放下你。你熟睡的小脸粉嘟嘟的，在我臂弯里绽放，一会儿浅笑，一会儿皱眉，不知你游荡在怎样的梦境里。我犹豫着，放？还是不放？最终，还是不忍放下。心里念叨着：睡吧，孩子，多睡一会儿是一会儿，充足的睡眠，有利于你的健康成长。你吃得少，我着急，心疼，却束手无策，能让你多睡会儿，我愿意忍受着浑身的疼痛。

这时候的时间，好似行走在钢丝绳上，是高悬在空中的，是紧绷绷的。

你睡足了，睁开眼睛，不哭也不闹，喜滋滋的，冲我咧嘴乐。你的笑，化解了我周身的疲劳。

唱歌的玩具车，你一遍又一遍地按着，让其发出不同的音响，你随着音乐翩翩起舞。伸臂，踢腿，转圈，小手灵活地压腕儿、翻腕儿，你的举手投足，是人类最美妙的形体语言。

这时候的时间，是轻松欢快的，是迷人陶醉的。

爸爸、妈妈、爷爷、奶奶、姥爷、姥姥……亲人的称呼，被你铜铃一样的声音第一次叫出来，那普普通通的汉字，好像被绣上银线，镶了金边，变得生动了、漂亮了，焕发出勃勃生机，成为亲人心目中最美妙的声音，让人欣喜，让人激动，让人兴奋。

这时候的时间，是用蜜汁和玫瑰花瓣搅拌而成的。

能再次陪伴一个魅力四射的小生命，在你最好玩、最可爱的时间段，见证你点滴的进步和成长，是我的幸福。

小小的你，有时候任性起来，是很气人的。比如给你穿鞋或穿衣服，你不乐意，不但不配合，还打着挺儿哭，闭着眼睛哭，甚至躺在地上不起来。怎么哄，都无济于事，讲道理，一点儿不管用。智慧的大人在不会说话的你面前，表现得无计可施，真想对你挥挥怒气的巴掌。然而，每一次面对不听话的你，举起的手总是无力地放下，拍在自己腿上，叹息一声，你什么时候才能长大懂事啊？！

这时候的时间是闹心的，是烦躁不安的。

你生病了，咳嗽呕吐，小脸通红，泪流满面。带你去看医生，喂水喂药，细心照料。体温表指向39℃的数字像一把利剑，刺疼了全家人的心。你生病后的哭声，在撕扯我们的每一根神经。我们焦虑，着急，郁闷，上火，深深感受到了育儿的艰辛。

这时候的时间是痛苦的、煎熬的，好似行走在火焰山里。

也许因为年龄的缘故，养育你爸爸的时候，没觉得有这么累，如今照看你，时常感觉力不从心。一天下来，腰酸背疼，只想赶快躺下，歇息。看护隔辈人，比看护自己的孩子，责任更重大，身心更疲惫。养育一个小生命，实在是太不容易了。

一代又一代的新生婴儿，一个又一个盛开的小生命，都是被长辈用心哺育、看护、照料大的。养育新生命是一项费心费力的耗时工程。我对参与实施这项既平凡又伟大的工程的所有人，心存敬意。

随着你一天天长大，育儿阶段发生的事情，将会渐行渐远，育儿过程中的许多烦忧，将会逐渐淡忘。

这时候的时间，是一把筛子，滤掉了所有艰辛和苦恼，唯有那一幕幕甜美瞬间，像精心挑选过的靓照，镶嵌在心底的镜框里，供以后的日子里，慢慢地翻阅，回味，咀嚼，享受。

时光，不紧不慢地，一刻，一时，一天，一月，一年地走着，走着。是你的诞生，赋予了时间更多的色彩。不光时间因你而变，因你而变的，还有很多，包括我。目睹一个鲜活的小生命在眼前欢蹦乱跳，你的童真把我心中的暮气扫去不少，与此同时，注入了许多鲜活的生机。你的出现，为我的生活增添了一抹浓重的色彩，我生活中的风景，因你变得摇曳多姿。

2015.8.10

伺候芳草

青草的芳香在鼻子底下缭绕，弥漫了整个院子。儿子用除草机为草坪理发，机器经过的地方，碧草短而齐整，像英俊小伙儿刚刚理过的板寸，显得格外精神。

草坪边，花盆旁，机器不方便经过的地方，依然有绿草鹤立鸡群。于是，我拿把大剪刀进行修理。

开始觉得很新鲜，很诗情画意。蹲下身子，手持剪刀，咔嚓，咔嚓，剪刀经过的地方，绿莹莹的草，齐整、精神，湿漉漉的清香直往鼻子里钻，这种切割青草喷发出来的味道，把我一下子送回童年，送回故乡华北大平原的田野上。这里的人、语言、房屋、植物连同周边的气味儿，都使我感到陌生，唯独青草的芳香，让我有一种他乡遇故知般的惊喜、欢愉、舒畅。

我从小生长在河北隆尧老家，自认为有着相当不错的蹲功夫。心想，修剪草坪这种活儿，在我手里纯属小菜一碟。

沿着草坪边缘剪下去，挪动了十几米，感觉双膝、后腰、背部开始疼痛，汗珠子肆意流淌，鼻梁上的眼镜频频下滑，刚刚推上去，又秃噜下来，根本就待不住。抬头看着长长的四个方向的草坪边缘，不服输的劲头上来了，干事情一贯认真的劲头上来了。心说，咱在单位上班的时候，工作认真负责一丝不苟，退休后在社区工作，甚至后来被老板聘用的时候，都是尽职尽责尽全力，如今给儿子家干事，也绝对错不了。我一边修剪，一边蹲着向前移动，草坪边缘被我修剪过的地方，干净齐整，很是漂亮，犹如专业人士刚刚裁剪过的地毯。

一个边缘眼看就要修剪成功了，剪刀在开合中奋力推进，耳边滚动着铡刀铡草般的脆响。突然，一剪刀下去，有个细细的尾巴在眼前摆动蹦跳，吓得我从地上腾空弹起，以为是剪掉了小蛇尾巴。儿媳跑过来看，说是蜥蜴的尾巴。我对着那条仍在摆动的尾巴说："对不起，是你撞到我剪刀上的。"

儿媳安慰我说："蜥蜴能断尾再生。"

镇静了一会儿，又开始劳作。此时，越发腰酸腿疼，汗湿衣衫，依然坚持着。总算胜利在望了。又发现蹦蹦床下面那片滴溜圆的阵地里，草叶嫩绿，齐刷刷，韭菜似的，鹤立鸡群。于是，又钻到蹦床下面，继续修剪。

干完后钻出来，已是全身淌汗，腿脚绵软，一点力气也没有了。我一屁股蹲在草坪上，四仰八叉躺下，歇息。

仰望蓝天白云，我做梦也没有想到，跑到异国他乡，来伺候这些草们。原以为，修剪草坪是件很轻松、很诗意的事情，做过了才知道，干这活儿，是需要有把子力气的。难怪一些上了岁数的外国人，把自家的别墅卖掉，住进了老年公寓，因为年龄大了，伺候草坪就有些力不从心了。

那些住在别墅区的家家户户，平日里，工作之余，经常用自己的辛勤劳动，精心养护修剪着各家的草坪，为绿化周边的环境奉献着一份力量。

伺候芳草的事情，尽管辛苦、劳累，却利己利人利环境，我还是愿意多做一些的。

2015.3.21

素描

傍晚时分，太阳的威力大大降低了，小风拂面，周身清爽。

儿子在修剪草坪，儿媳拽着长长的皮管子，沿着草坪边缘，为花盆里的植物沐浴。我和爱人带着两个孩子，在草坪上的滑梯、秋千、蹦蹦床上交替玩耍。

孙女在蹦蹦床上跳得开心，让我也上去。剧烈的颤动使我无法站稳，摔倒了，倒下后，依然跟随着起伏，上下颠簸。我说："停下！停下！奶奶晕船。"孙女大笑，越发跳得剧烈了。树木在眼前起伏，小鸟在枝头啾啾，蓝天和白云俯视着我们，我被孩子的跳动，弄眩晕了，那一刻，似乎回到了童年。

孙女对我说："奶奶，悉尼没有雾霾，空气可新鲜了，您大口吸吧。您在北京视频，我捧着新鲜空气给您，让您接住。那是假的，现在是真的，您闻到了吗？"那张小嘴，说话叽叽的，炒豆似的。我完全融入孩子们天真烂漫的世界里，站起来一起跳跃，笑闹，忘记了年龄，忘记了烦恼。

跳够了，又去滑滑梯。不一会儿，孙女惊呼："奶奶快来看，蜘蛛网，上面有个蜘蛛。"我刚要动，她说："不要碰，小心有毒。"

悉尼的蜘蛛很多，花卉上，树木上，随处都可以看到蜘蛛布下的网，网中攀附一只蜘蛛，还有被网住的飞虫。蜘蛛有黑白花纹的，有翠绿色的，有鲜红的，也有身子是肉色的，只有几条腿是红色的。一次在门口的小花园里除杂草，不小心撞在树下一张蜘蛛网上，那细细的丝状物粘在头发上，像502一样，黏性很大，很难撕扯下来。据说，有的蜘蛛有毒，需要倍加小心。有人说，曾经在手机上看到一条信息，说某人某天打开自家的车库门，发现里面有一条毒蛇，被一只毒蜘蛛弄死了。那只毒蜘蛛，全身为黑色，背上有条鲜红的道儿。我听后不禁毛发悚然。

于是，便格外留心孩子们玩耍的游乐区，以及草坪边缘生长的植物，是否有蜘蛛网。

在悉尼，无论走到哪儿，到处都是草坪、树、各种花卉。居民家里，只要住的是别墅，必须按照房屋面积的大小，种植与其所匹配的草坪。这是市政厅的规定。

孩子们的玩耍是绝对接地气的，经常赤脚在草坪上奔跑，打滚儿。

任何事物都有其两面性，接地气了，亲近大自然了，草坪树木花卉多了，生态环境好了，有利于人类生存，也有利于各种动物、虫子的生存。门口小花园的树上，夜间住着几只树袋熊，清晨起来，树袋熊不知去向，树下抛撒一片比黑枣大一些的长条粪蛋儿。此外，树上还掉毛毛虫，肉滚滚的，很讨厌，需要天天早上清扫。

不管怎么说，把修剪草坪、浇灌花卉、孩子们在蹦蹦床上玩耍的场面素描下来，也算是一幅温馨的人物风景画吧。可惜，本人功夫浅，描绘太简单。

2015.11.17

他乡过中秋

年年中秋月儿圆，此时更把亲朋念，身在悉尼心在京，遥发微信互问安。

来到悉尼才发现，我适应新环境的能力是很差的。可以说，我是一个不会调剂生活的人，敏感而又多愁善感的性格，导致自己时常忽视身边的快乐，而把一些烦恼放在心里，思来想去，反复咀嚼。因此，越发感觉到，人的一生，苦多于甜，烦恼多于欢乐，具体表现在我身上，那便是，双眉紧锁多于喜笑颜开。

今年中秋节前夕，也就是八月十四日，我到家附近的海边，参加了一个家·澳中秋大型聚会活动，度过了一段愉快而难忘的时光。我舒眉展眼，面带微笑，为大家献上了一段《梅花引》舞蹈，得到不少人的喜欢。

草坪上，亭子下，烤炉旁，聚集着不少华人和老外，大家品尝月饼，结交新朋友，谈笑风生，恰似一个其乐融融的大家庭。

中年人扶老携幼和亲朋好友结伴提前赶来了，爷爷奶奶姥爷姥姥带着孙子孙女赶来了，许多家庭带来亲手做的家乡菜同大家分享。聚会中，组织者安排了丰富多彩的活动内容。比如，介绍新移民来澳经历，定居澳洲生活信息，趣味娱乐活动，有奖问答，BBQ，玩麻将，品尝月饼，最后，还演出了文艺节目。

在聚会中，有幸认识了组织者 jing，她是一位年轻人，也是一位独生子女。简单聊过几句，得知她组织这项活动的初衷后，颇有好感，由此，对她这样的年轻人，心存感激和敬意。

在此之前，曾经接触过一些来澳帮助儿女照看孩子的老年人，他们来到澳洲，离开了家，离开了朋友圈子，语言不通，环境陌生，整天看孩子，做家务，失去许多原本属于自己的生活内容。虽为父母，实则保姆。

如果在国内，他们除了帮助子女带孩子外，还可以做很多自己喜欢的事情。而到了澳洲，他们的生活变得单调了，乏味了。这些人当中，有多次来澳帮忙的，也有初来乍到的，不少人来后，感到寂寞无聊。尽管如此，他们依然无怨无悔地为子女做着奉献。有人说，趁现在身体还行，来帮帮子女，等老了不能干了，就主动去住养老院，绝不给儿女添麻烦。还有的人说，我们这一代人命苦，正长身体，缺吃挨饿；正在上学，遭遇停课；年龄不大，上山下乡；回城以后，在家待业；搞对象时，提倡晚婚；结婚生育，让要一个。再后来，企业不景气，又遭遇下岗……千辛万苦把孩子培养成才了，他们像羽毛丰满的小鸟一样，扑棱一下，展翅高飞了。我们只有这一棵独苗苗，只好抛家舍业，跟到国外，为他们洗衣做饭打扫卫生照看下一代。这些人当中，有人伤感地声称，他们是孝敬父母的最后一代人，是被儿女抛弃的第一代人。这些话听起来虽然悲观了点儿，却也道出了一部分做父母的心声。是啊，一代独生子女被父母等亲人照顾惯了，不懂得关心别人。做父母的，只管无私奉献，不图儿女回报。他们大多数人做出选择，日后年龄大了，行动不方便了，就进养老院，绝不拖累子女。由此可见，他们是一代颇能吃苦耐劳做奉献的人。

认识了像 jing 一样的独生子女，感觉到他们这一代人，在不断成长、进步、提高、成熟。他们当中不乏优秀者，不乏充满爱心者。比如像 jing，她觉得，在一个新的国家重新开始生活，确实不是一件容易的事情。因此，他们倡导子女要孝敬父母，要为来澳的人营造一种温馨的环境和氛围。jing 介绍说，家 · 澳就是针对澳洲新移民以及来澳探亲访友的人而发起的。这些人来到澳洲后，遇到很多挑战，比如语言障碍，环境生疏，不知道去哪里寻求帮助。jing 希望通过家 · 澳，使需要帮助的人，可以得到一站式的信息（包括支持、权益和资源），从而帮助他们顺利地在澳洲安居乐业。在这里，他们可以挖掘自己的潜能，制订工作计划，参加志愿者服务和社会公益性活动。家 · 澳将进一步组织形式多样的活动，关心来澳洲生活的一批人，为他们提供方便和服务，使来澳的这些人尽快融入澳洲，结交新朋友，过上属于自己的舒心日子。

也算是以实际行动支持家·澳的工作，我非常认真地做了准备，在不怎么平整，远远比不上舞台效果的草坪上，为大家表演了一段舞蹈《梅花引》。优美的乐曲可以愉悦心情，陶冶大家的情操。

假如日后再组织类似的活动，我愿继续奉献，献上欢快优雅的文艺节目，使新老移民和来澳探亲访友的人，生活能够丰富一些，日子过得舒心愉快一些。

八月十五中秋节那天，我们全家去华人街吃饭，看到几个华人，在欢快的锣鼓点中，舞动着几头狮子，把中秋节的气氛舞动得浓烈而喜庆。

晚上，仰望天空，写下几句顺口溜：推开房门草坪站，明月高悬滴溜圆，星星隐身捉迷藏，白云悠悠天湛蓝。异国他乡过中秋，别样滋味在心头，华人街头观舞狮，欢乐气氛满地流。祝福话语耳旁响，免费月饼送手上，细腻香甜味不错，请君与我共品尝。

文字配上月饼照片，加上我的节日问候，在手机上轻轻一点，发到了朋友圈。瞬间，几十个亲朋好友从各地冒出来，密集的人头迅速列队集合，问候、评论、点赞，很是热闹。温暖的话语翻山越岭，从万里之外扑面而来，让人觉得格外甜蜜，就像今晚品尝的月饼，心里亮堂堂的，就像空中那轮明月。

2015.9.27

童真

离开北京，到澳大利亚儿子家，有些日子了。倘若在北京，几天不进图书馆，便觉浑身不舒服，好像缺少点什么。如今，到了环境陌生语言不通的异国他乡，时刻告诫自己，一切的一切，不像在京时那么随心所欲了。

忍了一段时间，终于还是忍不住了，问儿子："附近有没有图书馆？"儿子说："有啊，您想看纸质的书，怎么不早说？离家最近的，是悉尼RYDE图书馆。"

周末，和孙女一起走进RYDE图书馆。我把孙女放在有玩具、有画报的儿童区，并告诉她，我就在成人区中文书架附近，有事，到那里找我。

我一边走，一边观察。周围的人，或专注地阅读，或认真地抄写，或在网上浏览，各自低着头，忙着觅食，汲取营养，一点声响都没有。

图书馆很宽敞也很亮堂，各种文本的书架并不密集，也不算多。和我在京时，常去的东城区图书馆相比，书的数量少多了。但这里空间很大，很多地方摆放着沙发，有两把、三把或四把放在一起的，沙发前面，均有一张桌子。走在任何地方，随处都可以坐进造型别致的沙发内，享受舒适的阅读、书写、上网等。此时此刻，真渴望有几个知己文友，从天而降，围坐在一起，阅读或轻声细语聊聊有关读书写作的话题，感觉一定很不错。

来到中文书架前，王蒙、贾平凹、莫言、蒋子龙、金庸等众多作家的著作，整齐地站立在那里，看着这些熟悉的大名，如同见到亲人一般。手捧一本贾平凹的小说，坐进圆圆的沙发内，专注地阅读起来。

偶尔抬头，孙女不知什么时候坐在了对面，她抱着一本沉甸甸的大厚书，吃力地放在腿上，认真地翻阅着。我好奇，查看那本书的名字，是基辛格写的《论中国》。我不解地问：“你怎么不在儿童区，跑这儿来了？这种大书，你看不懂，你还不到六岁，认识的汉字太少。”我动员她把书放回书架，赶紧回儿童区。她不乐意，紧紧搂住怀里的书，唯恐被我抢去。她极其认真地说：“我喜欢这本书，我想拿回家看。”那一刻，我被她感动了。不管孩子是否有意识，我都坚定地认为，作为炎黄子孙，无论生活在哪里，骨子里，或曰潜意识里，对自己的祖国，是怀有深厚感情的，就像孩子依恋母亲一样，是一种本能。否则，她怎会在中文书架上，在众多的书籍中，独独选中封面上写有中国字样的厚书呢。

我不再劝她去儿童区，任由她随便翻吧。在异国他乡的图书馆里，怀里抱着写有中国二字的书，大概也是一种心灵慰藉吧。

她安静地坐在那里，两条细细的小辫儿垂在肩上，表情认真而严肃，一页一页地翻动着。看着她一双小手爱恋地在书上摸来摸去的样子，不知为什么，我的心里有一种酸楚涌上来，犹如看到一个孩子泪流满面要找妈妈的那种感觉。我和孙女之间，好像有一根无形的导体连接着，彼此心心相通。那一刻，我受孙女的感染，又一次强烈地想家了，想北京了，想祖国母亲了。

是家庭潜移默化的影响？是孙女回北京的切身感受？抑或是骨子里代代相传的东西？我想，兼而有之吧。孙女对北京的感情，那是相当深厚的，是任何地方都替代不了的。她经常念叨：“我特想回北京！”

是去年还是前年冬季，我记不清了，当时，我在北京，她在悉尼，我刚要吃晚饭，儿子发来一条微信：“妈，开电脑，视频。”接通后，孙女的头像一直占据着屏幕，小嘴儿叭叭的，亲热的话说不够。恰逢那几日京城雾霾严重，聊着聊着，便扯到了雾霾。她说：“我要把北京的雾霾全打跑，把悉尼的新鲜空气运到北京，用最大的飞机。”我说：“好啊！”她继续说：“奶奶接着，我使用魔法，把空气吹到您那里，您感觉到了吗？”那一刻，她的童真深深温暖了我。

想家的时候，总是鼻子先发酸，而后眼睛湿润。此刻，一滴泪珠落在面前打开的书本上，思绪不动声色地继续飞扬。

那是2010年年初，我在悉尼照看孙女一年，而后又接着续签几个月。我十分清楚，自己在国外和孩子生活在一起的时间是有限的。所以，在她很小的时候，我就时常和她念叨北京，念叨北京的大杂院，念叨大院里的人和事，不管她听不听得懂。每次哄她睡觉的摇篮曲，是唐诗，我把唐诗用自编的曲调唱出来，伴她入睡。说唱最多的要数李白的《静夜思》。育儿知识，我懂得有限，只管本能地去做。面对不会说话的孩子，我天天不厌其烦地说着单口相声。

等到她会说话，会说几个连贯的汉字时，居然把我经常念叨的几首唐诗，流利地说了出来。令我感到惊喜。

要回北京自己家了，她表现出很不舍的样子。一天，她对抱在怀里的玩具娃娃说："奶奶要回北京了，我也想回。你要跟着去吗？"

回到北京，爱人帮我从拉杆箱里掏衣物，发现一个透明的塑料瓶，里面装满了洁净的月牙形的小东西，看着眼熟，又觉奇怪，便举着瓶子问我："这是？"我说："一年半时间，我每次剪下的指甲，都在这里装着。"他拧开瓶盖，流露出惊讶的样子，片刻，他会意地笑了。他最了解我，也懂得我这种看起来很怪异的行为。

后来，他在悉尼待了一年，回京后，我帮他从提包里拿洗漱用具，在一个塑料袋里，发现一个小纸包，用手捏捏，很硬。他对我说，是在悉尼掉的一颗牙。他还说，牙齿是身体的一个小零件，岂能丢在异国他乡。那一刻，四目相对，依然是会意的笑。夫妻二人，彼此彼此。

我们骨子里的东西，已经潜移默化地传给了儿子，自然，在孙女身上，有着我们两代人带给她的影响。这种影响，在一次聊天中得到了印证。

那一天，儿子的一位同事来串门，谈到他正在为妻子儿子办理移民手续。他说："很快，我们全家都是澳大利亚人了。"正在一旁玩耍的孙女听到了，跑过来插嘴说："爸爸，我不想当澳大利亚人，我就愿意当中国人！"儿子儿媳不约而同地笑了："好！我们都是中国人。"

我安静地坐在RYDE图书馆里，坐在孙女的对面，任思绪东一下西一下，漫无边际，四处飞扬。不知不觉，已经快到下班时间了，我帮孙女借了那本写有中国二字的大厚书。

回家的路上，她一直把那本沉甸甸的书抱在怀里。

2015.4.5

悉尼的别墅

接送孙女上下学的路上，要经过一大片别墅区。每家别墅的面积有大有小，大都是尖屋顶，上下两层。它的尖顶，和北京房子的尖顶不同，北京的尖顶房屋，中间长长的一条是尖屋脊，两边有坡度。而悉尼房屋的尖顶，只有一个点是尖的，四面有坡度。

别墅四周的围墙都比较低，高的齐胸，中的齐腰，再低的抬腿就能迈过去。围墙多数是栏杆的，也有木板的，还有把院子周边种上植物，修剪得齐齐整整，就算围墙了。所谓围墙，也就是一个与马路和邻里的界定线，既挡不住人，也挡不住猫狗。院子里有草坪，有树木花草，还有的安装着滑梯、秋千、蹦蹦床等，供孩子们玩耍。

有一家别墅院内，干净，整洁，清爽。草坪永远像帅小伙的板寸，被修剪得齐整利落。树木花卉，种植得科学有序。屋门口的台阶两侧，有两棵树，笔直的树干，十分干净，像两根电线杆子，向上延伸到空中，树冠简洁有型，像两把绿色遮阳伞，超出屋顶很高。在高空蓬勃的树冠，不占据视线，不占据院内空间，因此，院子越发显得宽敞。别墅四周，齐腰的栏杆里侧，浓绿的植物笔直工整。上面星星点点开着小花，飘着淡淡的清香。从屋门口到院门口的道路两侧，修剪成形的花卉，像两排列队的美少女，典雅，高贵，窈窕，散发着诱人的香味儿，永远绽放着笑脸，迎送主人的进进出出。

另一处别墅，就大不相同了，院子里杂乱无章，好像多日疏于管理。我猜想，里面的主人一定上了岁数，体力不支，且又喜欢花草树木。院子里的植物，品种繁多，它们的形状极不规则，枝杈疯长，枝条四处弥漫延伸，挤挤插插，织成一张绿网，遮掩了行走的小路，遮掩了房屋。疯长的枝蔓像海底动物的须子，不仅挤满了院子，好像连房屋也裹进了它的掌心，给人一种荒芜感。每当经过此处，都会感觉迷宫一般的院落深处，在某间屋子里，是否躺着一位白胡子老者。红红绿绿的枝条拥挤在窗口，摇曳着，好像在和它们的主人打招呼。

住别墅是比较累人的，要定期使用除草机修整草坪，院内的绿色植物也要定期修剪，不然就显得植物疯长，缺乏人气。难怪有些人年龄大了，就会把别墅卖掉，住进公寓，那样就省去修剪草坪，省去每天往门口拖动齐胸高的大垃圾桶了。

走在路上，偶尔会看到有的人家在施工，盖新别墅，感觉建房的过程比较简单，用料也比较袖珍，木条窄窄的、细细的，好像过家家搭积木似的。北京盖平房的过程，我从头至尾目睹过，夯基础、砌实墙、上大梁、架檩条、钉椽子、苫顶挂瓦，用料那叫厚重、茁实。再看悉尼盖别墅的用料，那悬殊得相差好几个等级。真是一方水土养一方人，各有各的招数。

有人管别墅叫豪斯，管联排的别墅叫汤豪斯，小俊的姥姥住的就是汤豪斯，她曾经指给我看她家的位置，并欢迎我有空去玩。在国内，我就不爱串门，到国外就更不爱串门了。但我想看看汤豪斯是什么样子，于是就去了，还未走近，远远地就看到几位聊天的人迎上来，叽里呱啦问话，很热情的样子，我不会应答，只好笑着摆摆手走开了。

悉尼的别墅很多，占地面积大，这和他们的人口少国土大有关系吧。每一处别墅，其院中的一切，都是裸露在人们视线中的。

2016.2.6

席地而坐

上午九点整，学校的喇叭里响起嘟嘟声，总共七下。类似国内的上课铃。从第一声开始，正在校园玩耍的、迈进校门的、还未进校的小学生，像军人听到集合号，迅速跑向操场，以班级为单位，排成两行，席地而坐，听校长和有关老师讲话。

无论春夏秋冬，无论风雨阴晴，天天如此。

日复一日，每天上午九点，老师在学生前面，站成一排高大的风景。先有两名学生，一男一女，向大家问好，然后把话筒递给校长或者有关老师。有时候表彰同学，有时候说事情，有话则长，无话则短。无论长短，送孩子上学的家长，大部分都不走，站在四周观看、倾听。还有带着小孩的家长，孩子有时哭闹，有时来回跑动，没人去说，去管，去制止。校长或老师说完事情后，由各班老师把自己的学生带进教室。

进教室前，学生纷纷到指定放书包的地方，背起自己的书包，把里面的水果、上午茶点、午餐分别放进班里的塑料箱里，背着基本上掏空的书包，走进教室。

学生们不仅全校集合时，在操场的地毯上席地而坐，在教室，在礼堂，在很多地方，都是如此。

每天上课前在操场集合，我也是站在旁边的家长之一。不同的是，在这种时候，我的耳朵嘴巴全都成了摆设，有耳听不懂，有嘴不会说。唯有眼睛，还在发挥着作用。我发现迟到的学生，来不及放书包，直接挎着双肩背，抱着毛绒玩具，坐在队伍的后面。从表情看，他们一点不觉得迟到有什么不体面的，大模大样走进去，坐下，没事人似的。有个小男孩把毛绒玩具塞进背心，拉扯前面的小女孩回头看，炫耀他挺起的大肚子。有的学生则盘腿而坐，听得很认真。放眼望去，一地坐着的孩子，怎么看，都不像守规矩的学生，这种坐姿，给人一种一片散沙的感觉。

对席地而坐，我很是不解。就拿全校集合的操场来说吧，虽说上有屋顶，下有地毯，但那块彩色地毯，众人日复一日踩踏，里面藏污纳垢，并非洁净。夏天，男孩子穿裤衩，女孩子穿短裙，坐在地上，女孩子基本上都是三角裤衩着地，这从讲卫生的角度考虑，合适吗？

国外号称尊重孩子，他们也确实尊重小孩，许多大人的正规活动，都把孩子请进来参加。比如大人的演唱会、音乐会等。大人和孩子说话，为了和孩子保持一样的高度，他们往往蹲下来，或跪下来。为什么在学校，大人站着，让孩子们坐在地上，仰视大人，这似乎不符合他们尊重孩子的理念。

那么，难道和大人的习惯有关？这里的人，喜欢在草坪上席地而坐。他们外出游玩，经常把防潮布铺在草坪上，或地上，把食物摆上去，悠闲地坐着或躺着，边吃边聊，很是享受。可是，那毕竟是游玩，席地而坐，躺着，趴着都行。而学生上学，不应该和大人的这种习惯有关吧？

这里的学校，究竟为什么让学生席地而坐？对于我来说，是个难解的谜。

2015.4.16

戏水

池中水喷涌着、翻滚着，好像沸腾了一样，水花在肌肤周边跳跃，嬉戏，感觉很舒适、很有趣。

孙女让我坐在池边，后背有水流涌动，不断冲击腰部，好像按摩，痒痒的。如果将后背贴紧出水口，流水即刻改变方向，从池边上端的出口喷出，水柱倾力向上，然后跌落，砸在头上、身上。孙女不时用双手去堵，嬉笑着，看水流改变方向，乐此不疲。

每周日上午 10 点钟，我陪孙女准时到达 RYDE 游泳馆，看教练向她传授游泳的各种姿势和要领，时间不长，也就半小时。教课结束，孙女留恋水，不肯出来洗澡，赖在水中嬉戏，追逐，笑闹，一副玩不够的样子。

水中不同位置有着不同的乐趣，浅水里的门廊中，水花四溅，穿越时，水从头顶、前胸、后背、左右两侧一起喷洒，如同置身在密集的雨阵中。

浅水的另一端，几个高高吊起的水斗儿，不停地蓄水，水满后，倾斜，翻转，将水瞬间泼洒下来，砸在人的头顶和身上。被砸的人，尖叫着，哈哈大笑。

长长的环形水池里，水在不停地流动，如曲水流觞。孩子们顺流而下，像一群娃娃鱼，你追我赶，笑声、叫声在水道里起伏跳跃。

圆圆的环形水池中，水流湍急，不小心游到进水口，立刻会被激流拽进去，随着快速的水流绕圈子。

还有大小不同、形状各异的水上滑梯。孩子们排队登高滑下，笑声与浪花一齐飞扬。

玩得正开心，忽听游泳馆响起嘟嘟声，水中的孩子们欢呼雀跃，立刻停止玩耍，站在水中，准备迎接冲浪。人工制造的浪涛，一个接一个，排列而来，起伏着，汹涌着，有人在浪尖上弹跳，有人不断被水浪冲向浅滩处。孩子们的笑声叫声，像波涛一样在水中汹涌澎湃。

我始终陪伴在孙女左右，担当她的保镖，负责她的安全。她像一条灵动的小金鱼，转眼就把我甩在身后。

一次，我的大拇指被划破了，裹着创可贴，一直小心翼翼举着，不敢沾水。孙女想教我仰泳，我答应伤好了再学。她说，我的脸受伤了照样学游泳。没事的，我来教您。她执意要教，我还在犹豫着。我胆子比较小，不敢仰面朝天，一旦失去平衡，再浅的水也很难站起来。孙女说，奶奶不用怕，放松，没事的，我来保护您。小学生都如此勇敢，我再坚持不学，好像有点说不过去。于是，甩掉顾虑，在她的指导下，仰面朝天，先保持漂浮状，然后划动双臂，双腿交替打水，开始慢慢游动了。一旦失衡，孙女立刻拉住我的手，一翻身，便站在原地了。几次尝试后，胆子逐渐大起来。想离开孙女的保护，自己练习。我一次次先让自己仰面漂浮起来，再游动。由于脸朝上，看不到所处位置，已经靠近危险处了，全然不觉。当游到激流旋转的进水口，瞬间，我被推了进去，水流拉扯着我，踉踉跄跄向前翻滚。我站立不住，一边挥动手臂乱抓，一边不由自主地喝水。最后，总算扒住了水池边缘。受到惊吓的我，站在池边，呼哧呼哧喘粗气。

常听人说，要想学会游泳，不喝几口水，几乎是不可能的。不过，我学仰泳，喝水的次数未免太多了些。蛙泳游得累了，我能站起来，而仰泳，游着游着，就失去平衡，就乱了方寸，就挣扎着喝水。一次冲浪，我被起伏的水浪不断甩到浅水湾，当人工制造的浪涛停止后，我双臂支撑，仰面，双腿水平，由浅处向深处漂去，水渐渐深了，双臂开始划动，游着游着，突然失衡，跌倒，喝水，闭着眼睛扑腾，伸手乱抓，却什么也够不着。偶尔睁眼，能看到水中人，却身不由己，不停地向深水区挺进。跌倒，喝水，挣扎着露出头，又跌倒，喝水，挣扎。反复数次，心里想着，完了，看样子要牺牲在异国他乡的游泳馆里了。我倾力使自己不要沉下去，双臂乱挥乱抓，扑腾到接近深水区漂浮的隔离带，抓住一个人的胳膊，那人一把将我拽起，我睁开眼，见是个老外，一个劲冲人家说："三克油！三克油！"

这次被淹，时间之长，喝水之多，惊吓之大，是以往无法比拟的。我被救起后，双腿颤抖着，不由得向旁边的中国人抱怨，为什么救护员就那么高高地站着，看到了也不管。他说，这边的水齐胸深，他们认为大人是不会有危险的，他们只负责救护小孩。

原来如此。这些老外，未免太死板了，我都在死亡线上扑腾了那么久，喝的水都快把肚子撑爆了，难道还不算有危险?

人戏水，最后变成了水戏人。那么柔软舒适的水，戏弄起人来，却残酷无情，差点没把我活活整死。

我想，倘若在中国，倘若在北京的游泳馆，估计在我喝第一口水时，就会有温暖的手伸过来。我很纳闷，在马路上见到老外，他们时常友好地同我打招呼："哈喽！"就连骑车送信的邮递员，隔着老远就微笑着冲我哈喽。为什么在水中就不肯拉兄弟一把？也许他们的注意力，全都集中在视线中的孩子身上，看不到别的。因为游泳池有规定，大人和五岁以下的孩子，必须保持半臂距离。

不管怎么说，在异国他乡，被水戏弄，岸上的救护人员毫无反应，感觉很不爽。

2015.5.17

演出归来

夜幕降临了，路灯睁开了明亮的眼睛。我从迈德伴可火车站走出来，拖着疲惫的脚步向家里走去。

刻苦练习了许多日子，一遍又一遍，不知跳了多少次，奔波忙碌了将近一天，只为台上几分钟的展现，值得吗？我在心里默默地问自己。

给我一个舞台，展示华人风采；给我一缕阳光，定把灿烂绽放。走出国门，我身上有个明显的标签，那就是：中国人！能有机会用文艺演出的形式，在澳洲传播中华民族博大精深的文化，值！我在心里响亮地回答自己。

出门前，我正在哄着孙女睡觉，眼睛却不时盯着钟表，距离开车时间还有一刻钟，我急忙把孩子交给家人，在她哭着要找奶奶的时候，我怀着对孙女的愧疚，快步走出家门。

归来时，虽然一身疲惫，心里却盛满了感动、温馨、自豪。是这份感动温馨自豪促使我，一定要记下点什么。于是，那一幕幕情景，便蜂拥而至，来到笔下。

“来，下一个。”为了演出更加出彩儿，美丽河畔艺术团团长丽莎正在为舞蹈队员统一化妆。从修剪眉毛、打粉底、描眉画唇，到佩戴头饰，每一个细节，她都亲力亲为，容不得半点忽视。天气异常炎热，她额头、鼻尖上爬满了汗珠，顾不得擦一把。

为了台上几分钟，丽莎付出了太多的辛苦，晚上，她组织带领队员们，由唐老师在海边大桥下的空场地儿，教大家练习舞蹈《爷爷奶奶和我们》，时常被蚊虫叮咬；白天，她和徐宁等队员四处奔波，寻找购买布料，缝制演出服，使着装和舞蹈内容有机地结合起来，达到了整齐划一。

丽莎的节目是演唱，她近期咳嗽嗓子疼，严重时几乎说不出话来。

队员罗伯特的夫人得知后，很替她着急，赶紧用蜂蜜和胖大海熬制成滋润嗓子的汤，送给丽莎。丽莎喝在嘴里，心里满是感激和甜蜜。她把这份感动变成动力，和阳春团长一起，带领大家，努力把美丽河畔艺术团打造成一支团结和睦、技艺精湛、充满正能量的澳洲华人文艺团队。

罗伯特夫人细致入微、关心他人的行为，不仅让丽莎本人感激、感动，也深深打动了全体队员的心，使大家深深感受到团队的温馨美好。

每次演出，土郎中大哥都主动为每个节目拍照录像。为了使大家都能够看到自己的表演，从中发扬成绩纠正不足，他不厌其烦地把录像做成各种形式，发到美丽河畔艺术团微信群里，直到每个队员都能打开观看，满意了为止。

每一次演出，无论路途远近，腊英都不辞辛苦，带上自己家的播放器，供演出使用。到波兰克汤姆为西人演出时，她拖着拉杆箱几次换乘地铁，上台阶下台阶，累得满头大汗，毫无怨言。其他队员，无论谁看到了，都要伸手帮一把。在团队里，时时有关爱，处处有温暖。

美丽河畔艺术团的队员们，大都是爷爷奶奶级别的人，看孩子、洗衣、买菜、做饭、打扫卫生，家务事繁重。但他们克服困难，积极参加每一次活动。无论白天还是晚上，只要通知练习或者演出，队员们都会把个人的事情放置一边，尽最大努力完成每一次的排练和表演。

美丽河畔艺术团，是在 Relationships Australia—Community Hub Ryde 提供长期不懈的人力物力帮助下，逐渐形成的一个以移居澳洲悉尼 Ryde 市周边的华人为主体的文艺团队。这个团队在迈德伴可社区负责人杰所的关爱帮助下，队伍在逐渐壮大，队员的技艺和整体素质有了显著提高，每场演出都受到观众好评。每周二，大家都会来到当地政府提供的场地学英语、学唱歌、学跳舞……参加这里举办的各项活动。来到这里，见到澳籍华人杰所的亲切笑脸，如同回到家一样温暖。有杰所的关心帮助，有团队骨干共同努力，这里被打造成一所澳洲华人的快乐家园。

有缘参加美丽河畔艺术团，和大家共同度过一段美好时光，心情是愉悦的。为西人演出结束后，走在马路上，一位老外开车经过身旁，停下来从车窗探出头，很激动地说了一大串儿英文。经同伴翻译，得知他在夸赞我们的演出很精彩！很好看！那一刻，我的心中油然升起一股自豪感。

时隔一日，我们被安排到悉尼达令港演出，罗伯特夫妇清晨五点钟起床，为参加演出的全体队员蒸了五十个大肉包子，作为午餐。包子吃在嘴里，暖在心上。罗伯特夫妇的关爱，使团队充满大家庭的氛围。

在候场的时候，有一对外国老人坐在我们身后，也许是因为我们友好的笑脸儿，也许是因为艳丽的服装，他们问我们什么时候表演，想看完我们的演出再走。得知还有两个节目就轮到我们了，他们慈祥地笑了，很有耐心地等待着。

当我们走下舞台回到座位，两位老人用中国话对我们说："很好！谢谢！"我们微笑着说道："三克油！"

中国广场舞《爷爷奶奶和我们》，能够走出国门，登上悉尼达令港的大舞台，跳出国人的精气神儿，展我华人风采，得到外国人的喜爱，被外国的大人小孩簇拥着合影留念，我感到很高兴。

美丽河畔艺术团，能够参加中国国侨办所属的华星艺术团承办的2016年中国春节联欢会演出，展示华人的风采，是一件值得自豪的事情。

2016.2.12

爱心传递

新主人已经到了，正在拆除上下两层的木质阁楼。阁楼上层，一侧是卧室，另一侧是餐厅。下层，一侧是休息室，一侧是卫生间和饮水处。上下两层间，有木质的楼梯，还有透气的栏杆。总之，这个宽敞的房舍还是很讲究的。然而，房舍的主人——小白和小灰，对它们即将被易主的事情，全然不知。它俩在草坪上的笼子里，咀嚼着鲜嫩的蒲公英叶子，看样子吃得很香甜合口。

哈喽！两个孩子趴在草坪上，一边爱恋地同它们打招呼，一边看小白和小灰悠闲地吃草。孩子们和小白小灰已经成为好朋友，经常长久地站在房舍前，和它们说话，抚摸它们。大孙女放学回来不进屋，直奔草坪，把新鲜的嫩草，通过栏杆的间隙塞进去，看它们津津有味地享受。

房舍已经拆好装进汽车，儿媳抱起笼子，把小白小灰送给新主人，一对年轻的老外夫妇。俩孩子追逐着笼子，寸步不离。尤其大孙女，对新主人一个劲儿介绍，它们喜欢吃什么草，喜欢吃什么水果。还介绍："妈妈说养我们很累，没时间养它们了。叔叔阿姨，你们会对它们好吗？"那对年轻人向孙女承诺："放心吧，叔叔阿姨没孩子，会好好照顾它们的。"这些对话，是大孙女翻译给我听的。

汽车开走了，大孙女还是忍不住哭了，牙牙学语的老二也叫着："兔兔，兔兔。"

别说孩子，我的眼睛也湿润了。任何东西，尤其是活物，相处一段时间，就会产生难以割舍的感情。

记得大孙女六岁生日那天，儿子儿媳将两只兔子作为生日礼物，送给喜欢动物的孙女。兔子的原主人要搬家，新家不是别墅，而是面积有限的公寓，于是在网上寻找喜欢动物的人家，儿子儿媳开车，把它们连同它们的房舍一起拉回家，安置在草坪的一侧。

两只兔子，一白一灰，个头儿很大，胖墩墩的，两只耳朵耷拉着，样子很憨厚。外国的兔子，不像我们儿歌里说的那样："小白兔，白又白，两只耳朵竖起来，爱吃萝卜爱吃菜，蹦蹦跳跳真可爱。"兔子本应把耳朵竖起来，而它们却耷拉着，怎么看都感觉别扭。

尽管它们的模样没有中国兔子机灵好看，但孩子们还是非常喜欢的。经常从草坪上拔草喂它们，隔着栏杆间隙把小手伸进去，抚摸它们。把自己吃的苹果、面包片喂给它们，还不断地问："甜吗？好吃吗？"

孩子高兴了，大人却平添许多麻烦。儿子要为它们清理粪便，打扫房舍。儿媳经常把胡萝卜、面包、苹果皮等掺和起来，营养搭配，喂给它们。我每天在接送孙女上下学路上，寻找草坪上那些蒲公英叶子等，选择一些它们爱吃的嫩草带回家。每次放进去，小山似的好大一堆，过一会儿再去看，全吃光了，真是两个大肚汉。偶尔它们没吃饱，夜里上蹿下跳，撞得木板咚咚响，吵得人难以入眠。家人不得不穿衣起床，拿些面包喂它们。连日来，我的腰疼得厉害，蹲下站起很吃力，但还是坚持着，一天两次拔草喂它们。

我们为之放好的便盆，它们根本不用，却把屎尿拉在隔板上，气味很难闻，需要每天清理冲洗。的确，养育两个孩子就够累人闹心的，再加上两只兔子，颇有些手忙脚乱。不得已，才为它们寻找到一个好去处。

在悉尼，不仅宠物易主，很多使用的东西也经常更换主人。比如，家里的两架钢琴，都是别人送给的。第一架是位外国金发女郎送的，她介绍说，钢琴是她姥姥送她的礼物，她一直非常喜爱。由于要搬家，新家面积小了，放不下，就想把它送人，并对继续使用它的人深表感谢。

还有位男士，把自己保存了几十年的一箱子老唱片，送给我儿子。为了欣赏老唱片，儿子专门配置了老式播放机。

当然，我们多余的东西，也送人，比如，墙上的大幅挂画、电风扇、书柜、儿童玩具、自行车、桌子、椅子、烧烤炉等。先给实物拍张照，发在网上，留下电话号码，有需要它们的人，会主动和我们联系，然后将东西拉走。

这里没有收废品的，如果住的是别墅，家家都有三只垃圾桶，齐胸高，墨绿色的身子，头戴三种不同颜色的帽子：红帽桶装生活垃圾，绿帽桶装青草、树枝、树叶等，黄帽桶装书本、报纸、塑料桶等。每周日的晚上，把两只桶拉到马路边，次日早起再拉回自己家。两只桶中，每一次都有生活垃圾桶，而绿帽桶和黄帽桶，隔一周拉出去一次。

假如谁家要扔大件物品，以前要等到规定的日子，把大件放置路边，由专人拉走。现在改成每家每年可申请扔大件物品五次，随便什么时候扔都可以。这就更方便了，有了不想要的大件，不必等到规定的日子。

扔出去的大件，有床、沙发、桌椅、电脑、电视机、电风扇、台灯、吸尘器、烤炉、自行车、跑步机、锅碗瓢盆等，应有尽有，有的东西还是崭新的。假如你是一个一无所有的租客，随便在马路边转转，挑选一些东西，便可布置一个家，把小日子过起来。

所以，这里的东西易主是常事，很多物件，在张家没用了，或者说由于地方的限制摆放不下了，可以到李家继续发挥作用。

澳洲地大物博人口稀少，但他们有着很强的节约意识和资源共享意识。每每把东西送给别人，都要感谢继续使用它的新主人。

就像上面提到的两只兔子，我们分不出时间和精力照顾它们了，便为它们寻找到新主人。爱心的接力棒，在互不认识的陌生人之间，不间断地传递着。

2020.6 期《东方少年》

载歌载舞同欢乐

在圣诞、元旦节前夕，迈德伴可社区举办了一次美丽河畔艺术团圣诞元旦联欢会。

那天，天空下着雨，一些新老移民特别是来澳探亲访友的中国人，纷纷打着伞冒雨前往。门口，有专人负责迎接大家，他亲切地接过雨伞，按秩序摆放好，让人感到有一种回到家的温暖。

华人在异国他乡相聚、相识，一起联欢，是件非常开心的事情。他们当中藏龙卧虎，人才济济，大家各显神通，使联欢会举办得精彩纷呈。参加演出的，有七十多岁的老人，有六岁的儿童，有电视剧《打狗棍》的原作者戴俊卿，有天津歌舞团的退休人员某女士，有武汉歌舞团的某女士……节目有舞蹈，有独唱，有太极拳，有诗歌朗诵，有湖南花鼓戏，有不同乐器的演奏，还有绕口令比赛等。气氛活跃，节目上档次，主持人丽莎风趣幽默，把一台联欢会办成愉悦心情、陶冶情操、颇具正能量的华人才艺大展示。

联欢会得到Relationships Australia—Community Hub Ryde的大力支持。同社区负责人杰所初次见面，就给人一种似曾相识的亲切感。社区领导和英语老师也参加了我们的联欢会。他们共同祝福大家节日快乐，并为我们献上一首圣诞歌曲。他们的演唱，把联欢会推向一个高潮。最后，所有参加活动的人员踊跃登台，跳起了欢快的交谊舞。联欢会结束后，大家品尝水果点心以及各自带来的拿手食品。边吃边聊，互相交流，不少人彼此留下了联系方式。

走出国门，见到华人都是老乡，老乡见老乡，心情特舒畅。华人相聚联欢，点亮了异国他乡的日子。联欢会上，作为美丽河畔艺术团的一名普通队员，我表演了一段舞蹈，受到不少人的鼓励。一个人的付出，能够得到他人的认可、喜欢，能够为他人送去欢乐，是件很开心的事情。

出国在外，环境陌生，语言不通，满眼皆是生面孔，难免感到寂寞无聊。参加迈德伴可举办的各种活动，可以学英语、学唱歌、学跳舞，结交新朋友，让生活变得丰富多彩，让日子过得有滋有味。美丽河畔艺术团很有感召力，他们爱惜人才，把爱好文艺、勇于奉献的人吸收为队员，带动大家一起唱歌跳舞，锻炼身体，愉悦心情。

海边大桥下的空场上，是美丽河畔艺术团练习唱歌跳舞的地方，每次演出前，他们都会牺牲晚上休息时间，到大桥下进行排练。一天晚上，有位来澳看望闺女的女士，到海边散步，被桥下传出的乐曲吸引住了，娘俩站在旁边驻足观看，那位女士看着看着，情不自禁地跟着跳起来，她的舞姿很有功底。这一情景被美丽河畔艺术团的负责人发现了，当场就和她们娘俩攀谈起来，并邀请那位女士加入艺术团，她爽快地答应了。其女儿见状高兴地说："我妈可找到组织了！每天，我上班后，她无事可干，很无聊。这下好了，我妈能歌善舞，有了发挥特长的平台。"

就这样，美丽河畔艺术团的队伍在不断壮大，当然，人员流动性也比较大，有人探亲假期满，就回国了。不过，有回有来，有来有回，来来往往，接连不断。凡是参加美丽河畔艺术团活动的人，都会在悉尼留下一段开心难忘的时刻。

载歌载舞同欢乐，赶走无聊和寂寞。每天有个好心情，生活品位大提升。美丽河畔艺术团的全体人员，竭尽全力，提高技能，释放正能量，为他人送去欢乐，使生活在社区及周边的人，尤其是来澳探亲访友的中国人，有个愉悦心情的好去处，共同度过一段美好的时光。

2015.12.22

在史蒂芬港

七月，是悉尼的冬季。周六，我和儿子一家，从悉尼开车到史蒂芬港游玩。

首先我们去滑沙。

远远望去，一行人抱着滑板，在高高的坡上缓缓而行，像极了电视剧《西游记》里的片头影像。不同的是，《西游记》里的瀑布是水，这里的瀑布是沙。

史蒂芬港的海边上，居然有如此大面积的沙滩，不，应该叫沙漠，它绝对够得上沙漠的宏伟气势。原以为，沙漠都是一马平川，一片散沙，踩进去拔脚都吃力。而眼前的沙漠，有沙丘，有低洼，高低之间有坡度。坡度有 45 度的，也有 90 度的，总之有大有小，看上去，很奇妙。一直以为，沙子是不抱团的，却原来斜坡也有一定硬度，踩不塌，压不垮，沙子拥抱在一起呈现这番景象，我还是平生第一次看到。

滑沙的地方，就属于这种情况。坡度的顶端很高，比较陡，边缘上比较低一些，坡度相对也缓一些。胆子大的年轻人，每次都抱着滑板走到最高处，他们把滑板放平，人坐上去，赤脚，脚掌直立，脚跟放在滑板前端的挡板上，双手放身体两侧，向前移动，然后顺着斜坡迅速下滑，溅起一路沙浪和欢快的尖叫声。

我胆子小，站在低矮处，向坡底望去，顿觉眩晕。开始，只想当看客，不想亲为之。看着儿子儿媳和孙女抱着滑板一次次爬上顶峰，从最高处滑向坡底，涌进沙窝，十分开心的样子。我心里便痒痒的，跃跃欲试。于是，脱掉鞋袜，站在沙子上。毕竟是冬季了，尽管阳光亮亮的，但还是感觉到了沙子的凉意。

儿子看我坐上滑板，鼓励道："向下滑！快滑！"我迟疑着，犹豫着，畏惧那种迅速跌落的失重感。孙女也在鼓励："奶奶，没事的。快滑呀！"我咬咬牙，豁出去了。即将下滑的那一刻，我还是恐惧地将双手十指狠狠插进沙里，以此减缓速度。滑到坡底向上看，别人滑过的地方，平平的，白白的，溜光。我滑过的地方，留下两道深深的抓痕，格外醒目。

沙子在斜坡上的硬度和力度，是我不曾想到的。我如此用力抓，它们没有呼啦啦流泻下来，虽然被我双手弄松动了，却依然停留在原地方。

滑沙的滋味还是不错的，滑沙和滑滑梯不同，滑梯是人造的，是硬邦邦的铁板或塑料板，而沙子是天然的，是柔软贴切的，在沙里滑行，舒适而安全。

滑了几次，便想四处走走，看看，赤脚在沙漠中悠闲地散步。抬头看，天空像硕大的蓝色帐篷，把我们罩在下面。举目远眺，帐篷下一半湛蓝，一半洁白，蓝的是海，白的是沙，在天和海、天和沙的衔接处，缝合得严严实实，再也看不到其他东西，好像世界只剩下蓝白两色。

海边，一浪追着一浪，像滚动的雪，翻卷的棉，海天一色，空旷而辽远。面对海，心门大开，拳头般的心，好像被眼前的景象撑大了许多。

再看沙漠，白茫茫一片，那么沉稳，那么洁净。走着走着，便产生了与其拥抱亲热的欲望，于是，趴在沙的怀里，躺在沙的臂弯里，感觉温嘟嘟的。太阳把它焐热了，它又温暖了我。我憩息在无边的辽阔里，感觉自己渺小得像只蚂蚁，不，像一粒沙。和神奇的沙漠脸贴脸地相拥，听着远处传来的阵阵涛声，我有些醉了，和大自然亲吻拥抱，是一种多么奢侈的享受。

夜间，我和儿子一家，住在一座离地面只有五个台阶的小楼里。小楼里两室一厅一厨一卫，很宽敞、很干净。在沙漠里滑沙、趿涉、游玩了近一天，晚上洗个热水澡，美美睡了一晚。

清晨，呼啸的风把我吵醒了。冷风飕飕，没有了昨日的温和。昨天离开沙漠时，孙女看到有人骑骆驼，也想骑。因时间关系，答应她第二天再来。

再次走进沙漠，它换了一副模样，白沙在风的推动下，水一样奔跑流淌，细沙追逐着人，直往嘴里钻，脸上贴，搞得人睁不开眼睛。前边有个旅游团在骑骆驼，我们需要排队等候。风越来越大，我们只好钻进车里。干净的汽车，里里外外灌进不少沙子，嘴巴里的沙粒，嘎嘣嘎嘣响。

终于轮到我们了，我和孙女戴上安全帽，站在最温顺的领头骆驼前，等待工作人员的操作。好一会儿，没人招呼，好像有什么异常。儿子上前询问，得到的答复是，风太大，刚才有只骆驼发怒，不肯走，差一点把人甩下来。他们担心出危险，要暂时停止骑骆驼游览沙漠这项有偿服务。

带着遗憾，离开沙漠。

开车来到另一处风景区，听儿子说，来这里的人，必登山观海。然而，天不作美，风大且冷。赏景的欲望促使着我们，顶风登上了最高点。

四个方向，有着不同的景致。站在山顶的栏杆处，眺望远方，俯视脚下，除了感叹大自然的神奇、辽阔、震撼、美丽外，笨拙的我无言表述内心的感受。儿子指着左右两侧的海水说，左侧通南极，水蓝得出奇，鲜艳得像水彩画。而右侧的水，就是通常看到的大海的颜色了。两处的海水，泾渭分明，奇特而美妙。孙女则对海面上的微型龙卷风，发生了浓厚的兴趣，不断发现，不断兴奋地指给我们看。风在海面裹挟起海水，打着旋儿转动。在阳光照耀下，呈现出赤橙黄绿青蓝紫的微型龙卷风，这里冒出一个，那里冒出一个，格外美丽有趣。我想，这是否就是龙卷风的雏形，它一旦形成气候，大概就会变成恐怖的灾难了。

四面的美景赏不够，直到肚子咕咕叫，才意识到，在这里已经逗留很久了。

史蒂芬港，我记住了你的名字，你的模样装进了我的相机，留在我的心中。

2016.7.30《今日文艺报》

宅根和泰勒

天，蓝得水灵，醉人。云朵悠闲地蓬松着，像大团的棉花糖。草坪的蹦蹦床上，跳跃着三个孩子，一个黑头发黑眼睛，是我的孙女，两个黄头发蓝眼睛，是邻居家的小孩，他们是兄妹，男孩叫宅根，女孩叫泰勒。他们的英文名字怎么写，我不清楚，家人称呼他们时，发音类似这个声调。

孩子爱扎堆儿，猴子似的，乱跑乱追乱窜。蹦蹦床上闹够了，相互跟着跳下来，在草坪上翻跟头，打滚儿。他们好像有使不完的力气，尤其宅根，十一岁，长得人高马大很健壮，胳膊上、腿上的汗毛密匝匝的，和头发一个颜色。九岁的泰勒个头也不小，皮肤白皙，脑后梳个马尾辫，黄得发亮。和两个老外相比，不足六岁的孙女就显得秀气多了。他们三人，在同一所小学的不同班级读书。

草坪上的几个球，被宅根踢得满天飞。有一个被橡皮筋固定的足球，被他踢飞又弹回，弹回又踢飞。玩腻了，他让妹妹抓住球，他把另一头的橡皮筋从固定物上取下，将橡皮筋拽展，拽出去很远，然后猛然松手，弹力相当大的橡皮筋瞬间弹回，重重打在泰勒的脖子下面，泰勒垂头蹲下，双手捂住前胸哭了。她一边哭，一边说着我听不懂的鸟语。看得出，她疼极了。她的哭声不像有的孩子哇哇的，很张扬。她的哭声很小，说话的音调也很小，好像只是诉说疼痛，并没有冲她哥哥发火的迹象。

我被这突发事件吓呆了，这毕竟是在我儿子家，我不会说鸟语，只能用手抚摸着她满头金发，表示关心。孙女蹲下来，和她柔声说鸟语，宅根见妹妹痛苦不堪的样子，走到她面前，亲吻她的额头，一个劲说 sorry。泰勒的双手拿开，我发现她脖子下面红紫了一大片。

宅根和泰勒的妈妈下班后，来接他们，宅根主动走向前，叽里呱啦说了一通。我猜想，他可能主动承认了错误。他妈妈听后，看看泰勒的胸前，居然没有任何反应，她大概已经习惯了兄妹俩的打闹。

宅根和泰勒，尤其是宅根，的确够折腾的，喜欢安静的我，颇有些受不了。记得第一次去学校接他们来家，一出校门，宅根蹬着两轮踏板，飞也似的直奔大马路。那条马路上没有人行横道，我在后面猛追，惊恐地喊，慢点！不要自己过马路！其实，我的话，纯属对牛弹琴，他哪里听得懂。还好，我气喘吁吁追过去，他站在路边，并没有要独自穿越马路的意思。我领着三个孩子，左顾右盼，瞅准两边汽车有了足够的空间，说："过！"我们一行四人快速通过马路，打仗似的紧张，到了马路对面，我的心才放下来。儿子说，要给市政厅写封信，建议在这条小学生必经之路上，弄个人行横道标志。如果采纳，所有汽车就会统统向行人让路了。

进了家门，宅根和泰勒把鞋袜脱在门口，赤脚跑进去，把书包往客厅地上一扔，坐在餐桌前，开吃。接回他们是下午三点多，距离晚饭还有一段时间。我所说的吃，是指点心，零食。比如蛋糕、饼干、薯片、冰激凌等。桌子上几个大盘子里，摆放着食品，瞬间就被兄妹俩一扫而光。看来，他们对我儿子家很熟悉，什么东西放在什么地方，门儿清。宅根吃完桌子上的东西，又拉开大抽屉，吃巧克力豆，他们的胃口真大！莫非他们的爸妈不让吃零食，儿子家零食太多，孙女反而没了胃口。

吃足了，宅根在客厅拍皮球，在地上打滚，到玩具房翻遍所有玩具，玩腻了，又跑到院子里的草坪上追逐。进进出出，没个消停的时候。看着他们，心好累。

听说，开始儿媳想给孙女找个小伙伴玩儿，便和邻居家商量，放学后接泰勒来家里玩。不料，泰勒的妈妈说，把宅根也一块接到你们家吧。这个老外，真够不客气的。

我来悉尼后，接三个孩子的任务就落在我肩上。我知道，儿子同周围几个邻居相处很好。宅根的爸爸第一次见到我，就用生硬的中国话问："你好！"让我感到很亲切。有时候，几个邻居会一起带着孩子来家玩，男人来了，坐在草坪的椅子上喝啤酒，女人来了喝小香槟酒。他们很健谈，屁股很沉，聊起来就忘了回家。尽管儿子同他们关系很好，但每次接宅根和泰勒来家，我还是感觉闹得慌。

一次，我忙着干事，宅根和泰勒在客厅打起来了，没等我跑过去，泰勒哭着躲进卫生间，把门反锁了，宅根在门口叫，她始终不开门。过了很久，泰勒红着眼睛出来了。孩子们打闹，常常会自动和解。泰勒出来后，他们又玩在一起了。这个时候，我听到家中有流水的哗哗声，停止手里的活儿，寻找声音发源地。原来，卫生间的马桶在一直流水，上午刚放的一卷手纸，也所剩无几。儿媳向泰勒了解情况，得到的回答是，擦鼻涕眼泪用了一卷纸，因为纸堆积太多，她就一直按着按钮冲了很久，结果，流水停不下来了。

看来马桶坏了，儿媳担心下水道被堵，这些事都要请人修理。悉尼的修理费用很高，前不久，客厅和玩具房有两个插销没电了，请来一名电工，花了850澳元的修理费。

孩子毕竟是孩子，在一起玩耍时，不断打闹和闯祸，很不省心。损坏东西在其次，主要担心两个孩子频繁打架，万一发生什么意外，不好向对方家长交代。听孙女说，这次宅根和泰勒打架，泰勒光着腿，被宅根踢得太狠了，才躲进卫生间哭的。

之后，宅根的妈妈决定，由我把三个孩子从学校接回来，然后把宅根送回他自己家，只把泰勒带回我儿子家，她下班后，来接泰勒。我答应了。不过，对此，我是有私心的，心想，莫非老外都是这么不客气，就这样一直接下去，接到何时是个头啊。

那天，我在学校见到宅根，他跑到我面前，递给我一张字条，上面写满了sorry，我一时不知说什么。当然了，说英文，我不会，说中文，他不懂。那一刻，我的心软了，好像不把他们兄妹一起接回我儿子家，是个过错。但又一想，倘若他们再次打架，万一有个闪失，不好向其父母交代。把他们接回家，不光让他们吃、喝、玩，是要对他们的安全负责的。

中国人，大多数是讲责任的。

2015.4.28

蜘蛛

接送孙女上下学的路上，经过一片别墅区，别墅的围墙有的齐胸高，有的齐腰高，也有更低的，抬腿就能迈过去。围墙多数为栏杆，透红透绿，院内有几块草坪，几棵树，树下的秋千架、滑梯全都一览无余。栏杆内的鲜花，一朵朵一枝枝，伸展腰肢“红杏出墙”，它们摇头晃脑，向路人友好地微笑着。

有一家别墅的篱笆外，植物茂密，郁郁葱葱，上面结有不少蜘蛛网，每个网中都悬挂着树叶，叶片呈筒状，我和孙女感到稀奇，蹲下来观察，发现每个叶片内都藏有蜘蛛。

为了培养孩子的观察能力，我拿起一根小木棍，轻触卷筒下端，一只蜘蛛瞬间弹出，把我吓一跳，本能地扔下木棍，站了起来。它在很短的时间内，完成弹出缩回，我们根本没看清楚。

平静了一会儿，意犹未尽，想再次观察。于是，我悄悄蹲下，捡起刚才的木棍，再次轻触卷筒，它不再出现，我们只能窥到它长长的后腿。就在此时，我的小拇指一阵疼痒，颜色迅速变红，我怀疑是中毒了。在第一次轻触时，蜘蛛发现有敌情，弹出时释放的毒液粘在了木棍上。当我第二次拿起时，毒液就粘在了手指上。一定是的。

如此想着，不免产生恐惧，联想到一只毒蜘蛛能把一条蛇弄死的信息，越发紧张起来。看来有毒的蜘蛛，其杀伤力是相当大的。我牢牢盯住发红的手指肚儿，不知所措，胡乱在上面用力挤捏，试图弄破手指，挤出毒液。

孙女见状急了，也学着我的样子，用力在我手指上挤压，用指甲掐，又慌忙从眼前的植物上揪掉一片鲜嫩的红叶，揉碎，往我手指上使劲儿抹擦，一边擦一边不停地问：“好点儿没有？”我说：“赶紧回家，用肥皂水洗洗手，再用酒精棉球消消毒，也许能管用。”孙女一边拉着我向家里跑，一边焦急地问：“奶奶，你会死吗？”问得我眼睛模糊了，心情很沉重、很复杂、很悲伤，我是来为晚辈服务的，千万不能添乱啊！

回到家，我用肥皂搓洗后，又用酒精棉球擦洗。疼痒的感觉在逐渐消失，手指肚儿的颜色也逐渐趋于正常。谢天谢地，无大碍，虚惊一场。

从听到毒蜘蛛战胜蛇，再到自己的亲身经历，我有点谈蜘蛛色变。在树丛花草间，看到或大或小的蜘蛛，躲得远远的，在自家的草坪花草间，发现蜘蛛网，赶紧清除掉。

这里的蜘蛛，有的带黑白花纹，有的翠绿，有的鲜红，有的浅灰，有的米黄，还有的身子呈肉色，八条腿鲜红。个头儿小的蜘蛛，很秀气，有米粒大的，有绿豆大的，个头儿大的蜘蛛，看着有些粗野，长长的腿，身上有黑白条纹，圆滚滚的肚子像算盘珠子。

我曾在空中两根电线上发现一个蜘蛛网，大而密实，网状在太阳下闪闪发光，网中栖息着一只蜘蛛，肚子很大，腿粗且长，大模大样地倒挂着，很舒展地趴在网上，格外醒目。大风袭来，能把树木刮倒，居然刮不走它，真是不可思议。我经常路过那里，总能看到它。冬天来了，一日我又经过那条马路，抬头观看，网在，蜘蛛却不见了。看来，它很聪明，知道高处不胜寒，挪窝搬家了。

小时候在河北老家，每每见到蜘蛛，母亲就会说，早见喜，晚见财，不时不晌有客来。也就是说，什么时候见到蜘蛛，都是好事情。因此对蜘蛛便有了几分好感。来到悉尼，彻底改变了我对蜘蛛的看法。

每当看到蜘蛛，无论大小，无论什么颜色，都如临大敌，赶快躲开，既然我分辨不出它们谁善谁恶，谁是正常蜘蛛，谁是有毒蜘蛛，一律加以防范就是了。

2015.9.2

住在儿女家

一年时间，倘若在北京，忽悠一下，很快就过去了。而住在悉尼儿子家，虽然四季草青树绿花芬芳，水果蔬菜等食物都是绿色的，但自我感觉，日子还是无形中被抻长了。

昨天去学校接孙女，碰到来自武汉的一位女士，来接外孙子。因为俩孩子在同一个班，我们见面时总爱打招呼。她很兴奋地告诉我，月底就要回国了。还说，回到自己家就自由了，想睡三天三夜就睡三天三夜。在这里，女婿是个老外，生活习惯有很大差异。我进他们房间，都要经过女婿同意。我认真听着，不太理解的是，据说，在当今家庭这个单位里，一般都是女性当领导。她作为姥姥，作为领导的母亲，也渴望回家，渴望过属于自己的自由日子。如此看来，住女儿家，也不如住在自己家里舒坦。

出国帮儿女看孩子的爷爷奶奶姥爷姥姥们，碰到一起，总爱聊天。我嘴笨，不善交谈，却是一位忠实听众。在照顾好孩子的前提下，我愿意把耳朵抻长一点儿，听听他们都在聊些什么。从他们的聊天中得知，一般情况下，女方的父母，也就是领导的父母，过得比较舒心，被领导的父母，相对要差一点儿。但也不完全是。不管是哪方父母，多数还是愿意回国，回自己家。来此只是为了帮孩子的忙，完成一项任务。当然，也有一些人，觉得这里空气好，吃得放心，加上他们爱好交际，很快找到了良好感觉，花钱办理了移民。

北京一个唱歌的，退休前是某歌舞团的，到了这里，带学生，参加不同场合的演出，日子过得忙碌而充实。而她的老伴，就不愿意在这里待，他说，到了悉尼一下飞机，感觉浑身不对劲儿，莫非是氧中毒？离开雾霾还就不适应了。说完，自己先嘎嘎乐了。此人退休前曾是某队打球的。一天，他带着孙女去海边儿童游乐区玩儿，对着几个老熟人说：“昨儿晚上和儿子生气了，如果不是帮忙看孩子，我才不来呢。我要买机票回北京了，我对儿子说，我要不走，我管你叫爸爸。”隔了几日，再次见到他，好像气儿已经消了，没再提起买机票的事。牢骚归牢骚，就一个独生子，照样老老实实飞过来帮忙，看孙子孙女。而家中八十多岁的母亲，交给一个保姆照看。真是苦于分身无术啊。

这些漂洋过海，帮助儿女照看孩子的人当中，不乏局、处、科级的头儿，到了儿女家，就都降为被领导了。他们在位时，领导着不少人，退下后，未必能搞定家庭这个小单位。有人说，我们这一代人，是孝敬父母的最后一代人，是被儿女抛弃的第一代人。这种说法也许绝对了点儿，独生子女当中，或者说年轻人里，能够做到孝敬父母、夫妻互相尊重的人，肯定是有的，至于占多大比例，我就无从考证了。

由此想到我的父母，我在军工厂成家后，每年天冷之前，便把父亲从河北老家接到我家，因为老家的取暖条件差，父亲当八路军时落下胃病，天冷易犯病，犯病后，几顿吃不下一点儿东西。

调回北京的第一年，一场秋雨过后，天气几乎没有过渡，一下子就冷了。我望着冷风追赶的树叶，开始犯愁了，接父亲吧，因为和婆婆住在一起，怕她老人家感觉别扭，不接吧，担心父亲的身体。我把自己左右为难的苦恼告诉了爱人，爱人对婆婆讲了，婆婆同意我把父亲接到北京。对此，我万分感激。

两位老人，一个曾是八路军，一个曾是阔家女，生活习惯截然不同。就拿生炉子来说吧，我婆婆喜欢把炉子烧得旺旺的，让屋子里温暖如春。我父亲看到火炉子烧得太旺，担心浪费蜂窝煤，于是把炉门关小。婆婆看见了说：“你想冻死我呀！”婆婆心地善良，却快人快语，有啥说啥。父亲的脸面有点挂不住了，悄悄对我说：“我想回老家。”

现在看来，真是让两位老人受难为了。我和爱人上班远，早走晚归，儿子上学后，两位老人在家中，一定有诸多不适应、不方便，甚至感到很别扭。

我儿子是父亲带大的，他得知姥爷要回老家，就趴在姥爷耳边说，我奶奶说什么，您别往心里去……外孙子的话起了作用，把姥爷挽留住了。

慢慢地，父亲和我婆婆相处得融洽了。一次，婆婆出去遛弯儿，中午了仍不见回家，我父亲做好饭，久等不来，就出去寻找。原来八十多岁的婆婆迷路了，把北当成南，越走离家越远。我父亲找到我婆婆，把她接回家。时隔几日，吃饭时，我父亲发现我婆婆用筷子的手不灵便了，于是就喂我婆婆吃饭。

尽管家庭很和睦，但只要天气不太冷了，我父亲便执意回老家，拦都拦不住。考虑到春寒，想挽留他多住几日。不料，父亲因此天天晚上失眠。

我母亲比父亲小六岁，且身体好，而且家里也离不开她。父亲在世的时候，母亲很少到我家里住。父亲去世后，母亲也上了岁数，也开始怕冷，天一凉，气管炎容易复发。于是，每年天冷之前，便把母亲接到我家。这个时候，婆婆已经不在了，儿子上大学住在学校，我们上班后，家里就母亲一人，可谓自由自在，想干什么干什么，随便。

然而，母亲却随便不起来，也自由不起来。每天睡觉前，要求我必须找出第二天可供她干的活儿，否则她就感觉没意思。家里哪有那么多活啊，被褥拆洗缝好了，毛衣拆洗了，鞋垫做得足够几年用了。实在没活了，找出工厂以前发的线手套，我妈把一双双手套拆了，再把棉线一根根分开，然后带回老家，织成床单布，供我们使用。实在找不出活儿，我妈在京度日如年，天天看日历，数着已经来京多少天，还有多少天就可以回老家了。我当时很不理解，回到老家，她一个人住，哪儿比得上在京热闹。但是她说，回到家是自由的，想干吗就干吗，想去哪儿就去哪儿。这话如今回想起来，和武汉姥姥说的话多么相似啊！

看来，金窝儿银窝儿不如自己的土窝儿，此话是有道理的。一般来说，人还是住在自己家是最舒心的。当然了，那种存在暴力行为的家庭，那种为一点小事就大动干戈使人感到恐怖压抑的家庭，就另当别论了。

自从在儿子家住过一年后，我才深深理解了我的父母。当年，我总是以天气还未转暖为理由，延长推迟他们回老家的时间，我原本一片孝心，为父母的身体考虑，哪晓得他们早已归心似箭，度日如年。当时，我对父母执意要走的要求，曾经发过脾气，如今回想起来悔恨不已。我日思夜想的亲爹娘，女儿在此向你们深深道歉：对不起！实在对不起！对于父母，早一天理解，就会早一日做得更细致、更周到一些。

来此一年，感触多多。因为神经太过敏感，对惊、恐、怒、思、愁，悲、苦、喜、伤、忧的感触，也就更强烈一些。生活中，那种随遇而安的人，幸福指数肯定是比较高的，能把平凡日子用快乐点亮的人，是智慧的。道理易懂，真正做到就不容易了。正因为难，才需努力，要用心把平凡枯燥的日子，经营得有滋有味有乐趣。

2016.2.5

第二辑　心海微澜

爱恨故乡情

连日来，夜间做梦，次次都是梦回故乡，儿时的伙伴，儿时的情景，真实极了。我知道，我是想家了。尽管那个不算太远的河北老家里，没有了最疼爱我的爹和娘，我还是抑制不住地想，想得泪水流淌。

今年“五一”，侄女一家开车回老家，问我是否愿意一同前往，我没加思索，便爽快地答应了。

在老家短短的两天半时间里，去葡萄园捆绑了半天枝条，返京的上午，摘韭菜、包饺子，其余时间，大都用来怀旧了。

我把家里的各个房间，楼上楼下，细细看了一遍，回想着爹娘健在的情景，顺手搞了卫生。我去地里看望了爹娘和故去的其他亲人，我抚摸着爹娘的坟头，迟迟不肯走开。我知道，在每一个平凡的土堆下，都埋藏着一部生动的故事。可惜，父母在世时，他们的故事，尤其是父亲在战争年代的经历，我没能记下来，如今，再想问什么，永远得不到回答了。

自从1971年离开家乡，至今已经47个年头了，我还是第一次沿着主街，用满含深情的目光，抚摸着儿时走过的一条又一条胡同。胡同还是那条胡同，两旁的房屋全都变成了新的，高大了许多，有的变成了二层楼。

在我家的胡同口，碰到了文花，她停下电动车，热情地问：“景棉，啥时回来的？看你，怎也不显老？”我知道，这只是表象，少风吹日晒的缘故。儿时的伙伴小虎子，拄着双拐走过来了，听说刚做了一次手术。我主动同他打招呼。他问：“好几年没回来了吧？”我说：“是，父母不在了，回家就难受，憋不住想哭，在他们最需要我的时候，我没有在身边……”说到动情处，我泪眼模糊，我分明看到，他的眼睛也湿润了。

在另一条主街上，碰到了军子，他热情健谈，开口就提及那年发大水，感谢我为他打的之事。他不说，我早忘记了。好像是1997年，我们一家三口从老家返京，他回邢台，一同被大水冲坏的路段阻截、相遇。我们只有步行穿越危险路段，寻找的士，打算先到邢台，从那里坐火车回北京。我们打的后，请他一同上车。顺便的事，他却一直记着，念念不忘，说那时穷，长途打的很贵的，如何，如何。

看他说话亲切、待人礼貌的样子，很难想象他曾是我儿时最惧怕的人之一。那个时候，他调皮，说话带刺，我上下学经过他家胡同口，他好像有意等在那里，见我走近了，就扯起嗓门，说一些难听的顺口溜儿，虽然没有提及大人的名字，却分明在旁敲侧击羞辱我。那些话，曾经对一个胆小敏感的七八岁女孩，形成了致命的打击。导致我至今自卑有余，自信不足，永远觉得己不如人。

还有一位男孩儿，听他后来说很喜欢我。一般男孩子喜欢某个女孩儿，会想法保护她免受伤害。而他，却加入几个嘎小子当中，起哄架秧子，让我十分费解。长大一些后，同台演出样板戏，其间，他写信向我吐露心声，说我纯洁无瑕，说如何喜欢我……欣赏着一行行苍劲有力的钢笔字，读着一句句暖心暖肺的甜言蜜语，我一度沉浸在他的赞美中。后来见了他，大老远的，心就突突突狂跳。那个小伙子，如今看来，该是我的初恋吧。

父母健在时，我曾多次回老家，但每一次，都不爱出门，把自己关在家里干活，打扫卫生，整理房间。母亲多么希望我能像邻家女孩那样，出去走走，见人打招呼，串串门，说说话，融入乡亲们之中。我偏不。

永远忘不了几个嘎小子的胡言乱语，也永远忘不了去杏林途中，看到别人家的后墙上，用土坷垃写上去的文字，它们像电焊火光，灼伤了我的双眼，刺痛了我的心。每每经过那里，我都不敢直视那些字，低着头匆匆而过。我个子小，够不着那些字，也没有胆量想办法擦掉它们。我的父亲被说成有历史问题，我的母亲被流言蜚语羞辱。作为他们的女儿，我人前抬不起头来。那颗稚嫩的心，被深深划伤了，很痛。

后来才明白，曾经挨整的八路军父亲，和长相好看的母亲，是一对多么正直坦荡善良的人。个别侮辱他们的人，自己龌龊，却在理直气壮地对他人嚼舌头，说三道四。可悲的是，那个时候，我不辨是非，居然羡慕表面光鲜内心阴暗之人，敌视并嫌弃我的父母，怨恨他们，让我小小年龄跟着蒙羞。我用一个女孩子所能做的一切，疏远他们，全然不顾及父亲写检查挨批斗的感受，更无视母亲为了全家的辛勤付出。我甚至仇视母亲的美丽，宁愿她是个丑女人。如果那样，也许就能掐断女人嫉妒的目光，阻隔异性追逐的视线，也就不会有什么飞语到处流传了。

在母亲离开我的第八个年头，好端端的，我突然想念曾经对我有过伤害的故乡了，突然想回家了。这个念头来得突兀，又执拗得不可抗拒，我想和家乡和解，我想和曾经伤害过我的人和解，我想……

然而，这次回乡，让我领教了，家乡的风，够硬，家乡的日头，够烈，在短短两天多的时间里，家乡在我身上留下的印记，够深。那天，去葡萄大棚待了一会儿，如蒸桑拿，很快就大汗淋漓，跑出来后，没有采取任何防晒措施。我不敢打伞，也没戴遮阳帽，我怕乡亲们看到了，说我娇气。说实在的，父母那一代人，多数已经不在了，我的同龄人，女的嫁出去了，男的，多数打工去了，而那些年轻人，对面相见不相识，有谁会注意我？尽管如此，我还是怕。这个怕，是我自己设置的，自幼怕人说三道四的恐惧心理，已经根深蒂固了。所以，我就那样满脸淌着汗，顶着中午的日头回家了。

之后照镜子，发现整张脸，除了眼镜腿下面是白的，其余地方全都涂了层薄炭似的。我还震惊地发现，嘴唇上端起了不少皱褶，如同小笼包子的收口处。我清楚，眼下的年龄，是被皱纹青睐的年龄，我根本不知道也弄不清楚以往脸上的皱纹，都是在什么时候悄悄爬上去的。但是，我记住并发现了，嘴唇上端的包子褶，是在回乡的两天之内添上去的。

莫非家乡嫌弃我好久未归，给我脸色看？这大可不必。我已经领教了家乡的厉害，虽然曾经做过龌龊事的人，已经变成了土馒头，虽然昔日的嘎小子已经变好，有的已成为拐弯亲戚，但当年对我性格形成造成的影响，却一直甩不掉。比如，举手投足，怕人非议；比如，事事自卑，总觉得己不如人；比如，处处谨慎，总怕打扰了别人。

那天，爱人要帮我的一位朋友修理电视机，让我打电话约时间，我说："这么早，我怕朋友没起床。"他骑上自行车，帮同学修理照明灯去了。午饭后，他又催我打电话，我说："等会儿吧，我怕朋友正午休。"他急了："你能不能把怕字去掉？！张口怕这，闭口怕那，累不累啊？"我必须承认，爱人所言极是，他击中了我的要害。很长一段时间，他像纠正结巴说话一样，纠正我去掉语言中的怕字。他经常鼓励我，夸我，意在消除我的自卑。然而，整整40年了，40年的欣赏和夸赞，也没能让自卑远离我半步。可见，儿时在故乡形成的自卑性格，是多么难以更改。

亲爱的家乡，您对我，够狠！儿时曾经划伤我稚嫩的心，如今，在我最在意容颜的时候，却在我脸上刻下几条醒目的碎道道。尽管如此，我依然恋着您！故乡的人，故乡的物，故乡的一切，已经深深雕刻在心头。

这次回乡，我想吃一把野菜沙蓬蓬，被告知，杏树林的树都刨了，沙子都卖钱了，没有了沙土地，哪来沙蓬蓬？我想吃几个嫩白的毛毛秧，咀嚼一截甜草根，被告知，也没有了。我想拉拉风箱，看袅袅炊烟，闻久违的柴草味儿，被告知早就用电做饭了。以前的很多东西，现在都没有了，这让我很伤感，很怀念。

水井早就不见了，池塘早已被填了，蛙鸣早已消失了……只有两个石碾磙子，不知被谁竖起来，放在村口一个胡同两侧，供聊天的人闲坐。我在那里站立良久，像见到了儿时的老朋友，想听它们诉说点什么。

很多东西，都被时间卷走了，再也难以找回当年的感觉，二层楼替代了老屋，汽车、电动车替代了脚步，水泥路平整了泥土路，儿子顶替了老子……面对熟悉又陌生的故乡，我该高兴？还是失落？

细想想，又并非一切都被卷去，当我们承认世界和人生的有限性时，才会倍感某些情感的珍贵吧。

年轻的时候，我曾为逃离故乡而欢喜雀跃，心里淤积了不少怨恨，随着年龄的增长，那种怨恨在不知不觉中淡化了，稀释了，风干了，而对故乡的爱，却在与日俱增，且爱得执着，爱得深沉。

2018 年 7 期《散文百家》

带着美出发

在首都机场检票口，我收住依依不舍的脚步，看着儿子一家继续前行。突然，孙女扭转头，跑过来搂紧我的脖子，在脸上亲了又亲，说："奶奶，我不想回悉尼，在北京还没玩够！"我抚摸着她的头："下次，下次来再玩。"她慢慢松开手："好吧。下次，我还想去云梦仙境。"我说："好的，一定带你再去。"她边走边说："回到悉尼，我要讲给同学听，给同学看我拍的照片、视频。他们一定会说，It's beautiful！"她一激动，忘记我听不懂英语，赶紧改口："太美了！"

是的，北京太美了！孙女这次回京，她的相机里、她的眸子里、她的心里，装满了美。近一个月的时间，她几乎天天享受视觉上的盛宴。天安门、故宫、颐和园、北海公园、天坛、地坛、日坛、月坛……此刻，她带着太多的美出发了。

这次，儿子一家回京探亲，孙女明显长大了，由上次的幼儿园小朋友，变成了二年级的小学生。我和爱人带着孙女四处游览，越发加深了她对北京的美好印象。尤其是北京的后花园怀柔，怀柔的云梦仙境，云梦仙境的青山绿水，更是给她留下深刻记忆。

那日，在云梦仙境高高的观景台上，我们一起观看了日出和茫茫云海。孙女早早举起了相机，不停地问我："太阳为什么还不出来？太阳什么时候出来啊？我都等急了。"我说："快了，快了！"在我们焦灼地等待中，一轮红日从山峰的顶部悄悄探出一点儿头。孙女跳跃起来："出来了！太阳起床了！"她按动快门，咔咔咔，抓拍了许多张太阳冒出山头的娇美姿势。太阳看到我们捕捉到了它，索性探出整张脸，和我们笑着对望。

太阳点亮了大地，点亮了群山，让我们的视野豁然开朗。周围的山峦都苏醒过来，一副神清气爽的好模样。初升的太阳，射出一条一条的金线，为山峰织出一件金光闪闪的袍子，当群山都披上这样的袍子，整个天地变得晶莹华彩，犹如传说中的天宫。孙女举着相机跑到我跟前，兴奋地说："奶奶你看，我拍的，太阳坐在树枝上荡秋千呢！"我凑过去看，果然拍得不错，绿色的枝条上，托起一枚红日。她两三岁的时候就喜欢拍照，如今，拍摄的照片很是有模有样了。

遥望群山，白茫茫的雾，一团团、一缕缕在山间自由穿行。它们成群结队，浩浩荡荡，贴着山的肌肤，或缠绕山腰，或漫过山顶，汹涌着、翻滚着朝我们扑来。一时间，观景台淹没在茫茫白雾中。孙女惊呼："奶奶，您在哪儿？我看不见您了！我们是不是钻进雾的肚子里了？"我被孙女的话逗乐了。片刻，汹涌的白雾游走了，我们像是被人蒙了眼罩又突然摘掉，看见了彼此，快活地笑起来。山峰在大团大团的雾中时隐时现，偶尔露峥嵘，光芒璀璨，让人惊艳。孙女问："奶奶，这些雾是云彩的孩子吧？"我说："可能是吧。"一群又一群的雾，承袭着云的轻盈和飘逸，比白云更灵动、更神秘。它们在山中缓缓游走、流淌，犹如一群白衣仙子，拖着长衫，舞动着水袖，在山间载歌载舞。它们的精彩表演，使山水更加美艳、壮观、生动。

孙女对于变化多端的云雾喜欢极了，不时伸出小手指点着："奶奶快看这边！奶奶快看那边！"她一边欢呼着，一边不停地拍照。眼前的群山，太阳照到的地方镶金镀银，光华灿烂；照不着的地方幽暗深邃，神秘莫测。巍峨的山，灵动的水，飘逸的雾，奇美、壮观、大气磅礴，根本用不着挑选角度，每一处都美得让人心醉和神往。

漫步在云梦仙境，移步换景，景景迷人，处处好风光。

山枕着水，水绕着山。山上青翠叠嶂，养心养眼；山中潺潺流水，或急或缓。林立的奇峰，百丈飞瀑，清水深潭，勾画出一幅幅妙不可言的天然画卷。鬼谷庐，龙潭涧，京北第一漂……每到一处，孙女都好奇地问这问那。她活泼的身影在山间舞动着，她稚嫩的笑声在山中回荡着。身着红裙子的孙女，如同一枝鲜艳的花骨朵儿，把山水染得都好似年轻了，焕发出激情四射的活力。绿水使青山充满了灵气，青山让绿水更加妩媚，徜徉在云梦仙境，与山水相亲相爱，和清纯天真的孩子一起游览是愉悦的。不觉间，身心得到了一次净化与洗礼。

日复一日，生活在闹市，心被凡俗所累，只有放归大自然，亲近大自然，才能有真正的醒悟和喜悦吧！我想，应该是的。大自然是净化器，人需要不断地走进去，洗涤心灵上的尘土，让心胸变得洁净豁达开朗起来，清清爽爽继续前行。

孙女回悉尼后，一日晚上和我进行了两个小时的视频。她告诉我，她的同学泰勒、翟西亚、丹尼尔等看了照片和录像后，都夸北京的云梦仙境太美了！京北第一漂太好玩了！他们说，我下次回北京，他们也要来。“奶奶，家里能住下几个人？您欢迎他们去北京吗？”我说：“欢迎。不过，他们得学会中国话。”孙女急忙回答：“他们正在学呢。奶奶，你告诉我，鬼谷是智慧的源泉，我记住了这句话，还教会了翟西亚。丹尼尔会说怀柔云梦仙境、鬼谷庐、鬼谷子了。”

美，是极具感染和吸引力的，北京的美丽繁华，怀柔的青山绿水，云梦仙境的山奇水秀，都是澳洲没有的，都是澳洲孩子不曾见过的。孙女把北京的美，把怀柔的美，把云梦仙境的美，带到了国外，吸引了众多异国小学生，他们纷纷要来中国，一睹北京的秀丽壮观。

孙女带着祖国的美，让美穿越南太平洋，抵达澳洲。我收到孙女发来的一条微信语音，一群外国小学生，用生硬的中国话齐声说道：“我们想去——美丽的——中国——北京！”

2020.1 期《东方少年》

儿时的年味儿

儿时的年味儿，隔着几十年的距离，依然在鼻底飘香，儿时过年的情景，穿越漫长的岁月，永远在记忆的镜框里嵌镶。每每回味，色香味俱佳，散发着久远的温馨的光芒。

小时候的夜晚，如果没有月亮，再加上阴天，绝对是伸手不见五指，街头同人相遇，也是闻其声不见其人。然而，过年就不同了，家家户户一扫室内灯光如豆、室外漆黑一片的常态。灯光多起来，蜡烛多起来，出来进去，都有光明相伴。大街上也挂起了纸糊的灯笼，每个灯笼里都燃烧着一支蜡烛或一盏油灯。光虽微弱，但一街的灯光叠加拥抱起来，就温暖了整个村庄，温暖了大人和孩子的心。我时常和小伙伴在街头赏灯，仰起头站在灯下，注视着那一团光亮转圈，口中念念有词：“转，转，转蜡灯，转了蜡灯不腰疼。转，转，转蜡碗儿，转了蜡碗儿不害眼儿。”直到把自己转得晕晕乎乎、七扭八歪了，才你拉住我，我扯住她，笑作一团。

年前，每家每户都要把一正月的干粮蒸出来，有馒头、豆包、糖三角、菜包子、年糕……一锅又一锅，都是平时吃不到的好东西，装进篮子里、筐儿里，然后放入坛子和瓮中。还要剁很多饺子馅，耳边响起菜刀在菜板上舞弄的咚咚声，能持续很长时间，直响得人心里馋馋的。那雪白馒头的香味儿，年糕的甜味儿，饺子馅的诱人味儿，炒花生瓜子的味儿，多种好滋味飘荡在屋里屋外，把过年的气氛搅拌得浓烈而香甜。

三十中午，要包一顿荞麦面饺子，先垫垫底儿，以免平日吃高粱面窝窝头的孩子，三十晚上吃白面饺子把胃撑坏。

大年初一，天还未亮，就听到远处响起了爆竹声，母亲起床后，抱柴煮饺子，父亲把二踢脚竖在院子里，把红红的一挂鞭拴在竹竿上，我和弟弟在灯光下兴奋地穿上新衣服新鞋。母亲提前叮嘱过我们，大年初一起床后，别说难听话，要说吉利话。我在小辫上绑上漂亮的蝴蝶结，花枝招展地跑进厨房。饺子已经出锅，鞭炮已经点燃，噼噼啪啪飞溅的爆竹皮，花瓣似的落了一院子，红红的，透着喜庆。我们虔诚地端着饺子，给供奉的祖宗和各路神仙上供，然后围坐在一起吃饺子。

村里自编自演的民俗节目，从村东头演到村西头，锣鼓敲得欢畅，长鞭甩得脆响，碌碡拉得夸张带劲儿，男扮女装的小媳妇扭动着腰肢，媚眼流转，把大家逗得前仰后合。热闹、喜庆、风趣，像一条奔腾的河流，在街头欢快地流淌着。

村东头搭起了高高的秋千架，在我的眼里，那个庞然大物太威武了，每当看到大人们荡起的秋千超越房顶，我的心便跟着一上一下地忽悠。有人拉我荡秋千，我摇着头连连后退。有小伙子拉起自己心仪的姑娘一起荡，他们相对而站，开始姑娘还羞涩地笑着，两条大辫子飞扬着，浪漫成优美的弧线。随着小伙子的用力，那秋千越荡越高，姑娘吓得叫出了声，把头倚在小伙子胸前。家乡过年搭起的秋千，是我至今看到的最高大、最惊险也最美好的秋千。

正月十六晚饭后，在街头点起一堆火，燃烧的是柏树枝，噼里啪啦像放小鞭儿。还有从各家各户收的旧鞋，全都是手工布鞋，也放进火堆。大人孩子围成一圈，最兴奋的是我们这些孩子，一张张小脸儿被烤得红扑扑的，暖和极了，也快乐极了。等熊熊大火燃尽，不少人把白馍埋进余火中，烧出金黄的脆皮，据说，吃火里烧烤的食物可以祛百病。

有月亮的夜晚，温柔神秘而美好，月光照下来，人间的夜，便通亮了。我们开心地奔跑、跳跃，玩一种“鸡鸡翎合大绳”的游戏。一帮小伙伴，在村东头的月亮地儿里，分成甲乙两队，手拉手站成两排，中间相距一段距离。甲队喊：“鸡鸡翎，合大绳。”乙队喊：“大绳开，把你金马银马调过来。”接下来，是一问一答：金马银马要谁啊？要老包。老包不在家，要你姊妹仨。姊妹仨要谁啊？要张三。张三就使足力气，从甲队飞奔出来，撞向乙队的薄弱处，如果拉着的手被撞开了，就算赢了，可以从乙队带一人回到甲队，如果撞不开，就算被俘虏，人就加入乙队里。然后，双方再重新开始，“鸡鸡翎，合大绳，大绳开，把你金马银马调过来。”这一次由乙方队里出一人，撞向甲方的队伍。以此类推，往返重复，玩了一遍又一遍，游戏简单，但我们乐此不疲，兴致勃勃地喊着对话，声音洪亮整齐，玩得尽兴，笑得开心。直到有的家长出来叫回家睡觉，我们才恋恋不舍地分手，约好第二天晚上继续玩。有天灯照亮儿，不出来玩个痛快，似乎对不起月亮，辜负了月亮的一片明媚。

儿时看到玩过的一切，都是那么生动有趣，儿时吃过的饺子，是世上最香最诱人的饺子。后来，母亲在北京居住时，平时也给我们包饺子，无论什么时候吃母亲包的饺子，都散发着一股香浓的过年味儿。每次吃饺子，母亲总爱问：“咸淡怎么样？”我说：“正合适！香！过年味儿！”

2020.1.16《北京广播电视报》

40年前的结合

有一首歌儿唱道："我们坐在高高的谷堆旁边，听妈妈讲那过去的事情。"这种情景，在我的生活中不会再出现了。然而，我常常想起自己过去的事情。

多快啊，感觉春节过后没几天，冷冷暖暖起伏几次，就到"五一"了。"五一"和"十一"，气候不冷不热，很多人都选择这个时候结婚。

每当看到年轻人热闹排场的结婚场面，看到新郎官儿坐着豪华轿车迎接新娘，就会情不自禁想起自己当年的情景。那个时候，一切都是从简的，一切都是自力更生。

我所在的军工厂，拥有6万余名职工，16个分厂也大都有几千人。在541三分指，经人介绍，我和一位北京知青相识了。当时，我们三年学徒期满，月工资为39元5角6分。

谈恋爱三年，每年回京探亲，我们都有计划地购买一件结婚用品。一个双人床单，两个线绨被面儿，两把折叠椅，是分三年购买的。

领取结婚证后，房产科分给我们一个一居室，那时分房是按人口，新婚小两口的标准是一居室。我们的新居位置，在家属区一路上坡的最东端，一栋一单元二层。拿到钥匙，我们便开始动手，粉刷墙壁，做家具，布置新房。

多少个休息日，多少个夜晚，我坐在单身宿舍的床边，全神贯注地织啊，绣啊，钩啊，那绽放的百合、盛开的牡丹、含苞的玫瑰，栩栩如生的红梅、千姿百态的滑雪儿童，在我穿针引线中一一呈现出来，每完成一件作品，我都会欣赏好半天，在远离双方父母的工厂里，所有事情要靠自己来完成。我缝被褥、织桌布、绣枕头、绣床围子，他做台灯、做圆桌、做书柜。

厨房的炉子是单位统一新盘的，邻居说，那炉子不好用，让我们拆了，他帮忙盘个好用的。永远忘不了拆炉子那一幕：那天吃过晚饭，我们一同来到自己的新巢内。当时，整栋楼没有几家住户，到了晚上，楼前和楼道里黑漆漆的，静极了。窗外，是连绵的群山，白天看，是风景；到了夜晚，便成了黑森森的恐怖。他在厨房拆炉子，我用垃圾桶装上碎砖头，一趟又一趟从二楼提到一楼的拐角处扔掉。说实在的，每下一次楼，我都害怕得心慌，我恐惧黑夜，总觉得在看不见的暗处，存在着令人毛发惊悚的什么，何况这栋楼距离医院比较近，马路对面是木工房，木工房北侧挨着医院的太平间。那三个字眼儿在黑夜里蹦跶出来，还是很吓人的。

第三次下楼，刚出单元门，一团黑乎乎的东西嗖的一下从眼前划过，钻进旁边的树丛中。我的头皮瞬间揪紧，心扑腾得厉害。我不敢斜视，快步走到楼的拐角处，把砖头扔掉，扭头跑进楼道，恨不能一步飞到二楼，飞到有灯光的厨房，把黑暗和恐惧甩到身后。我慌里慌张，还未走至楼梯口就拐弯，脑门一下子撞到墙上，我疼得流出了眼泪，感到自力更生筑巢的艰辛。

当时，我并没有把此事告诉他。事后提起，他责怪我："为什么当时不说，早知那样，就不让你下楼扔砖头了。"

付出了劳动，便格外珍惜自己建立起来的小家。新房布置得简洁、明快、温馨。抚摸着新房内一件件亲力亲为的东西，心里有说不出的喜悦。假如生活在父母身旁，一切由家人张罗、布置、操办，还会是这种感觉吗？

尽管已经领取结婚证，我们每次去布置新房后，依然回到各自的单身宿舍住。1978 年"五一"劳动节，我们登上开往北京的列车，到了婆婆家，为亲朋好友发了喜糖，就算结婚了。

我有一个小本子，上面记录着我们结婚时的一些情况，向单位财务科借了 200 元，密密麻麻的人名单后面，是单位同事随份子的钱数，有一元的，有 1.5 元的，有 2 元的。礼品有四个人送一对暖瓶的，有七个人送一对镜子的，有八个人送一条毛毯的……看着这些记录，心里暖暖的，这都是同事间的情分啊！

有文字记录真好，它真实再现了40年前的实况。可惜，有个珍贵的本子被我烧掉了。上面记录的是1972年在洛阳实习时，听工人师傅讲述的《一只绣花鞋》。那位工人口才很好，把整个故事讲得跌宕起伏、神秘莫测，我听得如醉如痴。随后买了一个笔记本，把它有声有色地记录下来，写满厚厚一本子。我讲给他人听，从对方的表情和眼神中断定，他们同样听得入迷。我拿给嫂子看，她读完夸了我一通，最后说："这东西留着危险，烧掉吧。"

40年过去了，当初一针一线绣枕套、缝被子的情景，刨木头做家具的情景，为了盘一个好用的炉子，先拆除原有的炉子一趟一趟扔砖头的情景，依然历历在目。

2019.5.23《北京广播电视报》

含泪祝福

一

那一次聚会，饭桌上共有六个人，三对夫妇，以往都是八人，四对夫妇。这些人，姑娘小伙子的时候，一起进厂，一个单身宿舍楼住着，一个食堂吃喝，彼此看着，一个个找到自己的另一半，一对对，从单身宿舍搬到家属区，风雨兼程，一路同行，逐渐成为各个专业的领军人物。然后，又一家家，先后调离541，离开那个拥有六万余名职工的军工单位，回到北京。

屈指算来，整整46年了。46年，对于一个人来说，绝对是个令人震撼的数字。最近，在微信朋友圈，看到作家莫言几句话，他说："朋友或是情人，能走过三个月的已不容易，能坚持六个月的值得珍惜，能相守一年的堪称奇迹，能熬过两年的才叫知己，超过三年的值得记忆，五年后还在的，应该请进生命里。十年后依然在的，那就不是朋友了，已经是亲人，是生命的一部分了！"那么，46年呢？46年是什么？

那六个人，是同我俩一起走过46年的同事、朋友，套用莫言的话，应该是很亲的亲人了。如今，我只有含泪默默地祝福他们了。

二

我们在541军工厂的时候，前后脚搞对象，前后脚结婚生子。孩子们是发小，是一个幼儿园的小伙伴，是一个学校的同学。他们天天一起玩耍，甚至结伴跑到田野打麦场上，在麦秸垛上追逐嬉戏，天黑了，仍不思回家。当他们被大人叫回家，满头大汗，小脸儿花瓜似的，头上、身上沾满了麦秸屑儿。

那一年，我们带儿子回京探亲，同院的孩子，炫耀北京有这个有那个，我儿子不服气地问：“北京有麦秸垛吗？”顿时，几个孩子被问住了，你看看我，我看看你，鸦雀无声。在北京二环之内生活的孩子，他们哪里知道麦秸垛为何物。

1987 年，我们调回北京，儿子天天嚷着要回 541 军工厂探亲，要看望那里的小伙伴、老师和叔叔阿姨。我们之间，我们的孩子之间，在那个特殊而封闭的环境里，日久生情，情深意浓。

我怀孕期间，爱人被厂领导派往北京东风电视机厂学习修理电视机。厂里同事对我十分照顾，知青小刘过几天就帮我往楼下倒一次炉灰；邻居们帮我把重东西提上楼；距离预产期还有一个月，同事就劝我回北京。

端午节，爱人出差在外，我和孩子收到左邻右舍送来的大小不同、形状各异的香甜粽子。彼此之间，楼挨着楼，平日里做了什么好吃的，都要支使孩子相互送去，好东西，共分享，有困难，互帮忙。

三

陆续调回北京后，彼此之间一直保持着联系。后来，各位混得很好，全都当上一官半职，只有我们夫妇，依然是凭技术吃饭。厂子不景气，加上儿子酷爱电脑，当时，1995 年 1 月 18 日，购买一台 386 的费用是 6300 多元，几乎每年甚至不到一年，就需要更新换代，完善配置。为此，我们倾尽所有，大人孩子时常穿亲朋给的旧衣服，日子过得很拮据。每次聚会见面，我俩由衷地祝福各位，升迁了，涨薪了。我们没有别的能耐，他会修理家电，儿子已是获得全国青少年计算机奥林匹克竞赛一等奖的电脑高手，父子俩乐意用手艺为各位提供服务。有人把坏电视机送来了，有人的电脑出现故障，把他爷俩约到家中修理。彼此走动起来，如同串亲戚。有两家的女儿，亲切地叫我干妈。

有人说，走出国门，才知道自己是何等爱国。我想补充说，在悉尼儿子家生活了一年，才知道自己是如何想念北京，想念亲朋好友。回京后，我们几对夫妇，受调往合肥的老九之邀，到其所在的城市聚会。我十分高兴，一旦相聚，调往其他城市的几位亲人，全都见面了。

我万万没有料到，在北京站集合，一年多没见，气场不对劲儿了，没有了以往的亲热。话，明显少了；脸，明显凉了。尤其负责这次聚会的联络人 H，让我感到诧异。论关系，我们不仅是 46 年的亲人，还有另一层关系，他的内弟，曾经拜我公公为师，学习画芦雁。无端的，怎么就凉了？冷了？凉得让我无法适应，冷得使我不知所措。叫我干妈的漂亮姑娘，送她爸妈到车站，也在有意躲着我俩。

我真的不知道，究竟在什么事情上，惹几位亲人不高兴了。只记得最后一次聚会，我说，Z 已经退休，不当总经理了，不能再让他请客了。并提议，从那一次开始，实行 AA 制。当时，大家毫无异议，并当即照此做了。我很欣赏自己的建议，我做错什么了吗？

脸一冷，心就疏远了。心一远，做起事情来，就疙疙瘩瘩的，不对劲儿。对于这一点，我只是感觉到了异样，并未多想什么，也不知道该往哪里想，对于 H，信任依旧。

出发前，H 电话传达老九的意思，说聚会的费用，老九埋单。我们两口子立刻表示："对老九的盛情，深表感谢。"但花销，决不能让老九来承担。你说个数，我们该准备多少钱？H 告知："大家基本都是这个意思，每人拿 6000 元吧。"我们说，好的，准备出一万二，并对 H 说："这次出行，你是负责人，你见多识广，什么事，该怎么做，多多提醒。"他说："放心，没问题，这么多年的老交情了。"

见了面才感觉到，H 的言与行对接不上。首先，看到别人带了很多东西，估计是礼品。而我们，给谁也没有带礼物。只是简单地想，花销多少钱，掏多少钱就是了。接下来，遇事询问 H 时，他都不肯说实话。在合肥，通知我们交一万二后，没再收钱。我不安地询问："怎么还不收钱？”H回答：“放心，何时再收，会通知你的。”

直到离开合肥那天，我才忍不住问其他人，为何还不收钱？对方告知：不再收钱了，我们每个人都用红包或礼品，对老九表示谢意了。

原来，很多费用，老九坚持己见，说服负责人，坚决地承担了。而我俩交完一万二后，一门儿心思天天、时时等待通知交钱，对老九的盛情款待，对老九精力上经济上的付出，由于蒙在鼓里，没有表示一分钱的感激。双双被晒在吝啬、不懂人情的傻瓜位置上，要多尴尬有多尴尬，要多懊恼有多懊恼，要多愧疚有多愧疚。

离开合肥到达杭州，被蒙过一次的我，好像被不友好的气场点了穴，依然榆木疙瘩不开窍，又不好意思多问。认为这一次，也是由H负责核算账目，通知每人交多少钱。我问过几次，什么时候收钱？H说：“还没有报出账单。”对H的冷脸，我虽然不悦，但对H的话，照样深信不疑。直到我俩提前离开杭州，给H钱，他坚决不收，理由是，还没出账单，交多少钱还不知道呢。

回北京后继续追问，H依旧是那句话，直到我俩执意要找H交钱，不想欠朋友这份情，才被告知：“我不想管这事了。”

实际上，H在杭州，送了杭州同事一条项链，就不打算统一收钱了，一天的费用，由杭州的两位同事接待。其他人从H那里得知，不再统一收钱，也悄悄给那家孩子塞了红包。只有我俩，不知实情，一直傻等着。这行为，无疑又成为大家耻笑、指责、唾弃的绝好素材。

回到北京，H同杭州那对夫妇联系，只字不提我俩多次催促收钱的事，反而告诉对方：“他说不欠你们的情。”杭州那对夫妇，尤其老板娘，一听火了，即刻发我一条短信：“听H说，你家他说不欠我们的情。错！你们不但欠情！而且欠钱！”我举着手机，委屈地哭了。

原本，这就是个陷阱？或者说，是H为我俩挖好的又一个坑？两位没在官场混过的大傻瓜，准确无误地跳下去了。

我茶饭不思，夜不能寐，我必须从速弥补过失。我是相当看重尊严的，身为破产企业的职工，我的尊严，不比任何人差。由于不明真相，自己的所为，在大家眼里，完全丧失了尊严。有人说，这事先放放吧。有人劝，不用急，来日方长，有你弥补的机会。没有人愿意向我提供合肥、杭州同事的详细地址，我只有含着眼泪自己想办法。几经周折，求助其他朋友，终于把钱补交上了。为表谢意，给前者的孙女一个千元红包，给后者的孙子两千元，此数字是我侧面打听出来仿效的。交钱之前，被骂成吝啬鬼；交钱之后，被指责成想和朋友绝交。我把朋友看得那么重，把朋友之间的情谊看得那么重，认为理应获得善意和友情的地方，却遭受到伤害。我的心，疼得直哆嗦。

46年的交情，不是说放下就能放下的，我做不到。一日，得知Z当爷爷了，我由衷地为Z高兴，为表示恭喜和一点心意，送给孩子一个千元红包。那次见面，我才得知Z不喜欢AA制。不喜欢，你当时说呀，这又不是什么难以启齿的话题。当提到那次结伴出行，我向Z解释误会时，Z说："于己无关的事情，人都是愿意随声附和，听信负责人H的。"

我无言。当不被信任的时候，当谎言重复数遍、变成真话、盘踞在几个亲人心里的时候，我唯有背转身，独自伤心流泪。我知道总经理Z属于富人，千元红包对于他，太微不足道了。可生活当中，并不都是富人，穷人还是大多数。富人非正眼瞧的数目，乃是本人当时月工资的近似一半。Z离开工厂太久了，不知道还存在工厂已经倒闭的低收入者。那一刻，我突然感到，我们已经不是从前的我们了，在官场混久的人，进入富人行列的人，已经理解不了我等了。甚至，我还不太友好地想，当官、当老板的亲人们，是否在钩心斗角、尔虞我诈的氛围中待久了，不适应退下来的安静生活？没有了争斗对象，是否感觉寂寞无聊？是否想在我俩身上，小试并证明一下自己与人斗的高术，依旧宝刀不老。

但愿不是的。

四

既然待在一起不愉快了，既然回不到从前了，那好吧，我努力在各位的生活中隐身。我眼含热泪，默默地祝福亲们，在以后的相聚中，吃好喝好玩得开心。假如哪一天，各位家中的电器坏了，还想修理，我的另一半，依然愿意提供优质无偿服务。原谅我又在自作多情，我知道，如今的富人，家电坏了，扔了买新的，不再需要修理家电的他了。

在我内心深处，储存着太多的温暖，太多的美好。往昔的交往，彼此给予对方的关心帮助，令我没齿难忘。尽管到现在，我都无法理解有些人的做法，为什么要用假话糊弄人，使其出丑，看其笑话，津津乐道地去非议，去诋毁。每每想起，鼻酸泪流，但每一次抹掉眼泪后，我还会像往常一样，为各位的喜事而高兴，为各位的幸福而祝福。

2017 年 10 期《散文百家》

今夏宠真妃

在朋友圈看到一条微信，说某女子打开衣柜，像皇帝选妃一样，扒拉来，扒拉去，挑着，选着，都不满意，感觉又该纳妾了。这虽然是个幽默的笑话，却也道出了不少女性的心声。

生活在北京二环之内，一年到头，极少逛商场，感觉购物是件很受罪的事情。那么大的商场，琳琅满目的服装，让人目不暇接。要想在服装的大海里，捞一件满意的衣服，是颇费周折的。转着转着，陪同者尚未说什么，我先就烦了，觉得很耽误时间。

有时，干脆就在家门口的小店里，来一件价廉的夏装，若是合心意，几十元的衣服，也能高兴许多天，也能穿它好几年。

然而，毕竟是女人，毕竟不是有两件衣服就满足的年代了。

我在女人队列里，属于不跟风、不追潮的，穿着比较古板、规范、滞后。但是，打开衣柜，同样觉得没有合心意的衣服。每每此时，家人便鼓励道：走，买去！

于是就去了商场，转来转去，脚疼了，腿酸了，也没发现一件合心意的短袖衫。挂在模特身上，看着可以，一旦自己试穿，便走了样。于是摇头作罢。眼看快中午了，一无所获。路过又一处服装间，我问了一句："有没有旗袍式的短袖？"那女子热情相迎，说有啊。很快拿出一件，我穿在身上，花色古老暗旧，也肥大，不好看。要走，被那女子叫住："你试试这一件。"穿在身上，仍觉不好看。于是，便伤感："最是人间留不住，朱颜辞镜花辞树。"看来，到了一定年龄，穿什么都不好看了。家人在一旁说话了："这件好看，要了。"我说："不要，一是不满意，二是太贵。"家人说，三百多元还算贵。我已经走出来，被那女子追上问："你给多少钱？"我说200元。她说不行。我说220元。她还说不行。此刻，家人又说话了："260元，280元。"最后的数目，被那女子认可。我有些不乐意，觉得被那位缠住不放的巧舌女子欺骗了。

一赌气，我扭头走了。撂下一句话："不喜欢，退掉。"

他急急跟在后面，踏上滚梯。我们俩一前一后，被滚梯载着，来到一层。他问："你急什么？照照镜子，看你生气的样子，有多难看。"我不吭声，担心一张嘴，仍然是戗茬儿。

记忆中，这样的赌气，好像有过一次了。受我传染，他的脸也呱嗒着，一副很委屈的模样："你能不能改变一下观念呀，你都什么年龄了，为什么对自己还那么吝啬？同事有了孙子，朋友的孩子考上大学，你果断干脆，送去千元红包。对自己，花二百多元，就像割了你一块肉似的……"

我没有吭声，经他一说，心中的火气好像有了细小的出口，不那么堵得慌了，紧锁的眉头，也舒展开了。我甚至在那一刻，想到了老八路父亲的一件事情，心里默默地说出一句话：您走后，我就成了您。

那是二十世纪八十年代初的一个冬天，父亲住在我家，我从商场为他买回一双棉鞋，让他穿上试试。父亲问："多少钱？"我回答："六块八。"说完，就去忙着干事了。再次走进房间，发现父亲把新鞋脱了，整整齐齐摆在墙边。我问："怎么不穿了？"父亲回答："退了吧，太贵。"我当即朝父亲发了脾气，恼怒他对自己什么都舍不得。他不急，语调和缓地强调着退掉的理由："我脚上的鞋好好的，鞋帮鞋底哪里也没坏。当八路军的时候……"我截住他的话："知道，知道，您都讲过无数遍了。"

父亲住在我家，我常因他太节俭而生气。我公公穿过的一身蓝迪卡衣服，他一穿就是好几年。有一次发了工资，我给父亲买了一件蓝的确良中山装，他指着身上的衣服说："这衣服没褪色也没坏，干干净净，穿上挺好的。别花冤枉钱，买没用的东西。过日子，要从囤尖上开始省，不能到囤底了，才想起省。"我明白父亲的意思，他想让我，在刚发工资的时候就开始省着花，不要等到月底快没钱了才想起省俭。说实在的，我够节俭的了，因为那时候，我每月的工资还不足100元。生活拮据，用在父亲身上的花销已经很少了，见他推脱不接受，企图说服我退掉，我就火冒三丈。

也许是遗传，也许是言传身教和潜移默化的影响，随着年龄的增长，我越来越像我的父母，不仅模样、举止，还有做事的思维方式。

眼下，家人做主为我买衣服，我居然像当年父亲一样，让退掉。所不同的是，父亲说话和气，我却是气哼哼的。我之所以生气，还有一个重要原因，我不习惯这种讨价还价的购物方式。同样地方的同样衣服，有的顾客会砍价，买到的就便宜，而不会砍价的，就要贵很多。这里面的猫腻儿，或曰真相，你永远都不可能知道，有被愚弄的感觉。我很怀念以前到公家商场买衣服的情景，明码标价，没有人为的掺水分，没有设置上下浮动的空间，无须讨价还价费口舌，更没有你已经走开了，又把你叫住，强行推销似的，让人心里很不舒服。

常听到，我的有些文友或舞友，身上的衣服价格，几百元是寻常的，几千元，甚至上万元的，眼睛眨都不眨。我也曾劝说自己，爹妈把自己生得顺顺溜溜的，模样也不比同龄的其他姐妹差，难道咱就不能试着，越两位数上三位数吗？年轻的时候，家里穷，没条件，现在，虽说收入仍属于底层，但和过去相比，还是好了许多。

我的气，逐渐消了，有了笑模样。家人见我云开雾散，继续劝说："改一改你的思维方式，一年也逛不了两次商场。怎么就那么想不开呢？"

我开口了，语气和缓了："对不起，我不该冲你耍脾气。不过，就那么又薄又小的一件上衣，连个袖子也没有，不值280元，也不好看。"

"好看。你就听我的吧。"他依然坚持己见。

"穿上，拍张照片，你自己看看。"他又说。

我想试试，购买一件物不美价不廉的短袖衫，还能否笑出来。于是，目光投向举起手机的人，他赞美着那件短袖，同时也赞美着穿短袖的人。他极力想制造出开心的氛围，就像以前照相馆的师傅，手里攥着一个类似皮球的东西，极力想调出你的最佳状态。面对他的良苦用心，我没有理由不把嘴巴咧开。并说："今夏宠真妃，就穿你选中的这件真丝小衫了。"

平凡的日子，有诸多的困难、忧愁、烦恼，只要和他在一起，心中的不快，总能被他娓娓道出的宽心话，逐渐驱除掉。

有人曾问，你怎么张张照片都在乐。我回答："家人说，我只有笑的时候，才好看。"

为了让自己美一点，那就笑口常开吧。平凡的日子，有笑声点燃，才能绽放灿烂，收获幸福。夫妻之间有爱有暖，才能把生活经营得热气腾腾，从而感受到生命的蓬勃和意义。

2018 年 7 期《散文百家》

清寒

冬夜，路灯坚守在寒冷的岗位上，眼睛一眨不眨地瞪着。它的目光，透过粉红色的窗帘，投向室内，周遭的一切，便都清晰可辨了。

看看闪烁的数字表，已经是凌晨三点五十八分了。我是晚饭后八点躺下的，一直塌蒙着眼皮，睡不着。我侧转身，看看身旁熟睡的他，很是羡慕嫉妒爱，轻轻靠近，一股烟草味儿，立刻成为咳嗽的导火线。

我用手绢捂住嘴巴，披衣下床，把两道房门关严，坐在厨房的小凳上，咳咳咳，咔咔咔……直咳得头晕目眩，涕泪横流，上气不接下气……那种无法控制的冲击力，导致胸腔、腹腔，全都疯了般地鼓胀，收缩。膀胱被强力挤压，没有得到任何指令，竟然擅自开闸放水。整个人，被凶猛剧烈的咳嗽折磨得筋疲力尽，狼狈不堪。很爱干净的一个人，其体面，被咳嗽挤兑得荡然无存。

这种撕心裂肺的咳嗽背后，会是什么？我能不想吗？

CT 片子上的医学术语，折磨我一整天了。百度搜索到的解释，全是可怕的字眼儿。他劝我，别瞎想了，今天没有挂上号，明天再去，大夫一看不就知道了。但是，没见到大夫之前，我无法阻止自己的大脑不去胡思乱想。明天，大夫看过片子，诊断会是什么病呢？避重就轻，即便是肺炎，也是相当可怕的。我的公公，一位专门画芦苇大雁的画家，一辈子身体硬硬朗朗，从未住过医院。他经常应邀当场作画，一站就是几个小时。公公 78 岁那年暑期，我们一家回京探亲，同他老人家一起，去工人体育馆观看海豚表演，他大步流星，我们紧随其后，都追赶不上。孰料，那年冬天，仅仅隔了几个月，他感冒转成肺炎，住进北新桥附近的六院，恰逢过春节，值班医护疏于照管，竟然导致公公病情加重，匆匆离去。

屈指算来，我的咳嗽很有些日子了，好像是从十月中旬开始的。多少天来，我极力控制隐忍自己，但真真的，是身不由己。别说万恶的雾霾，即使一丝异味，一股凉风，一点热气，甚至说句话，笑一笑，都能招惹咳嗽突然而至，来势凶猛，动作剧烈，气喘吁吁，好半天方能平息下来。

开始大夫看了嗓子，说是咽炎。后来又说气管炎，拍了胸片，说片子正常。所以，没怎么在意，或者说，比较能忍，照旧参加舞蹈队的训练，参加文学圈里组织的活动。见到熟人，尽量装着正常，笑容满面。作为成人，大概谁都愿意用幸福的表层微笑，掩盖那个叫作痛苦的核。我也同样，不想因为个体的不适，影响破坏他人的气氛。

舞蹈队活动时，一跳两三个小时不歇息，周身大汗淋漓。咳嗽发作时，赶紧跑向洗手间，回来继续坚持练习。有一两次，雾霾严重，我捂着口罩在室外练习，跳得满头是汗。

10 月中旬，我去参加一个改稿会议，突然闻到一股烟味，导致咳嗽不止。扭转头，发现会议室有个人在抽烟。我用围巾堵住口鼻，继续坚持记录会议内容。

11 月 16 日，参加完地坛体育馆的舞蹈表演，下了公交车，咳嗽发作，扶住路边一棵树，居然捯不上气来了。这一幕，被站在胡同口等我的他看见，叮嘱我，立刻换一家医院看看。

我带着那张胸片，让协和医院一位普通女大夫看，她说，这片子一看就有问题。紧接着，开化验单，开吹气单，开 CT 单……我忐忑不安地问："是什么病？"她说，等 CT 结果出来才能确诊。她的口气，她果断开出的多项检查，把我吓得不轻。回到家，卧在沙发里，再不敢参加剧烈活动了。

我慢慢上床，轻轻躺下。胸部，腹部不受控制地剧烈起伏，我捂住嘴，憋着，忍着，刚刚平息下来，实在不想再次引爆，那样的咳嗽是揪心扯肺的，是很痛苦的，它让正常的呼吸，变得急促而不顺畅。

从某篇文章中，看到一行大师说的一句很禅意的话："吸进的是鲜花，吐出的是芬芳。"呼吸这件简单的事里，原是藏了这样的美妙。眼下，我的简单而美妙的呼吸，被咳嗽破坏得一塌糊涂。

我轻轻伸出手，搭在他的胳膊上，感觉两人相依的日子，真好。假如，万一，我不能和他继续做伴儿，他一个人，该多寂寞啊。我知道，妈是儿子心中的暖。但儿子已经成家立业，对我不那么特别需要了。只有身边这个人，在以后的日子里，彼此是最需要的……伤感袭来，泪水失控。

平平淡淡，柴米油盐，凡俗的生活，寻常的拥有，此刻全都镶了金边似的，在我的胡思乱想中，变得格外美好起来。我与他，我和这个当初不愿意嫁的他，一路走来，男女搭配，干活从来不觉累；遇事商量，不急不恼多体谅；无话不讲，解忧宽慰心舒畅；相拥相揽，寒冷袭来互温暖。我们，对上，尽了孝，对下，倾了爱。如今，该是我们自己亲爱一下自己的时候了……

黎明时分，我含泪睡着了。

吃过早饭，我要一个人去医院，因为近日感冒患者多，容易被传染。他说不怕，执意要陪我一同去。

这次挂上协和医院一位副教授的号，依然是位女性。大夫看过 CT 片子，诊断为肺部感染，说算是比较轻的。叮嘱我再吃 4 天消炎药，就不要再吃了。至于咳嗽，很可能要拖延一段时间。俩仨月以后，做 CT 复查。大夫的话，说得轻描淡写，让两颗紧绷的心，一下子放松不少。他在一旁说，昨天看百度上说得很可怕……大夫说，有病上医院，听网上说，还不把人吓死。

晚饭后，有朋友打来电话，刚开口，对方就关切地说："听你声音不对，怎么？感冒了？"我说："没有啊。可能手机声音失真吧。我挺好的。"

窗外，是难得的蓝天，天空有月，一弯。月亮趴在香椿树的枝杈上，对着我，微笑。这样的夜晚，静，安谧，让人留恋现实的美好，让人不忍心说病痛。

病痛总是要破坏气氛的。所以，我的病痛不想让远方的朋友知道。

2017.1 期《兴星》

雨夜“对话”

饺子出锅了，真香！我伸手要尝，却被母亲制止：“先上供。”我乖乖地端着盘子走进北屋，恭恭敬敬放在公婆的遗像前：“我妈包的饺子，您二老先吃。”

母亲在北京居住时，时不时会为我们包一顿饺子。在她心里，饺子永远都是好饭食，而且每次包饺子时，她都会嘱咐我：“先给你公婆上供。”

从我记事起，我就从父母那里知道了祭祖。春节前夕，父母把祖宗请回家，把平时收起来的族谱请出，挂在门后的墙上，前面放一张供桌，每顿饭揭开锅，第一件事就是先给祖宗上供。大年初一，先给祖宗磕头。潜移默化之中，我懂得了祭祖、敬祖，但凡做了好吃的，习惯先给祖宗上供。有了什么事情，也会站在他们的照片前念叨念叨。在我心里，总觉得他们没有离开。

记得儿子结婚那天，人来人往，熙熙攘攘，从婚礼现场回到家，忙乱中，我发现公婆遗像前，放着一大束鲜花，还有喜糖。那是母亲放的，她已经把我儿子结婚的喜讯，告诉了孩子的爷爷奶奶。母亲的举止，让我感动，让我觉得公婆并未离开。

我没有爷爷奶奶、姥爷姥姥的照片，他们的名字都在老家的族谱上。如今，在北京的家中，我祭祖就祭公婆和父母。我把他们的照片，分别放在书柜里的格子里，公公是画家，他到了那边也许还在作画，格子需要大一些，算三居室吧。父母占据的格子相对小一些，算两居室吧。

坐在电脑前敲字，我爱人从旁边经过，伸出双臂，从身后将我环住，看我写的什么。我一惊，推开他说：“祖宗！别让祖宗看见。”他立刻松开，不解其意。我指指书柜里四位老人的照片，他会意地笑了：“哦，没关系，我们相爱，他们会高兴的。”我则认为，这是对他们的不敬。日后，每当我提醒说：“祖宗。”他都会自觉地把门关上。

心中有祖宗，就会觉得他们时刻都在看着你，这是有助于净化心灵的，起码是对自己有约束的，不敢胡乱造次。

记得有一次，岗位人事调整，顶头上司找我谈话，让我负责写报道、更新网站，工资原数不动。结果是，工资由 800 元降至 600 元。白天上班，我依旧认真干工作，晚上回到家，委屈地哭了。趴在电脑桌前，我把说话不算数的上司的名字写在纸上，打上叉，又加一个叉。突然觉得这种行为不太光明正大，偷偷看了看祖宗，悄悄关上了门。

而每逢公婆父母的忌日、清明、十月初一，我总是要祭祖的。为避免忘记，提前在日历上做好标记。

记得 2014 年父亲忌日那天晚上，电闪雷鸣，雨声嘈杂。推开房门，雨水立刻溅落一身。地上的积水不停地流淌着，雨越下越大。我仰望天空，自言自语道：“老天爷，歇一会儿好吗？就一小会儿，等我把钱给父亲送去，您再继续下。”可老天爷没有理睬我，继续慷慨激昂，指挥着他的“交响乐队”：伸手，电光闪闪；抬腕，雷声轰鸣；举臂，雨点子千条线万条线，唰唰落地。而此刻，我爱人远在悉尼儿子家，北京家中，就剩我一人。

已经晚上 11 点半了，我不能再等了，倘若过了 12 点，就进入新的一天，就不是父亲的忌日了。我撑起两把伞，拿着铝盆出了门。一把伞支在地上，一把伞遮挡雨水，把冥钱放在盆里，点燃。我对父亲说：“爸，对不起，这么晚了，让您冒雨来拿钱。”

父亲 1937 年参加八路军，1938 年入党，在延安窑洞住过，在枪林弹雨中冲锋过，在坟地里宿营过，吃过草根树皮，喝过马尿，是个无神论者。父亲生前曾告诉我，人死如灯灭。然而，我还是相信父亲在天上，能够看到我的一切。

纵然在大雨中，我仍然没有省略汇报这一项，我告诉父亲：“您看大的外孙子已经当爸爸了，在澳洲工作生活得挺好。这孩子为人正直、善良。一次他爱人回北京办事，他一个人在悉尼盯着新别墅装修。购买材料时，按照他爱人说的价钱和人家谈。对方说，你压价太低了，不过看你这小伙子人挺好，又是急用，别耽误了施工，就照你说的价钱吧。卖这价，我都赔钱了。其实，赔钱是不可能的，有哪个商人愿做赔本的生意？但是，您外孙子信以为真了。那天晚上，他爱人和他视频时，才知道他因为压价的事情正在郁闷，连晚饭都吃不下去。您看看，这就是您看大的外孙子。行了，爸，大雨天的，不啰唆了。我们都挺好，您甭惦记着。”

转眼又是清明，写篇小文，寄托我对逝去亲人的哀思。祝他们一切都好。

2017.4.2《北京晚报》

喜欢文学由来已久

喜欢什么，就去干什么，那绝对是一种精神上的享受。一位朋友喜欢逛商店，称购物是享受。同样的事情换成我，就等于受罪，远不如坐在家里看看书、敲敲字或去听听文学讲座来精神儿。

从 2011 年下半年开始，读书、敲字、听课，就成为我生活中的一项主要内容。现代文学馆、北京东城图书馆等地，都设有文学讲座。这对于从小“营养不良”的我来说，无疑是丰盛的精神大餐，岂有不摄取之理。王蒙、迟子建的课，由于座无虚席，我是坐在台下的小马扎上，仰着头听的，两个多钟头保持一个姿势，腰酸了，腿麻了，脖子僵硬了，浑身上下窝巴得难受，但心里头舒坦。

在一日日手捧文学佳作赏读中，在一次次聆听名家讲课中，我获得了知识，汲取了营养。和文学这个梦中情人相依的日子里，心情是愉悦的，情怀是温润的。心灵变得更加纯洁，精神变得更加爽朗。的确，文学像心灵的鸡汤，有着良好的滋补作用。

1987 年，我从山西翔山脚下的军工厂调回北京，就像刘姥姥走进大观园。得知东城文化馆有文学讲课，立刻报了名。下班后，顾不得吃晚饭，骑上自行车，直奔讲课地点。刘绍棠、王愿坚等人的课，听得入迷。上学的时候，缺了这一口，一旦有机会，绝不愿意放过。

记得 1997 年 1 月 4 日那天，我去文化宫听课，雪下得很大，马路上铺了厚厚一层。这种情况下骑自行车，相当吃力。刚出家门口，没骑几步远，连人带车摔在了马路上。爬起来，推着车子踩着积雪奔跑，速度太慢，唯恐迟到。再次骑上去，俯下身体用力蹬，车轱辘拐进硬邦邦的车辙里，一打滑，又摔倒了。

含着眼泪爬起来，又战战兢兢骑上去。雪下得更紧了，马路上的积雪在一层层加厚。我变成了雪人，膝盖摔疼了，胳膊肘戳破了，嘴里冒着哈气，眉毛结了冰，后脊背却汗津津的。到了课堂，听陈建功老师解读名著，谈文学创作，简直就是精神上的舞蹈。

我陶醉在其中，路上的艰辛以及其他烦恼，统统抛到了脑后。

追忆起来，我对文学的喜爱是由来已久的。我喜爱文学，是从喜欢语文课开始的。时常纳闷，我们儿时的课本里，为什么没有唐诗宋词，没有名家的散文、小说。当时背诵的小学课本，至今记忆犹新。比如，“春风吹，春风吹，吹绿了柳树，吹红了桃花，吹来了燕子，吹醒了青蛙，吹得小雨轻轻下，大家都来种葵花，大家都来种蓖麻”。

再比如“树老根多，人老话多，莫嫌我老汉说话啰唆。你钱大气粗腰杆壮，又有骡马又有羊，入社好像吃了亏，穷人沾了你的光。手拍胸膛想一想，难道人心喂了狼？老汉心里有本账，提起账来话儿长……”这些课文，显然无法同高雅优美的唐诗宋词相比，但当时能读到的文字，也就是语文课本。我高声背诵这些顺口溜的时候，依然乐在其中。

我用学到的有限文字，递交第一篇作文的时候，就得到了老师的赏识。小学、高小、初中、高中，十多年下来，几乎每一篇作文，都被老师当成范文在课堂上朗读，讲评。一次又一次的鼓励，激发了我对语文课的浓厚兴趣，厌烦数学的我，到了语文课堂上，精神大振，过节似的，心里洒满了阳光和喜悦。

高中毕业后，从华北大平原，去了一个拥有六万多名职工的保密军工厂。深奥难学的自动化仪表专业，迫使我不敢有丝毫的分心，我把全部精力都用在了掌握专业知识上。这个时候，文学暂时藏在心底。在技术上能够独当一面后，尤其当上师傅带了徒弟，心里稍稍松了一口气。这个时候，对文学的喜爱复燃了，偶尔看到一本文学杂志，眼前一亮，如同见到梦中情人，心里暖暖的、柔柔的，一片玫瑰色彩。

那日，走进工作室，换上拖鞋，将桌上一台需要校对的电子电位差计通上电，利用预热的时间，赶紧拿出那本杂志，贪婪地读起来。看罢梁晓声的短篇小说《这是一片神奇的土地》，感慨颇多，就在那天，我第一次萌生了也想写点什么的冲动。

身处山沟，消息闭塞，加之上班后，一头扎进摆满精密仪器仪表的工作室，一待就是半天不动窝儿，孤陋寡闻。也曾把自己写的东西给报刊寄去，但多数都被退回来了。那个时候，没有文学爱好者切磋，更没有文学老师请教，只能四六不懂地写，一次次虔诚地将稿子寄出去。

终于，我的第一篇文章在山西日报发表了。其间，多篇散文、小小说被541总厂厂报采用。厂党委书记从报刊上读到我的文章，派我参加总部首次举办的文学笔会。在那里，遇上一位老师，他来自省城太原，脑瓜子上缀满头衔，在文学爱好者眼中，高不可攀，充满神秘感。他看了所有作者递交的稿子，单独把我叫去，指着鄙人那篇拙文鼓励道："写得不错嘛。"

不久，厂里接到通知，让我到赵树理文学院进修学习三个月。井底之蛙走出了山沟，才知道外面的天空有多大，学员中高手云集。我突然感到，自己读书太少，文学功底太薄，也许根本没有资格喜爱文学。晚上，独自坐在宿舍里，如饥似渴地翻阅借来的书，恨不能多长出几双眼睛。面对众多好书，只恨心急眼慢。

调到北京后，如同饥饿的孩子不会挑食一样，在业余时间里，抓住什么读什么。对文学讲座也格外喜欢，下班后，顾不得吃晚饭也要去听文学讲座，大雪天也不肯耽误一节课。我时常感叹，人人都认识的那些个汉字，经过大师的组合、编织，就变成一篇篇一部部魅力四射的文学作品。手捧老师推荐的佳作，静静地阅读，在文字中畅游，和文学耳鬓厮磨，是一种无法言表的享受。

在读名家的书、听名家讲课的同时，自己也在不断地写点东西，不断地有所提高，不断地有文章发表，先后出版了个人作品集《苏醒》《追梦》《诱惑》，得到不少读者的喜欢和鼓励。今年，我的一篇小说和一篇散文，在北京日报与北京作家协会联合举办的征文活动中，获得二等奖和三等奖，还有一篇散文怀柔美名传悉尼，在北京作协与怀柔作协举办的“2013 年怀柔区水长城清明诗会”征文活动中，荣获散文一等奖。虽不足挂齿，但对于我来说，无疑又是一次小小的鼓励。

对文学的喜爱，学而深知不足。不断学习、反思、调整、充实、提高自己，是一件需要花大气力去做的事情。努力写出让读者喜欢的作品，是我今后不懈的追求。文学，充实了我人生的行囊，为我单调的生活增添了一抹明快的色彩。文学所具有的神性光芒，正在滋润着一代又一代人的心灵。

文学的百花园里，有参天大树，也有鲜花芳草。就鲜花而言，有盛开的牡丹、芍药，也有千姿百态的草花。对于雍容华贵的牡丹，我赞美它们，仰慕它们。对于朴实无华的草花，我喜欢它们，敬重它们。草花虽小，甚至小到你不知道它们的名字，但是，它们依然用天然的风姿、朴素的韵味、淡淡的清香为花园增色。能够成为百花园里一朵小花，或是一棵小草，我都要感恩天地的赏赐，活出自己的精彩。

2013.12 期《北京文学》

生活 π

读罢关圣力老师的长篇小说《生活 π》，用了几天工夫，不记得了。但在这段时间里，任何诱惑，都没有把我从房间里拽出去。比如，暖洋洋的春日去公园赏花踏青；比如，文友听说我从澳洲回北京了，要我为洗尘接风等。

一年前，2015 年 2 月 24 日，我有幸得到作家关圣力老师送给我的一部长篇小说《生活 π》，读了没有几页，就启程去悉尼了。而那本放在沙发扶手上的书，由于忙乱，竟然没有装进提包，导致我的阅读欣赏，推迟了整整一年。回京后，又开始从第一页拜读。

随着作者生动、准确、精彩、幽默、绘声绘色的描写，我走进了主人公郑白的生活。跟着他下乡，进市政公司当铺路工，和沈惠琳步入初恋的甜蜜，心灵受到重创和折磨，冰天雪地里，被一根一百七十公斤重的水泥过梁砸在左腮上……看到郑白的遭遇，我心疼，看到他无端挨打，我就想抡起拳头，狠揍那些个无赖。

郑白遭受了那么多不公、屈辱，却依然坚持着自己做人的标准，他率真、耿直、坦荡。他的小偷同学劝他："这年头，只要你顺着他们，遇事灵活一些，你就可以得到你想得到的。"而郑白却说："老同学，你瞧瞧，你仔细地瞧瞧，我这个地方，不缺钙。"接着又继续说："我是人！你他妈的知道做人的标准吗？你肯定不知道。我告诉你吧，做人唯一的标准，就是这个地方不能软喽。你听清楚了吗？"在阅读中，我看到了一个血气方刚的年轻人，看到了一个年龄虽不大，却是一条挺直脊梁骨做人的汉子。他赢得了漂亮女孩沈惠琳的芳心，两个年轻人互相爱恋着，他们跑进群山里摘野杏……阅读欣赏他们纯真甜蜜的初恋，我好像也跟着谈了一次恋爱，一颗心被浸染得华丽纯净。

郑白上夜班打桥孔的时候，机器出现了故障，他奔回驻地去找周师傅，周师傅因家中有急事，搭乘傍晚的长途汽车，连夜赶回城里去了。情急之中，郑白去找王队长，碰到王队长正和自己的初恋情人在床上……郑白面对生活中的丑陋和龌龊，依然说：我要使我的灵魂远离一切盲目的庸俗；我要在平凡和痛苦中走出自己的生命，去寻找我头脑中深邃的灵性。

《生活 π》一书中，被我画上了许多道道，那些生动形象的描写，那些富含哲理的警句，那些虽幽默却催人泪下的语言，都使我掩卷难忘。郑白回到北京看病，因为没有北京户口，得不到医治。他不解，他惆怅……他的母亲是家庭妇女，为了给儿子治病，日夜糊火柴盒。郑白躺在床上，在暗影里看着母亲干活，那只好眼睛就流出了眼泪。有时候母亲听到他的哭声，起身走到他床前，强作笑颜说："别人都尿床，你却尿枕头。别胡思乱想了，快睡觉吧，明天还要去看病呢。"读到前一句，被作者的幽默语言逗得咧了咧嘴，但是，转瞬间，眼睛就湿润了，心里有种苦涩的东西涌出来。为主人公的命运而心酸，而不平。

郑白工伤后换上了一只假眼，看到了世间的芸芸众生相。小说在质疑和批判的同时，给读者以启迪：即使身处无理岁月之中，也要积极有理地生活下去。

读罢自己喜欢的作品，只会说写得真好！而不会说其他话。合上《生活 π》一书，我还是不由自主地在博客上写下了这些话。

2017.10.13《昌平报》

美名传悉尼

周日的清晨，天刚蒙蒙亮，一串儿温柔的声响，将我轻轻唤醒。拿起手机，是一条来自悉尼的视频：儿子领着他三岁的女儿，正在公园里玩耍。他们走到一座孔夫子塑像前，儿子问："孔夫子是哪个国家的人？"小女孩奶声奶气地回答："孔夫子是中国人！"儿子又问："你奶奶家在哪儿？""在北京东城！""姥姥家呢？""北京怀柔！"小女孩回答得一板一眼，十分认真。那清脆悦耳的童声，在异国他乡的上空回响着，飘荡着。同时，也通过现代化通信工具，响在我的耳旁。

我无声地笑了。儿子的用意，再清楚不过了，他想通过一问一答的形式，加深孩子的印象，教育她牢牢记住，自己的家乡在哪里。无论走到哪儿，都不能忘记自己的根。

孩子满周岁的时候，回京一次，还不会说话。三岁时再一次回京，情景就大不相同了，她操着标准的京腔儿，穿梭在东四奶奶家和怀柔姥姥家，每天一睁眼，便用好奇的目光欣赏着周围的一切，感受着周围的一切。

天安门、故宫、北海、天坛、科技馆、动物园等地，都留下了孩子银铃般的笑声。在东四的大杂院里，她玩性正浓，突然感叹道："奶奶家的院子太小！一跑就到头了。"

和奶奶家相比，姥姥家就显得宽敞多了。怀柔水库边，有姥姥居住的复式楼房，田园风光处，有姥姥的农家大院子，可以尽情地跑跳玩耍。怀柔，北京的后花园，处处风光无限。

一家人开上车，带着孩子，热热闹闹出发。孩子好奇的目光通过玻璃窗不停地张望。突然，她双目一亮，手指窗外惊呼："大海！"我们告诉她："这是怀柔水库。"孩子兴奋地重复着"怀柔水库！"是啊，发出惊叹的何止孩子，许多游人到此观光，也时常感叹，在怀柔城中心，居然会有一片碧波荡漾的净水，美若仙界瑶池。

怀柔的美，美在山和水。每年的春夏秋季节，山上青翠叠嶂，郁郁葱葱，是京郊天然氧吧。巍巍群山中，小溪遍布，或飞流直下，或静静流淌，绿水使青山充满了灵气，青山给绿水增添了妩媚。怀柔人，正在以诗的灵性，经营着美丽的怀柔山水。那一处又一处如诗似画的自然风光，让众多游人流连忘返。

我们走进姥姥家的大院，温馨扑面而来。一排北房，高大敞亮，窗明几净，还有厢房数间，院子很大，比悉尼的别墅要大出许多。国外的别墅里，都是些草坪、花，偶尔有树，也是不结果子的树。在怀柔的农家院里，精神、物质双重享受。就说树吧，有核桃树、柿子树、樱桃树，除了绿化美化环境，还能为主人奉上累累硕果。那棵粗壮的核桃树，为我们撑起一把巨伞，洒下绿荫一片，树下有石桌石凳，我们围桌而坐，品茶赏景。

院子大门口，搭着丝瓜架，由于阳光、肥料充足，无数根藤蔓盘踞纠缠，织成一顶密不透风的绿色天棚。绿棚下，垂着一条条丝瓜，尚未来得及摘下，它们就已经长成精了，足有一米多长。甬道两旁，是各种花卉，姹紫嫣红，开得正喷。蜜蜂在花蕊上忙碌，蝴蝶在花丛中飞舞。还有青嫩的水葱、茂密的韭菜、紫色的茄子、红绿相间的辣椒、胡萝卜、白萝卜、心儿里美，可谓品种繁多。这些纯天然绿色蔬菜，布局有序，或高或低，或疏或密，像主人精心刺绣的一幅风景画。孩子蹦着跳着，追逐着彩蝶满院子飞跑，还不时发出感慨：“姥姥家的院子真大！我都跑出汗了。”

满院子的风景，除了给人视觉上的美感，还给人味觉上的享受。那丰盛的农家饭，原汁原味，绝对纯天然，吃得人从心里到胃里，那叫一个舒坦。我们还去了其他几个农家院，他们都热情好客、淳朴善良，争先把自家的美味拿出，让我们品尝。

次日，我们带着孩子，走进位于怀柔西北，黄花城水长城景区内的

“百年栗树园”，这是京郊独一无二的人文景观，相传为明朝修长城将士所栽。正是秋天，树冠遮天蔽日，郁郁葱葱，枝头上，缀满带刺儿的绿球球，像小刺猬似的，相拥着。走进栗树园，似融进绿色海洋，心情变得格外清爽。眼前的栗树，千姿百态，有的好像被雷劈过，有的仿佛被火烧过，经历了六百年的风雨雪霜，依然顽强地向上生长着，为一代又一代的人，奉献着香甜的果实！我带着孩子走到一棵大树下，想告知她栗树的年龄，担心她弄不懂 600 年的含义是多少。于是，换了一种说法：这棵树比你爷爷的爷爷的爷爷的年龄还大。孩子眨眨眼，似乎听明白了，她用嫩白的小手拍着斑痕累累的树皮，仰望着树冠说：“您是老老老……爷爷树。”她的话，把我们全逗乐了。此时，山风掠过树梢儿，老栗树上有一个成熟的果子飘然而下，落在孩子眼前几步远的地方。我开玩笑地说，去捡起来吧，那是老老老……爷爷树奖赏给你的礼物。孩子欢快地跑过去，只见长满尖刺的外壳已经炸开，里面钻出三个肥嘟嘟、油亮亮的栗子。孩子的姥姥让我尝尝，我疑惑地问：“生栗子也可以吃？”她说：“当然可以，生栗子具有补肾的功能。”我咬一口，甜滋滋，脆生生，甚是爽口。能够品尝 600 年老栗树的果实，好大的享受！好深的缘分！渺小的我，向着百年栗树园，深深地鞠了一个躬。

在京城二环之内住久了，陪孩子到北京的后花园怀柔游览，视野变得开阔了，心情变得轻松愉悦。我时常抑制不住，想对着群山放声高歌，想对着长城吟诗抒怀，想对着栗树手舞足蹈。于是，拉起孩子的手，即兴跳了起来。在大自然的怀抱里，我歌山水应，我舞蝶徘徊。我深吸着清新的空气，对大自然充满了敬畏，充满了感恩。

在群山环绕的怀柔，处处好风光。水长城，慕田峪长城，600 年的栗树园，千年的紫藤……那一处又一处的美景，那一张又一张的亲切面孔，连同那难以忘怀的农家大院，都装进了孩子的脑海里，带出了国门。

那日傍晚，接到儿子发来的一段视频：他去幼儿园接孩子，一群不同肤色的孩子中间，站着一位穿红裙子的中国女孩，她表情激动地做着手势，津津有味地讲述着什么，我听不懂英语，但从她时不时蹦出的中国话“北京”“怀柔”“长城”“老老老……爷爷树”中，我敢断定，孩子一定在讲述在北京的所见所闻。

“北——京”“长——城”几个外国小朋友，用生硬的、一字一顿的童声，学着，说着，不断重复着。那表情，对北京充满了无限向往。

北京，已经在孩子幼小的心灵里牢牢扎根，并通过她绘声绘色的讲述，使很多外国小朋友记住了北京，记住了北京的后花园——怀柔，这个富有诗意和灵性的响亮名字。

2013.3.26

恋春

最令我陶醉的气味儿，莫过于春的体香了，那是一种十分诱人的味道。几十年了，只要那种气息扑面而来，就如同不经意间和梦中情人撞了个满怀，心的跳动，瞬间变得欢腾起来。

春的气息在空气中越聚越浓，然而在青砖灰瓦的京城大杂院里，我却迟迟看不到春姑娘的俊俏身影。忽一日，发现房前的香椿树上，托举出许多嫩芽，像一团团小火苗。我才贴贴切切地感受到，春已经徜徉身边。于是，欢喜地奔出家门。

小草纷纷钻出地皮，杨柳晕染一层鹅黄，路旁，叫不出名字的各色花朵，喜笑颜开，在枝头闹嚷嚷地绽放。这几年，许多不知名的花树，不声不响，遍布京城。她们穿一件或红或粉或白或黄的春装，摇曳着，婀娜多姿，闪亮登场，把春的剧目演绎得精彩纷呈，荡气回肠。欣赏这样的表演，我的精气神儿立马抖起来，全身的细胞，犹如注满喜悦，嘴巴也跟着合不拢了。

那满树的榆钱儿，密匝匝，绿生生，嫩展展。我禁不住诱惑，伸手从低垂的枝条上掠过，榆钱儿已经满握掌心了。回到家，做了一小碗榆钱儿饭，把调好的蒜汁儿搅拌进去。呼啦啦，童年的味道，全从这碗榆钱儿饭里飘出来了。

夫妻做伴，踏进奥林匹克公园东门，被满树的海棠花拽住了视线。我行进在两排海棠树中间，抬头仰望，枝条上一派红艳，含苞待放的呈深红色，似胭脂点点，盛开绽放的是粉红色，深深浅浅，煞是好看。海棠花高贵、典雅，无愧“花中神仙”“花贵妃”的美称。低头观看，甬道上铺展着满地花瓣，我爱恋地捧起来，向空中抛去，企图把这些花仙子重新送回枝头。看到的却是，群蝶漫天飞舞。爱人举起手机，录下这花飞蝶舞的一瞬间。

我对所有的花，赏不够，爱不够，我用手指肚儿，轻轻触摸惊艳鲜嫩的花瓣，如同触摸到婴儿的肌肤。花朵好像有知觉，看到我的爱恋不舍，盛放得越发娇美了。我和花一起，同呼吸共欢颜，亲密合影，口中念念有词："又是一年春意闹，枝头繁花百媚笑。夫妻双双去踏青，依偎美景拍张照。"

我时常感叹花的美丽，也时常猜测花的来历，它们究竟是哪朝哪代的美女托生的？让人如此爱恋，百看不厌。

还是小姑娘的时候，就爱花，头上梳两个小辫，扎上红红的蝴蝶结，感觉自己像开了花一样，满院子撒欢儿。折一枝杏花或嫩柳，把鲜嫩的春天托举在手上，在田间猛跑。春天在我的注视下，慢慢长成夏天。那个时候，物质生活极度匮乏，父母整日劳作，没有闲情逸致养花。大伯家种的指甲草、太阳花，都曾华丽了我的童年。尤其邻居家那棵西番莲，更是吸人眼球，我每次去串门，总会观赏好一会儿，花开繁盛，紫红的，红白相间的，一朵朵馒头大，水灵灵的，丝绸般娇艳。那棵西番莲有滋润双目、沐浴心灵的功效，让我对花产生了深深的爱恋。

奥林匹克公园太辽阔了，各种花草，繁而有序，杂而不乱，多变而统一。忽见路旁的树林里，有一位妇女，左手拎个塑料袋儿，右手拿把小刀，在寻找着什么。我好奇地走过去，方知她在挖野菜。我没有见过这种野菜，也叫不出名字。我试着在众多杂草中辨认，找着找着，就和模样相似的草混淆了。那女士回头看看我说："错了。"这种能吃的野菜，掐断后，冒白浆。在她的指认下，我终于找到几棵攥在手心，抬腿欲走，被她挽留："再挖点儿吧，太少了，还不够塞牙缝呢。"我笑笑走开了。野菜虽少，但我已经尝到和大自然亲密接触的乐趣，赏到了春的倩影，嗅到了春的体香，已经知足了。

春意闹，百花笑。春意浓，万物生。眼下，田野上、公园里、京城的角角落落，目力所及，皆春色，嗅觉所及，皆春味儿，到处都是春在聚会的蓬勃场景，令人销魂。

有人说，人老了便渴望春天来临。尽管春天来了，老人没有一片要抽芽的叶子，没有半瓣要开放的花朵。春天只是来到大地上，来到别人的生命中。但这个老人还是渴望春天。对此，我深信无疑。

几十年过去了，我爱花的习性与日俱增，恋春的情结越来越浓。究其原因：春，曾是我欢欣雀跃走过的、无法复制的、不能再现的、独一无二的妙龄季节。如今，人生已经进入仲秋，但我的心，却极力想停留在春的季节里。每年，唯有春的蓬勃气息，像一架秋千，能够载着我，荡回到妙龄少女时代。

“近江弟子同怜惜，我也无奈春归去。”我与春，虽然只盘桓一时，却让我留恋一世。

2017.6.21《今日文艺报》

第一双漆皮鞋

在以往很长一段时光里，每到夏日，男男女女大都光着脚穿凉鞋，讲究一点的，穿着袜子。

记不得从哪年开始，发现很少有人夏季穿凉鞋了，很多人穿起了皮鞋、懒汉鞋、球鞋、旅游鞋等，把脚丫子包裹得严严实实。尤其一些年轻人，夏季着装背心短裤，脚下却穿着一双系带的厚实旅游鞋，连脚脖子都捂得很严实。

我虽然不跟风、不追潮，但也觉得，不再年轻的女士，光脚穿凉鞋有点不雅观。于是，平生第一次买了一双漆皮方口鞋，省去夏日擦鞋油的麻烦。

我对鞋子的式样比较挑剔，跑了好几个商店，才相中一双皮鞋。双脚塞进鞋子，小巧，雅致，好看。交钱时，店主建议我买 35 号的鞋，我说："我平时穿 36 号的，穿 35 号的夹脚。"他说："刚穿上紧点不碍事，这鞋越穿越松，听我的，没错儿。"想人家卖鞋的肯定比我懂行，听从劝告，36 号的脚，买了一双 35 号的鞋。

如今已经穿了三年，一点没见宽松。

莫非店主糊弄我，想把不好卖的小号鞋尽快推销出去。但愿是我想歪了。

这是我最喜欢的一双鞋子，它却让我吃了不少苦头。每次去体面的正规场合，总会穿上它，显得提气、好看、淑女。然而，走路时间长了，脚丫子被挤得生疼。

送人吧，亲人中没有比我脚小的；扔掉，绝对不舍得。

记得北京女作家毕淑敏曾经写过一篇散文，叫《婚姻鞋》，她说婚姻是一双鞋。无论什么鞋，最重要的是合脚；无论什么样的婚姻，最美妙的是和谐。她还说，切莫只贪图鞋的昂贵，而委屈了自己的脚。而我常常因为贪图便宜而又注重式样，却委屈了自己的脚。

懂得爱美和有条件穿皮鞋后，总是喜欢选择那种半高跟鞋。带跟儿的皮鞋，使女人显得挺拔，显得个头儿高一点儿。便宜劣质的半高跟鞋，穿上走长路，都不怎么舒服，脚掌常常被硌得生痛。

到了一定年龄，便不再购买半高跟鞋，比如那双漆皮鞋，就是矮跟儿的，然而由于鞋号小了，依然不舒服。

别人看到的是鞋，自己感受到的是脚。我懂得脚和鞋前者重要，可我经常在舒适和好看中，选择好看。或者出门选择好看的，在家选择舒适的。当然，最理想的情况是既好看又舒适，事实上，往往鱼和熊掌不能兼得。

生活当中，又岂止鞋子如此，很多事情也如此。常听人说，怎么舒服怎么来，怎么高兴怎么来，别委屈了自己。真能那样吗？显然是否定的。许多时候，往往像忍受不舒适的鞋子一样，忍受着许多不顺心的事情。

那双漆皮鞋，我依然宝贝似的爱着它，我穿鞋比较省，一双皮鞋能穿好多年，所以，我的脚丫子还得受几年罪。我喜欢其好的一面，它给我体面，把我的脚包装得优雅好看。也忍受其不如意的一面，它禁锢着我的脚，使我行走起来不那么舒坦。好与不好时常体现在同一物体上，生活中处处有缺憾。

我们要做的，是通过努力，尽量让事情好的一面多于不好的一面。

2020.2 期《昌平文艺》

红娘

记不得从什么时候开始，我对生活中的红娘格外尊重起来，也乐意当此角色。你想啊，在茫茫人海中，有一对单身男女，通过你的介绍，相识相知并有缘走到一起，手牵手肩并肩，在人生的旅途中，相亲相爱相伴而行，是件多么美好的事情！红娘不惜付出时间和精力，介绍情况，传递信息，只为双方百年好合，这是在做善事啊！

很早以前，有人把介绍对象者叫媒婆或媒人。我不喜欢这种称呼，尤其对其只说好话隐瞒毛病的做法更反感。然而，在我还是一位姑娘的时候，却稀里糊涂当了一次媒人。

二十世纪七十年代初，有一次回老家探亲，同学小张邀我到她家里玩。我们是同班、同桌，相处甚好。在虎中通往柏舍的路上，两位二十出头的姑娘，沐浴着春风，骑着自行车，且行且聊，说东道西，不知怎么就扯到了找对象的事。我问她想找什么样的，她说了几条，其中有一条是，字要写得漂亮。恰在此时，迎面来了一位姓李的小伙子，我跳下自行车，和他寒暄了几句。小李的姥姥和我家是邻居，我们从小就在一起玩耍。待小李走远，我问同学："你看他怎么样？"小李的外貌不用我介绍，她已经看到，高高的个子，宽肩膀，国字脸，大眼睛，一表人才。我忘记当时怎么向同学介绍的，但有一句话记得很牢："他的字很漂亮。"同学考虑片刻说："行。"我说："那我回来就去找他。"

那天从同学家回来，我就去了小李的姥姥家，家人说他已经走了。我说明来意，要了他的通信地址。当时的操作步骤已完全忘记，总之，把联系方式告诉了双方，为他俩牵了线搭了桥。

后来，他们通过书信往来，相互了解，走到了一起。再后来，结婚生子，日子过得很好。我的举手之劳，成就了一对美满姻缘。如今想起来，心里美滋滋的。

在以后的日子里，我也曾为人牵线搭桥，但成功率极低。怎么说呢，可谓是屡战屡败，屡败屡战。有人不解，说我是自找麻烦，还说这种事管好了是好事，弄不好就会落埋怨。我说，埋怨啥？我只是帮着牵个线，他们觉得合适就谈，不合适就拜拜。假如我的麻烦能换来别人的美好，我愿意为之。

劳神的是，自己不善交往、孤陋寡闻，认识的人有限，要想为人牵线搭桥，就要动用亲朋好友，麻烦他们提供人选，这就增加了难度。开口求人是件很难为情的事情。有时碰了钉子，相当郁闷。

然而，只要看到或得知优秀的姑娘小伙儿没找到意中人，我就替他们着急，为他们惋惜，就又想方设法求助朋友，为他们提供人选。

我给二十几岁的侄女寻找朋友时，有人说，还小，急什么？我说，得有紧迫感，找着找着就大了。时间不禁过，青春转瞬即逝。

有人说，碰吧。等吧。怎么碰？工作单位没有合适人选，外单位的人又不认识，生活圈子就那么点儿，碰谁？上哪里碰？

等，更不行了，那只适合铁凝。在找对象这件事上，冰心让铁凝不要找，要等，果然她就在茫茫人海中，等来了自己的如意郎君。谁能和铁凝比？全中国不就一个铁凝吗？人长得漂亮优雅，小说写得好，才貌双全，出类拔萃。那是一颗人见人爱的明珠，多少人想追追不来。她的经验只能仰视，一般人学不了。

记得儿子上学期间，我天天叨叨着不许儿子过早谈恋爱，大学五年期间，我依然严厉要求他，唯恐他为找对象影响学业。等到他大学毕业，我开始留意周边的姑娘，对走进视线内的漂亮女孩儿，总要多看几眼，唯恐世上的好姑娘都被他人抢去。我掰着手指头细数那些相识的人，怎么就没有合适的儿媳妇人选呢？

上山打虎易，开口求人难，尤其为了自家事求人，那口就越发难张了。记得好像是2003年的一天晚上，我给朋友发电子邮件，想请对方帮忙介绍一个女孩，于是写了一段顺口溜：“我儿出生某某年，大学本科读五年。如今月薪超一万，购买新房把车添。业余爱好也不凡，谱曲常把钢琴弹。做完曲子刻成盘，全家欣赏乐无边。儿子真诚人品好，光明磊落是党员。寻到漂亮好女孩，日子一定很美满。”

邮件发出去了，总觉得求人帮忙介绍对象，有点跌份儿。我给关系不错的几个朋友都发了电子邮件，没有邮箱的，通过手机发了短信。网撒出去了，反馈的信息并不多，理想人选等于零。

最后是我一位好友求助她同事介绍的。

我很纳闷，生活中到处都是人，男人和女人，走出家门，乌泱乌泱的人群，磕头碰脸，人把许多空间挤得水泄不通，真是名副其实的茫茫人海！然而具体到一个人，一个姑娘或小伙儿，想找到自己的意中人居然这般艰难，这样颇费周折。

认识一个小伙子，个头适中，英俊帅气，事业有成，孝敬父母，有房有车，责任心极强，始终没找到自己的另一半，后来便不想找了。我为他感到深深的惋惜。也认识很好的姑娘，或有才或有貌或有德或德才貌兼备，也是找不着自己的意中人。我替他们着急，我为帮不上他们的忙儿而苦恼。尤其当有人委托我帮忙介绍对象，而我帮了几次都未成功，更是郁闷，好像欠了人什么似的，特难受。除此之外，还有那些有过婚姻史的男男女女，我恨不能让他们在一夜之间，都能寻觅到自己的另一半。

我真诚地祝愿天下所有未婚男女，都能找到意中人。并愿意为此竭尽全力，做个热心牵线搭桥人。

2020.6.6

和飞蚊讲和

那天，是 2017 年 10 月 14 日，窗外，淅淅沥沥的小雨低吟浅唱，引来阵阵秋凉。此时，我正在沙发上捧着手机，阅读李培禹老师发在朋友圈的一篇佳作。我看字的速度，可以用蜗牛爬行来形容。那篇文章篇幅不小，读了很长时间，不知不觉，已经晚上 11 点半了。

我起身，去关大院里的街门，右眼旁闪过一道又一道白光，像流星，像闪电。我自言自语：怎么小雨变雪花了？抬头仰望，仔细扫描空中滑行物，并无雪花，依然是细雨蒙蒙。我猜测着，莫非是眼镜在雨夜里反光。

进屋后，眼旁的闪电仍未消失，我索性摘下眼镜，闪电依然在，一道接着一道，神速滑行。心想，可能对亲爱的眼睛用得太狠了，把它累得不轻。它在发怒，向我发出信号弹警示。赶紧的，洗漱，卧倒，闭目，爱恋地为它做了保健。希望次日一睁眼，闪电消失。

然而，尽管我睡了懒觉，给予眼睛充分的休息，可是，闪电并未消失，又冒出一只蚊子，纯黑色，在右眼斜前方固定的方位中飞舞，我几次自欺欺人地击掌拍打，试图置它于死地。

去看大夫吧，专家的号没挂上，挂了普通号。散瞳，测眼压，做超声等各种检查，说什么玻璃体混浊，玻璃体和视网膜脱离……说什么闪电如果不消失再来看，蚊子固定不飞了，也要来看。

每逢去医院，我都会集中精力，抻长耳朵，唯恐落下哪句至关重要的话。大夫的话，对于无知的患者来说，就是圣旨。回到家，我还在回味大夫的那句解释：玻璃体上有洞或裂缝，里面的液体就会渗漏，就会出现闪电。目前看，没查出有洞和裂缝。

对于眼睛这个神秘而重要的器官，我是一点儿不懂，当然，对其他重要而神秘的器官，我同样不懂。单单听着那些洞、裂缝的字眼，还有什么往外渗漏液体，就觉得瘆得慌。那可是眼珠子啊，它才多大点儿，里面能有多少液体？万一泄漏？我被搞不懂的问题困扰着。

一个多月过去了，在这段时间里，我尽量控制着，少看手机，少看书，少敲打电脑键盘。其间，我和家人一次又一次去赏菊、观红叶、看银杏叶，直到把它们看成光秃秃的枝条。偶尔，也看一会儿书，看一会儿手机，随后，我就爱恋地安抚一下眼睛，或闭目歇息，或到客厅听听音乐，活动一下筋骨，或站在窗口，瞭望一下院子里的香椿树、柿子树、黑枣树。

尽管如此，那只蚊子依然飞得张狂，这都什么季节了，眼看快冬至了，那只冻不死的蚊子，死皮赖脸跟随着我，腻歪我，骚扰我。吃饭时，它在眼前舞，走路时，它在眼前晃，讨厌得很。尤其在洗澡的时候，不知因为热气缭绕，还是因为浴霸的光亮太强烈，那只蚊子的身体好像膨胀了，一个劲在眼前张牙舞爪，做丑恶表演，生怕我忘记了它的存在。我用沾满沐浴露的手，狠狠击打，明知此蚊子非彼蚊子，任你使用铁砂掌，也奈何不了它。

小时候，有什么不舒服，或有什么异常症状，只要睡一觉，一切都会好的。如今眼前多了只蚊子，我用心休养了近俩月，还是甩不掉它。既然它不嫌累，那就飞吧。在以后的岁月里，我得学会和这只蚊子和平相处。

我尽量克制自己，尽量少看手机，尽量不在手机上阅读文章。可是，这个年代的人，还能离开手机吗？

白天，或曰在灯光下，对黑色蚊子的敏感度，还是要超过白色闪电的。在二环之内的闹市里，即使晚上出门，也极少能有暗处。最近一段时间，我晚上连房间门都极少出，我断定，那闪电已经不存在了。直到有一天晚上，睡前我关掉某个房间的灯，随后发现忘记拿一样东西，又折回去拿，这一次，我没有开灯，猛然间，右眼前方，有流星滑翔，又滑翔。天哪！闪电又出现了，或曰，它就一直没消失。

遵照大夫旨意，闪电如果不消失，再来看。那就再去一趟吧。

这一次，我挂上一位副主任医师的号，再一次散瞳，测眼压，检查，说视网膜和玻璃球体还没有完全剥离开，还有丝丝缕缕在粘贴着，液体清汤寡水的，保不齐……在大夫面前，不知为什么，我连一个问题也提不出？走出医院，脑子里瞬间冒出许多问号：闪光到底是什么原因造成的？是泄漏液体？不是没有裂缝和破洞吗？还有什么剥离是啥意思？常听人说视网膜脱落是很严重的问题，那么，视网膜和玻璃体剥离，就没事？不是说玻璃体混浊吗？怎么又清汤寡水的？清汤寡水是指清亮吗？比混浊好吧？那闪光是清汤寡水造成的？回到家，我被一系列问题困扰着。第一个大夫说，闪电不消失还要再去医院。我去了，也没听出个所以然，脑子里还是一锅糨子，糊里又糊涂。

糊涂归糊涂，有一点，我还是明白的，那就是到了一定年龄，会添些毛病的，有的毛病一旦有了，很可能就去不掉了。比如飞蚊症，我要和那只蚊子讲和，和它一起，看旅途风景，干自己喜爱的事情。

2017.12.14

今冬第一场雪

2019 年的第一场雪，是在 11 月 29 日夜间悄悄降临的。屈指算来，小雪节气刚过一周，就迎来第一场像模像样的雪，人们的欢愉、惊喜是不言而喻的。在北海公园里，很多人扑进雪的怀抱，亲密合影拍照。无论大人小孩，皆因了眼前的雪，因了雪后的清新空气，心情变得明媚而欢畅。

我用草地上的积雪团了一个大球，做雪人的身子，再团一个小球，做雪人的头，用掐断的三片草叶，做雪人的眼睛和嘴巴，一个可爱的雪人便立于掌心了。家人对着雪人问好，引来一对夫妇驻足观看，他们的双胞胎女儿笑着围过来，对着雪人不停地问："你好！你好！"俩孩子身着红装，在雪中分外亮丽好看，我把雪人送给她们，小姐俩就像多了一个玩伴一样乐呵。陌生人之间，有雪为媒介，便亲切地攀谈起来，一种暖意在人与人之间流淌。看来，雪不仅能净化空气，净化人的肺腑，还能净化人心。

一群年轻人站在桥头，以白塔为背景轮流拍照。我走近他们时，有个小伙子已经摆好了姿势，一本正经地望着镜头。身后的伙伴儿举起双手，在他脑袋的左右后方，做着搞笑的手势。我望着毫无觉察的小伙子，忍不住笑了。小伙子看到我笑，竟也绷不住劲儿，哈哈哈，笑弯了腰。我经过他身边时说："笑场了。"他越发大笑不止："我是看到您笑才笑的。"看来，笑是颇具感染力的。在这白雪清洗过的干净空气里，尽情地笑吧，笑能曾加肺活量，笑有益于身心健康。

北海公园的湖，还未完全封冻，已经结冰的湖面上，铺展着耀眼的银色地毯，干净、辽阔、壮观，看得人心情开朗。每双落在雪景中的眸子，好像都被白雪清洗过一样，亮亮的，散发着兴奋愉悦的光芒。

儿时，冬季下雪是常态，哪年也要来几场规模宏大的降雪。北京近几年的冬天很少下雪了，好像雪已经弃京城而去，移情别恋南方了。查看我每年保存在电脑中的照片文件夹，除了 2013 年为雪景拍下的照片，接下来的三年里，冬无雪，文件夹里找不到有关下雪的记载。

记得 2018 年，我眼巴巴盼了一冬，却不见白雪美丽的身影，她逛东南，走西北，游遍祖国各地，唯独不来北京。

在一日日等待中，期盼变成了失望。我清楚地记得，在 2017 年，白雪是在 2 月 21 日姗姗来迟的。到了 2018 年，已经过了 3 月 15 日的法定供暖期，依然看不到白雪露面，我彻底绝望了。

2018 年 3 月 17 日早上，我还在睡觉，忽听家人说：“下雪了！”匆匆穿衣下床，有一种贵客临门的惊喜。我隔窗望去，只见几片稀疏的头皮屑缓缓划过，很快没了踪影，我深感失望。

那天，匆匆吃罢早饭，骑上自行车去东城区图书馆听课，这时候，雪下大了，纷纷扬扬的，像模像样，落地成水。雪静静地落在我头上，衣服上，还一个劲亲吻我的脸，虽然有些睁不开眼睛，惊喜还是胜过一切的。

我一边听课，一边想，久违的雪，千万别走，我还没有和雪好好亲热呢。临近下课的时候，我有些坐不住了，恨不能立刻跑出去，看看雪是否还在下。

走出东城区图书馆，我惊喜地发现，雪不但在下，势头丝毫没减。我骑上自行车，行进在雪花飞舞中，感受着丝丝凉意和愉悦。

进家，我急忙脱下被雪打湿的羽绒服，赶紧为迟到的雪拍照、录像，保存住白雪在初春时光里，光顾北京平房院的瞬间。

两年来，白雪光顾北京的时间一推再推，该来的时间不来。是怕给交通带来不便？还是担心盐撒多了，破坏路面？不管怎么说，雪姑娘还是来了，她给焦渴的大地润了润喉咙，为我们带来了惊喜。我为她的到来欢呼雀跃。

当时，我曾在自己的微信公众平台写下一篇短文，希望雪姑娘明年不要再这般不守时，希望她不要再移情别恋，雪应该和冬日相伴，应该在属于自己的季节里精彩绽放，谱写一曲圣洁的冬之歌。当时那篇小文得到不少朋友的点赞、认同，说我道出了她们的心声。

我十分惊喜地发现，雪姑娘接受了我和很多人的逆耳忠言，在今年的冬季，在 2019 年 11 月 29 日的夜间悄然而至，怎能不令人心悦神爽。

我漫步在银装素裹的北海公园，一路走来，满眼尽是美景，满眼尽是笑容可掬、友善和气的人。大家共同沐浴在这场初雪里，只觉得肺腑胸腔，身上的每一个细胞，都被进行了一次净化、清洗、再生，换了一个人似的。

湖边的潺潺流水中，尚未结冰，鸳鸯成对，群鸭嬉戏、白鹅高唱，一幅热闹景象。我探头观赏，不由自主地想起那句："春江水暖鸭先知。"转念一想，不对，我竟然忘记眼下是初冬，还以为春天已经迎面走过来了呢。

2019.11.30

空欢喜

大约是2013年，记不清是几月几日了。晚饭后，我照例坐在电脑前磨叽，一会儿敲打文字，一会儿在网上寻寻觅觅，然后收取电子信件。

看罢一封来信，心中的喜悦如同燃放的烟花，腾的一下，蹿出去很高。我兀自笑出了声，激动地有些坐不住。偏巧此时，门被推开了，他走进来，我跳起身，一下子搂住他的脖子说，我太高兴了！这突如其来的举止，搞得他丈二和尚——摸不着头脑，这是几十年都不曾有过的。他问，什么事？能让你高兴成这样！

说出来，可能不少人会笑话，就这点事啊，至于吗？然而，这对于我，就是难得的喜事！高兴事！

《北京文学》编辑白连春老师，送审了我一篇短篇小说《天赐的一夜》，还说那篇小说文字干净云云。多年来，在我心目中，我和《北京文学》的关系，即丑女与白马王子的关系。我只有怀着无限向往，远远地站着仰视，而不敢靠近。如今，有人要推荐丑女与白马王子会面了，能不高兴吗？我清楚，这只是一审，距离见到白马王子，还遥遥无期呢，后面还有二审、终审。然而，我就是抑制不住，心里有玫瑰绽放，美得很了。

这篇稿子，几年前曾经给过《天津文学》，当时《天津文学》副主编王富杰老师曾经给我打电话，说他很喜欢这篇小说，已经送审了。

后来，被主编枪毙了，王老师又打来电话，惋惜的同时，嘱咐我一定把稿子留存好，投给其他刊物。

一晃，几年过去了，也曾对那篇拙文再次修改，存放到文件夹里，待嫁。忽一日，不知哪根神经搭错了，竟然不知天高地厚，想攀一次高枝。战战兢兢试着把稿子发给白连春老师。我已经做好百分百被枪毙的准备，多年来，被枪毙的稿子还少吗？无非是再浪费编辑一颗子弹，何况又不是真枪实弹。我相当清醒，《北京文学》是多牛的白马王子啊！被全国的“美女”里三层外三层地围着，都抢着要“嫁”呢。

漫长的等待过去了，一年了，毫无音信，我想，丑女绝对被白马王子甩了。空欢喜一场。把其重新放入闺房（文件夹），待嫁。

后来，我在百度上搜索“秦景棉”三个字，发现我的散文《一双闲不住的手》被送审《北京文学》，欢喜的火苗虽然没有第一次高涨，但那条消息，同样瞬间华丽了我的心，让我臭美了好一会儿。

随着时间的推移，《一双闲不住的手》也石沉大海了。

2016 年 6 月，我将两篇小小说发给《北京文学》白连春老师，很快得到消息，被送审。欢喜的火苗第三次在心中燃起。

怎么说呢，这就好比看到一枚诱人的仙果，它高悬枝头，任你搬了梯子，也够不着。如果真是那样，也就彻底死了心。偏偏，风吹，树摇，那枚果子忽高忽低，在头顶摇曳，逗着你，馋着你，让你不由得产生妄想，没准儿哪一天，踮起脚尖，使出浑身解数，一跃而起，就触到了那枚仙果。

此时此刻，我心中的白马王子，好像从云端走下来，站在枝头，让我仰望到他高大帅气的身影，却在树下望而兴叹，够他不着。我真想大声对他说：“山有木兮木有枝，心悦君兮君不知。”

看来，那个让我兴奋激动，让我神魂颠倒的白马王子，所赐予我的，是一场又一场的空欢喜。然而，我并不恼他，而是更加爱恋他。越是得不到的，越具有强烈的诱惑力。美好的事物和愿望，总是在未得到和未实现之前，才更令人充满期许和向往。

当然，我的文字，也曾有幸登上《北京文学》，比如那篇《喜欢文学由来已久》，刊登在 2013 年 12 期《北京文学》，责任编辑是白连春老师。《无可奈何打工者》刊登在 2017 年 9 期《北京文学》，责任编辑是王童老师。这两篇稿子属于征文，我的梦想是，希望自己的文字出现在《北京文学》小说栏目或散文栏目。

我的个人简介中有这样一句话：另有作品散见《北京文学》《天津文学》《散文百家》《北京日报》等报刊，虽然在《北京文学》上发表过文字，但提起来总感到心虚，期盼有朝一日，可以不心虚地说，我曾在《北京文学》上发表过作品。

有些东西，兴许一辈子也得不到，即便铆足劲，踮起脚尖，也是攀够不着的。但是，这更激发起怀有梦想的人，一次又一次，努力去提高自己的弹跳能力，使之达到一定的高度。

空欢喜，也是一种欢喜，让人的记忆更为深刻。我激动过，兴奋过，愉悦过。感恩《北京文学》，感恩不曾见过面的白连春编辑，那一条又一条的消息，曾经华丽了我凡俗的日子，同时，也华丽了我的心。

心中装着白马王子，梦寐有朝一日，能够得到他的召见。这种具体而高远的念想，让平凡的日子，变得充实饱满鲜亮起来。

2013.11.8

有一种情感

有一种情感，如同三伏天儿的清风，给人舒爽，又似三九天儿的羽绒服，把寒冷遮挡。它可以让乏味的旅途风景无限，也可以让寂寞的心田绽放牡丹。

生活中，除了亲情、友情、爱情之外，还有一种情感，怎么说呢，应该是友情中掺杂一点儿味精，味精的材质，来源于喜爱或者仰慕的字眼儿，因此，这种情感是温润的、灵动的、美好的。

初恋不成友情在，这类友情应该属于美好情感里的一种。

比如小Z和小W之间，就存在那种可遇而不可求的美好情感。我和小Z同在一座城市几十年了，但相聚的次数有限，好几年也见不了一次面。然而，每次见面，无论喝酒还是滴酒未沾，他总要向我诉说他的初恋。他们彼此相爱，却被女方的家人反对，最终未能走到一起。每每提起往事，有美好的回忆，有痛苦的分手，更有分手后男方对女方一家的关心和帮助。我常常被小Z的倾诉所打动，为小Z的宽大胸怀竖大拇指，并由衷地祝福小W，她在沟沟坎坎的行进中遇到诸多困难，总会得到小Z真诚的相助。这种美好的情感，一定会使双方尤其是女方，得到心灵的滋补，从而感恩生活，感恩小Z对她慷慨而奢侈的馈赠。

不是每一对初恋双方，都能享受到这种恋爱不成友情在的。比小Z年长几岁的H，就截然不同。H也曾对自己的初恋女孩，爱得醉生梦死，一封封书信，表达着海誓山盟。该谈婚论嫁了，H不动声色地选择了另一位，把初恋女孩抛到一边。多年以后，初恋女孩不计前嫌，经多方打听，和远在千里之外的H取得联系，听到H声音的那一刻，几十年心跳匀速的她，突然感到胸腔里的跳动乱了章法。她以为老来可以拾起一段彼此友善的美好情感，却遭遇话不投机半句多的尴尬。几十年的分离打磨，他们之间已经形同路人。相比之下，小 Z 和小 W 之间，能够在家庭和谐的前提下，拥有一份美好的情感，实属弥足珍贵。

丈夫曾经说，他在插队时遇到一位心地善良的女知青，其长相酷似西哈努克亲王的夫人。因种种原因，俩人没有走到一起。但在彼此的心里，一定留存了那段美好。

有一次我们路过东皇城根儿，他指着一个门牌告诉我，那位女知青就住在这里。我鼓励他进去找找，我在外面等着。他说，算了，多年不见，也许“昔人已乘黄鹤去，此地空余黄鹤楼”。后来，我曾几次提及此事，倘若能联系上，那应该是一份不可多得的美好情感。

繁忙的工作，上敬老下养小，一晃，多年过去了，也就把这件事搁下了。后来又路过皇城根儿，发现女知青的家已被拆除，再想找，增加了难度。如今想来，后悔莫及，当时我应该坚持己见，催促他走进那扇门，去寻找曾经萌生爱意的女知青。人生在世，不是每个人都拥有那份美好情感的，我愿意并希望我家的他能够拥有。

经常听人说，男女之间不存在纯洁的友情，关系近乎了，都带有杂质。我认为纯洁的友情当然是有的。比如，L 的女儿失恋了，和异性同学在电话里一聊好几个钟头，得到同学的倾听分析开导，心里敞亮多了。双方家长目睹俩孩子关系挺好，建议他俩搞对象。对此，男女双方的回答是：我们彼此是信任的同学、铁哥们，没有其他想法和欲望。这话我信，有一种异性朋友，就是这样的，在他们的心里，性别意识是淡漠的，或者说他们之间，与那种爱恋的字眼儿压根儿不搭界，就如同胶皮、木板对电流，是绝缘的。

异性朋友间，假如存在一种很微妙的情感，假如有一丝爱或一点儿喜欢搅拌其中，也就是说，纯洁的友情掺进那么一丢丢儿杂质，只要彼此懂得自重，规范行为，经营好自己的幸福家庭，那点儿杂质不仅无碍大局，还会使友情更加滋润牢靠。这应该属于美好情感中的第二种吧。

一天夜里，我洗漱后正要休息，电话铃响了，刚拿起话筒还未开口，就听到A女士急切地说："小刘儿，气死我了……"我急忙把电话递给他。从A女士的语气里我能感受到，此刻的她，心情很糟糕。

被我猜中了,A女士刚和爱人吵过嘴，她爱人同我们是很要好的朋友。我家的他接过电话，好半天没吭声，他在认真倾听对方的诉说，等对方发泄完了，给予真诚的开导劝慰，直到对方说："心里的委屈倒出来，敞亮多了。都12点了，你赶紧休息吧。"他说："以后改改你的脾气，对方火气上来了，别浇油，得泼水，实在控制不住，来我们家串门。"

他放下电话的那一刻，我的心里有一股说不出的暖流在涌动，在人生旅途中，遇到不痛快，有个值得信赖的异性朋友倾诉，真好！我家的他，能被朋友的妻子如此信赖，并能帮助她疏导心中的烦恼，我当时感觉真的很好!

我把这种友情也归结在美好情感之中。我相信自己的第六感觉，A女士是值得信赖、懂得自重的朋友，即便有点儿杂质，完全可以忽略不计。

然而，现实生活中，那种美好的情感是不易界定的。友情中有无杂质？那杂质是很轻淡的一丝儿？还是很浓甚或发生了质变？这需要当事人准确地感受和判断，加上理智而妥善地处理。否则，就会出现麻烦，就会酿成痛苦，就会分道扬镳，就会成为仇人。

有句话叫"男女搭配，干活不累"。这里边除了有强烈的性别意识外，是否也包含着一种广义上的爱恋之意，这种爱恋不仅对什么都无妨碍，还会促使激励男女双方，把最出色的一面展现出来。

有一种情感，是掺了味精的友情，这种味精，是微量元素，是小数点后面的数字，是可以忽略不计的。然而，有了那点儿味精，不仅无碍大局，还会成为经营好自己经营好各自家庭的润滑剂。

2019年冬《希望》总55期

赏云

昨夜一场雨，刷新了万物。天空显得格外温润清新亮丽，莫非天公要举办“空中画展”了？想来一定是的。你看，那变化多端的白云，犹如一幅幅生动传神的画卷，错落有致，精彩纷呈，紧紧拽住了我的视线。

大海好像移到天上去了，蓝汪汪的一片，海中扯起了风帆，浪花翻卷似雪。只是，一切都是静悄悄的，浪无声，船无声，就那么安逸地徐徐前行。

我仰视得累了，低头摆弄院中的花草。再次抬头，帆船和浪花远去了，湛蓝的天空，出现了羊群、白兔、鸽子，出现了嫦娥、七仙女、白雪公主。前者或跑或跳或飞翔，后者或歌或舞或嬉戏，不断变化着姿势。他们好像在举办盛大的联欢会，气氛活跃、欢快、祥和，给人心里注入一片玫瑰色彩。

眨眼工夫，天空出现了大片的白牡丹，闪亮的光晕勾勒出明亮的轮廓，雍容华贵。它们排列有序，间隔匀称，向着天边延伸出去，看得人心花怒放。我想，这大概是天庭的牡丹园了，打理得如此井井有条，而又如此欣欣向荣。

接下来，七仙女开始手艺大比拼。她们将巧手织出的布匹，一幅幅抖开，晾晒。那一块是白纱，柔软、细腻、飘逸。那一块是蜡染，蓝底上缀着一朵朵素雅的小白花，图案清晰秀丽，古香古色。那一块是蓝锦缎，光洁丝滑，水润的缎面上，绣着一只振翅飞翔的凤凰，传神极了。

看空中动感十足的画展，是一种极大的享受，每一幅画卷，当你细细观赏品味时，转眼间，便更新了内容。一幅又一幅画卷，在水蓝的天空映衬下，洋溢出一派吉祥的氛围。

再次抬头，见一行七人，身飘玉带，或牵手，或挽臂，嬉笑着姗姗走来，莫非她们要将参展的锦缎布匹收回去了？这个时候，偏巧座机响了，我进屋接了一个电话，也就几分钟时间。再次回到院子里，仰望天空，空中画展居然结束了，所有的参展作品不见了，热闹过后，没有留下一丝东西，天空瓦蓝瓦蓝的，洁净，润泽，养眼。

这样富有诗意的空中动感画展，是不多见的。记得侄女第一次从河北老家来京，我和她骑车行进在二环之内的马路上，她说，北京的大街上，有一种气味儿，刺激得眼睛都睁不开，呼吸也欠顺畅。她所说的，自然是空气污染造成的。

小时候，天蓝水清空气新，属于常态，如今，能够看一次赏心悦目的空中画展，实乃可遇而不可求的事情。难道丰富的物质生活，必须要用失去蓝天和清新空气为代价吗？好在已经认识并高度重视起这个问题，正在加紧治理污染。

渴望抬头看蓝天、低头看清水的日子，变成寻常事儿，变成一种常态。并愿为之做些力所能及的事情。

2020. 春《希望》总 56 期

劳动的苦与乐

我和丈夫用了一整天的工夫，马不停蹄连续劳作，累得一点都不想动弹了。晚上，我们俩并肩坐在沙发上，环顾四周，有一种成就感，有说不出的喜悦。

眼前的一切，大都是多年前的物件。洁净柔和缀满花朵的床单，红色的线绨被子，十字绣图案上，梅花绽放，几个滑雪小孩儿，形态各异，姿势优美，活泼逼真。

被子、枕套、床围子、十字绣等，都是我在541军工厂的时候，一针一线亲力亲为，双人床、书柜、高低柜，都是丈夫年轻时亲手所做。40年过去了，它们依然结实耐用。千里之遥，我们曾经搬过家，舍不得扔。那一次，这些东西跟随一位工厂的司机朋友，长途跋涉，历尽颠簸，从山西541军工厂，来到北京，来到东城区东四，来到我们居住的大杂院。卡车开进胡同的时候，马路上一个井盖，导致床板从车顶上颠下来，重重甩到地上，却毫发未损。

在漫长的岁月里，它们伴随着我们，提供贴心舒适的服务，耳鬓厮磨，日久生情，摸摸哪一件，都像是知心的老朋友。

我想把西屋重新规划布置一下，一大早，就开始动手了，起初，我有些发怵，担心体力不支，搬不动笨重的家具，想让侄女婿帮忙挪动一下。丈夫说，算了，年轻人上班忙，还是咱俩干吧。

我把立柜、高低柜内的衣服被子，统统掏出来，放在床上，把书柜里的书全部拿出来，码放好，然后，把立柜、书柜、高低柜等，连推带拉带拽，甚至还动用擀面杖当撬杠，从原来的地方挪到更为理想的地方，最后，把书、衣物、被褥等东西，整整齐齐放回原处。说着容易，做起来，费老鼻子劲儿了。

汗珠子从我们额头、鼻头，滴答而下，每挪动一段距离，呼哧带喘，腰酸腿疼，彼此鼓劲，用叫号子统一步伐，统一用力：“一二三！一二三！”那笨重的家具，在我们的吆喝声中，如同倔强的老牛，拉着不走，推着也不动。时常喊着喊着，蹲下就起不来了，笨重的柜子纹丝不动，却把我俩累得只想趴下歇息。

喝口水，擦擦汗，接着干。当第二个书柜挪到设计的位置时，我怎么看都觉得别扭，首先，它没有靠紧墙根，应该再往里挪5公分；其次，觉得它不是横平竖直。丈夫大概太疲惫了，说差不多得了。我说，你先歇会儿。意思是，歇会儿咱再接着干，必须干漂亮了。

就是这小小的5公分距离，把我的肋叉子都顶疼了，依然丝毫不动。由于不得使劲，由于此书柜是木门，可以旋转锁孔锁上，又因为挪动的距离比较近，所以里面的书，没有全部拿出来，图省事，反倒费劲费时费事了，丈夫拿出擀面杖当撬棍，利用杠杆原理，鼓捣半天，依然没动窝儿。

我们的力气用尽了，纹丝不动。不能够啊，找找原因吧。踩着凳子观察书柜顶部，原来是被东西卡住了。找到原因并加以解决，再次卖大力气，书柜摆放的位置，达到了理想状态，而且横平竖直，挺拔整齐，看着很舒服。

北屋是我俩居住的房间，西屋是我们的多功能房间，它既是书房、餐厅，又可以当卧室，还是一个可以怀旧的地方。这里摆放的东西，大都是我们两口子年轻时的劳动成果，被我们再一次规划布置得更加舒适、敞亮、温馨。

我喜欢参观朋友们的新居、豪宅，为他们贺喜祝福之后，回到自己家依然觉得，若论亲切温暖，还是自己的小窝儿。

我的不少朋友，打扫房间的活儿，都要请小时工。按说，我们这一整天的劳动，怎么也应该叫个年轻人帮一下忙，但目前，丈夫还没有这个意识，我也赞同自己动手。

勤快惯了的人，是以劳动为荣为乐的。父母那一代，所有的家务都是亲力亲为，纺棉花、织布、做鞋、做衣服、做被褥，碾米、磨面、腌咸菜，蒸馒头、蒸窝头、擀面条……如今的人，什么都买现成的，很多事情不再亲自做了。

我俩坐在第 N 次规划布置的房间里，再一次品尝到了劳动带来的喜悦。

2016.8.12

时间被绑架

究竟是从哪天开始的，我的时间几乎被手机绑架了。无论在电脑桌前，客厅里，沙发上，甚至放平休息了，依然机不离手。捧着那小玩意儿，在屏幕上戳戳点点，扒拉来，扒拉去，十分忙碌的样子。好像一天不看朋友圈，就遗漏了什么重大事件似的。

被拉进不少群，谈文学的群，爱舞蹈的群，同学群，同事群，悉尼遛弯群……有的群一天没看，消息一大串，几十条，上百条，甚至几百条。仅看看题目，就得扒拉滚动好半天，挑选着点开看，如果是一篇不错的小说，如果是一篇名人传记，抑或一段优美的舞蹈，眼睛钻进去，就拔不出来了，常常把正在干的事情忘在脑后。

浏览朋友圈，是很费时间的，比如春季，许多人都在晒花、晒柳、晒人、晒景。手眼忙乱，沉浸在他人拍摄的欢愉里，一边看，一边为他人点赞。看着看着，就受了传染，好像不和春姑娘合张影，似乎对不住一年一度的蓬勃和妖娆。于是，忍不住也在朋友圈里冒泡，引来亲朋好友的目光，有弹指点赞的，有含着蜜汁留言的，有龇着满口白牙开玩笑的……总之，挺热闹。看到五颜六色密集的小头像，在我手机里列队集合，看到那些文采飞扬的玩笑话，我举着手机，哈哈哈，乐得摸不到北了。

从点赞和关注中，稍微留心，便能觉察出不少名堂。那些身份高的人，都有许多粉丝，粉丝对他们的赞，大都是慷慨大方的，每看必赞。不管你发什么，也不管你一天发多少条，都觉得是经典，或伸大拇指，或书写美言，一路真诚或敷衍地赞下去。反过来，身份高的人对粉丝的东西，相对来说，就吝啬多了，金口不开，玉指不弹。人的眼睛，大概是不屑向下看的，无论你发什么内容，弹指一个赞，似乎给了你，就跌了身份。他们百忙，他们的目光，是注视比他们身份更胜一筹的人。起码，也得是平级人物。

卞之琳曾说："你站在桥上看风景，看风景的人在楼上看你。明月装饰了你的窗子，你装饰了别人的梦。"我想说，你举着手机看某些人，某些人举着手机看另一些人。明月装饰了他或她的窗子，他或她并不愿意装饰别人的梦。大家都在看，只不过目光向上看得多，向下看得少。这和人类给予的爱，方向正好相反。人的爱，向下给予得多，向上反哺得少。

也有身份平级的人，比如张三和李四，彼此看到对方的东西不错，友好地点个赞，相互鼓励，送暖取暖，挺好。但也不乏其人，只索取，不输出，对别人的东西从不关注，任你发什么，很难看到此人的头像出现。遇到这种来而不往的人，张三李四虽然手指上依然慷慨，心里就有了些许的不情愿。

我对朋友晒的东西，一般都是点赞的，除非忙没看到，除非吃不准他们转发的内容是什么。

按说，手机里的个人相册，或曰朋友圈，是自己的方寸之地，放什么东西，自己说了算。最主要的，本人想通过这种冒泡的方式，通过晒凡俗生活中的凡俗小事，向远在其他地方的亲人报平安的。然而，每一次冒泡都很忐忑，怕自己的东西过于私人化，怕自己的冒泡，碍了他人眼。你想啊，你出来晃悠，势必在朋友圈占去一个小位置，人家要看自己感兴趣的人、感兴趣的事，就得把你扒拉过去，无形中耽误了他人的宝贵时间，觉得怪不好意思的。

网络上的你来我往，有开心的时候，也有郁闷的时候，比如，王五看到文友晾晒发表的作品，便请求，可否把那本杂志的电子邮箱发他？对方总能找出不想发王五的借口。举手之劳的小事，他厚着脸皮张嘴了，却被拒绝，心里自然不是滋味。但王五转念又想：你谁啊？你有什么用？你能给人家带来什么好处？人家凭什么发你？如此想来，王五便释然。发你，应感恩；不发你，完全没必要不悦。如今的时代，谁想封锁一本杂志的邮箱，可能吗？费点工夫，通过其他途径，照样能了解到。了解不到也没关系的，东方不亮西方亮，再打听其他刊物。

群里的东西，朋友圈里的东西，尤其是文友中，建立微信公众号的人越来越多，要想粗略阅览一遍，花费半天时间是常有的事。就这，每每看到好的文章，都来不及读，或来不及读完，顺手收藏起来，供日后阅读。常常是，上次收藏的文章还没顾上读，又继续收藏。有一天，想找前几日收藏的文章阅读，翻腾半天也没找到。日积月累，收藏的东西太多了，把其展开，那长度，恐怕赶上万里长城了。

眼下，看朋友圈，如此费时费眼，能少看或干脆戒掉吗？目前对我来说，还是比较难的。举个不太恰当的例子，就好比使用塑料袋，习惯了，想禁止，已非易事。况且，我是个笨拙而好奇的人，也想学学建个微信公众号，万一偶尔想弄个图文并茂的东西，也方便一些。

网络时代，新鲜东西层出不穷，从最早接触到的，1996 年，我儿子建立的个人网站，到后来的开心网、QQ 空间、博客、微博，再到微信、朋友圈、公众号，都有其阶段性的热闹。

我不知道微信朋友圈的热度能够持续多久，会不会用其他方式替代。已经听到一些人不看朋友圈了，说太浪费时间。我得赶快抓紧时间，学一下还不会的东西，哪天微信群、朋友圈的热度下去了，咱也曾学会并使用过。

时间被手机绑架，不知何时能松绑。

2016.12.2

椰树

第一次见到椰树，是在541军工厂，那不是真实的椰树，而是一幅刺绣门帘。一轮红日下，两棵亭亭玉立的椰树，树旁，有两个小孩在水边嬉戏玩耍，画面干净清爽，好一派秀美的海南风光。我啧啧称赞，喜欢至极。徒弟小吉看出了我的心思，便照着样子，复制刺绣了一个相同的门帘。我如获至宝，挂在门上，天天欣赏，对海南的椰树充满遐想，充满向往。期盼有一天，能去一趟海南，一睹椰树高大俊美的模样。

那个时候，我的月工资是39.56元，手头没有宽裕的钱，单位也没有到海南出差的机会，所以去海南看椰树，只是一个遥远的梦想。

军工厂同事知道我喜欢椰树，从南方出差归来，为我带回三棵椰树，塑料做的，底座是一个长方形托盘，里面长出三棵椰树，棕色修长的树身，碧绿宽大的叶子，滚圆诱人的椰子，蓬勃生动，甚是美观。我把它放在房间最醒目的地方。冬日，它为我带来生机，夏日，它为我送来清爽，是我欣赏不够的一道风景。

调回北京，使用上电脑后，一日，看到同事的电脑上，更换了一张海南椰树的桌面。只一眼，我便被那几棵伟岸、挺拔、优美、颇具特色的椰树深深震撼了。我当即把这张图片考进3.5软盘，设置为我的电脑桌面。每天打开电脑，第一眼就看到了那幅图，顿觉神清气爽。清澈的水边，几棵椰树婀娜多姿，赏心悦目。我利用photoshop软件，把自己坐在竹椅上的一张照片，放置在椰树下，一副悠闲自得、观赏不够海南好风光的样子。

不瞒您说，喜欢了几十年椰树，直到我的电脑桌面更换成椰树，真正的椰树长什么样，我依然没有见过。

2010年初春，我从北京到澳大利亚，在悉尼看到了向往已久的椰子树。当儿子带我去一片椰树林玩耍时，我像个小孩，欣喜若狂地和椰树拍照留念。

不知为什么，见到了梦寐以求的椰子树，心里依然不满足。究其原因，那虽是椰子树，但不是我们中国的。这就好比串门，我从中国到澳洲串门，看到的椰树是别人家的，我想看自家的椰子树，看海南的椰子树。不是我矫情，出国后，我才深切地体会到，想家是什么滋味。我从来没有那么强烈地认为，月，还是自家的明，草木，还是自家的亲。

2011年“五一”过后，我从悉尼回到北京，这个时候，不打算再上班了，想四处走走，看看，第一站，首先圈定海南。我要去海南，和期盼已久的、心目中的椰树会面。多年来，由于喜欢椰树，家中全是椰子树的丽影：刺绣的椰子树门帘，椰子树塑料盆景，椰子树图案的窗帘，椰子树图案的沙发靠垫，椰子树电脑桌面……

尚未行动，在深圳工作的侄子，再三邀请我们到他那里看看，居然已经为我们预订好了票。无奈，只好先去深圳。反正都是在自己家，先去哪里后去哪里，都不碍事的。在深圳，在香港，在澳门，我都看到了椰子树。哇！每一次见到椰子树，我都格外惊喜，站在树下，静静地仰视，抚摸着树干，转着圈地欣赏。椰树伸展腰肢，擎着一把丽伞，站成迷人的风景。那长长的叶片，像极了孔雀的羽毛，飘逸而灵动。椰树托举起来的绿伞，多像一只只绿色孔雀，站立在枝端，向着天空，欣喜地开屏。我在心里头发出感慨：椰树，还是自家的好看！

在深圳大梅沙海边，看到的椰子树上，没有椰子，也许已经过了收获季节。走着走着，看到有卖椰子的，我像个馋嘴的孩子，挪不动脚步了。于是，买了一个，插入吸管，贪婪地喝着，味道鲜美，甜而不腻，清爽解渴，这种纯天然的椰汁，比任何饮料都更加受用。记得在北京的时候，也曾喝过椰汁，不太好喝，估计是存放久了。看来椰汁要新鲜，味道才纯美啊。

至此，椰树看到了，椰汁也喝过了。按理说，应该满足了。然而，我心中的那个念想，不但没有熄灭，反而越来越强烈，那便是，去一趟海南，看看那里的椰子树，欣赏一下海南的秀美风光。

对海南，对海南的椰树，我的确已经向往很久了。最近几年，听到北京有的朋友，在海南岛购买了房子，冬天，为了躲避北京的寒冷和雾霾，举家到海南越冬。从他们回来的描述中，我仿佛看到了，玉树临风的椰林，湛蓝的天空，洁净的白云，柔软的沙滩，鸟语花香，椰果飘香，好一派迷人的海南风光。于是，越发坚定了我的决心，一定去海南走走看看，不能再让各种事情继续推迟耽搁了。

“南国有嘉木，葳蕤自成林。”迎风摇曳的椰子树，硕果累累的椰子树，是海南岛的形象代言，展现着热带海岛的万种风情，蕴含着海南人民内在的精神品格。我不能只停留在听朋友讲述海南如何如何，我要身临其境，去感知，去欣赏，圆我多年来一个梦想。

去过的地方，便失去了联翩的想象，没有看过的海南椰树美景，对我充满了无限诱惑和向往。不曾谋面的海南椰树啊，你成了我的日思夜想。定要选择椰果成熟的日子，去把海南的椰树，连同那里的迷人景色，一起拥抱欣赏。

2017.6.30

演出花絮

春

阳春三月，天气明显暖和起来了，街头的迎春花开得金灿灿的，玉兰花、杏花、桃花、梨花等，也都相继绽放。我迫不及待把室内的花盆搬到院子里，庆幸在日坛公园的春分演出，可以不挨冻了。

孰料，20 日就降温了，还下了雨，21 日又刮大风。偏巧，降温和演出又撞在一起。

20 日下午彩排，上午 11 点半就到日坛公园练习。然后，穿上演出服候场，一直到下午三点多下雨了，才轮到我们的节目上场。真希望老天按下暂停键，让下雨停一会儿。

老天我行我素，继续下着，丝毫没有停止的意思。我们只好登场了。红地毯上铺了一层塑料布，已经湿漉漉了，我脚踏春雨，沐浴春雨，随着音乐舞动着。侧腰仰脸，那雨滴顽皮地和我逗闷子，砸到我的肩上，落到我的脸上，钻进我微笑裂开的嘴里，跳进我的眼睛里，涩涩的，不舒服。

踏在水里的右脚，鞋带开了，踮脚舞动时，那只鞋就一松一松的要掉。没辙，坚持微笑着继续跳，把雨滴当成老天撒下的花瓣，我忘情地把自己融进音乐里，融进舞蹈里，和雨水一起舞之蹈之。

我从舞台上走下来，赶紧穿上厚外套，撑开雨伞，回头观望舞台，此时台上的演出是另一支舞蹈，服装是裸露臂膀的飘逸长纱裙，雨滴噼里啪啦在她们的双肩上敲打，我感觉自己的臂膀袭来阵阵寒意。

21 日下午 1 点半正式演出，一早就刮起了大风，我穿上了羽绒服。上午 11 点半到场，我们的节目是第 18 个，候场的时间可想而知。前面还有两三个节目时，我们就到台侧等着，只有一个节目了，立刻脱掉羽绒服，时刻准备着上场。此时，风把薄薄的服装吹透了，把皮肤吹疼了，刺骨的感受并非专属于严冬，春寒也是很厉害的。然而，我依然是笑着上场，微笑着舞动，整个舞蹈中就没有闭过嘴巴。

夏

7月5日晚上7点，在朝阳公园有个演出，按照要求，我提前6个钟头就从家里出发了。

下午一点，走在烈日下，热浪一涌一涌地往身上糊。周身的汗，争先恐后向外冒，把衣服都浸湿了。两点整，我们参加演出的所有队员坐进大巴，开往演出地点。车上空调坏了，如同关进桑拿房，整个人被汗水刷屏了，尤其脸部，流淌着多条小溪，眼镜在鼻梁上不停地滑滑梯，我无数次把它推上去，流淌的汗水成了润滑剂，它根本就待不住，我只好摘掉它，任眼前一片模糊。

走台彩排是在酷热下进行的，机器热得烫手，不敢再放音乐，担心它被烧坏，影响正式演出。然而，演出前我们必须要练习两遍，于是找一块儿空地，用自带的MP3放音乐，跟随着音乐又跳了三遍才踏实。

接下来，进行化妆。把淌着汗珠子的脸擦干，开始“抹腻子”，汹涌而出的汗珠子瞬间就把整张脸冲花，只好擦掉重来。有人猛扇扇子，有人用手持电风扇对着面部一通狂吹，接着再次朝脸上“抹腻子”，抹一次，被汗水吃掉一次，边抹边吃，边吃边抹。临近演出，还要匆匆再次补妆，以良好的精神状态登场，每个动作都力求精准到位，松而不懈，紧而不僵，舒展而优美，跳出特有的韵味。

秋

十月二日，在日坛公园为游客演出两场舞蹈《中国脊梁》，上午一场，下午一场。早起六点多钟就出门了，下午回到家已经5点多了。中午在公园吃的面包，喝的矿泉水。整整一天，不辛苦是假话。

演出表情是从小训练出来的，记得在隆尧一中文艺宣传队，每次上场前，都被叮嘱：“注意表情，根据节目内容，入情，入戏。”舞蹈一般都是欢快的，只要音乐响起来，我就会微笑着舞动，一直到整个节目演完。节目有几分钟长，我就能保持几分钟微笑，这个绝对能做到。然而，无法预料的问题出现了，由于是露天舞台，舞蹈演到将近一半，当我踮起脚尖旋转的时候，一只飞虫扑进右眼，若在平时，绝对会闭上眼睛揉一揉。可眼下是在舞台上，我没有做出任何反常的表情，依然是笑笑的，只是在背冲观众的时候，眨了几下眼睛，企图把小东西赶出去，无济于事。它依然存在，好似贴在眼球上，涩涩的，扎扎的，很难受。既然眨眼睛没有挤走它，只有忍着了，还要努力做到让观众看不出丝毫破绽和异常。一招一式准确到位，伸臂曲腿笑容可掬，就那样，我坚持把整个舞蹈跳下来，谁也不会知道，在我的笑容背后，忍受了什么，直到演出结束，在一片掌声和“跳得真好”的赞美声中，我匆匆来到后台，取出镜子，揭下假睫毛，翻开下眼睑，把眼中的小飞虫取出。

导演对我们的舞蹈，给予很高评价。一位同台演出的姐妹走过来，搂住我的肩：“刚才在台下看，你的表情真好！”舞蹈《中国脊梁》为新中国70年大庆，增添了一抹喜庆氛围，舞出了我们对祖国的祝福和热爱。

冬

冬天演出，比较麻烦，身体包裹在臃肿的棉服里，演出时，要脱掉厚重的冬装，穿上薄如蝉翼的舞蹈服，别说在露天舞台，即使在室内，也够美丽冻人的。春节前的联欢会，文教主任为我报了一段独舞，我二话没说就答应了。

联欢会一开始，我就在门口一侧，剥掉外衣，穿上演出服候场。无孔不入的寒风，从门口涌进来，我首先感受到它的存在，脚下冷，全身冰凉，牙齿撞出了嘚嘚声。旁边的人看到了，有的递给我热奶，有的拿给我糖果，我感激地摆摆手，演出上台前，我从来不吃东西，以免影响演出效果。

最难耐的是近日上火，上唇中缝有个裂口，涂上口红，别人看不出什么，只有我自己知道，一笑，裂口向两边抻拉时有多疼。在台下，我可以忍着不笑，但到了台上，那三分五十六秒的舞蹈，我得保持面部表情，一直咧着嘴，让笑灿烂起来，我得拿出最好的精神状态，隐忍疼痛，为他人送去欢乐。

常言说，台上几分钟，台下多年功。喜欢舞蹈，且不说在台下为其付出了多少艰辛，仅是台上几分钟的演出，就要付出长时间的准备、化妆、候场，还要接受风吹、雨淋、酷热、寒冷等各种突变情况的考验。

四季轮换，春夏秋冬，一场又一场的舞蹈演出，是我们克服各种困难，对观众无怨无悔的奉献。

凭着对舞蹈的挚爱，凭着一股执着认真劲儿，我和我的舞友们用自己的辛勤付出，为观众献上一台又一台丰富多彩的文艺节目。经典精彩的文艺节目，可以起到春风化人、凝心聚力的作用，让观众在愉悦心情、陶冶情操的同时，心灵在不知不觉中得到滋养和净化。

2020.1.19

拯救小三儿

此小三儿非彼小三儿。哈。

几年前，我就觉察到了小三儿的异样，是偶尔的、轻描淡写的，但我还是去了医院，找了专家。他左看右瞧，果断给出结论：挺好的，没有任何问题。于是，我便放心地去了澳洲。在悉尼的一年里，小三儿为我提供妥帖温馨的服务，没有闹过一点小脾气。但我依然能感觉到，它确实存在问题。

回京后再次去医院，对小三儿和它的众兄弟进行了认真检查，结论依然是：没有任何问题。

2019 年春节，小三儿的问题明显了，我喝一口热水，它便要性子；我含一口凉水，它也闹脾气，有时娇气得竟然碰不得。当时连续一个月忙得晕头转向，顾不得带它去医院。没想到，它渐渐不闹了，对我依然提供着一流的服务。我心里明白，它在硬撑着。直到最近，它又开始弱弱地闹了一次，我必须认真对待了，想再次去附近的医院。家人说："换个医院，找个熟人。"

我顺从地跟着家人，骑车，坐公交车，前往某医院。

公交车上上来一位染黄发的小伙子，一屁股坐在我旁边，他的块头并不大，身体却超出自己的座位，跨过中界线，侵犯他人地盘儿。大夏天的，在座位上被人挤，很难受。于是做收敛状，只坐自己座位的三分之二，小伙子对此麻木不仁，丝毫觉不出他人的讨厌。我再次收缩自己，把头扭向窗外。

窗外的风景比车厢内好多了，路边的月季，开得妖妖娆娆，甚是热闹好看。粉的、红的、黄的，全都嫩嘟嘟、水灵灵的，像娃娃们的脸蛋儿。我惊奇佩服它们的耐晒，不抹防晒霜，不戴遮阳帽，就那么冲着烈日美美地笑。花开花落无间断，春来春去不相关，说的大概就是它们了。

一声高分贝的“阿嚏”，吓我一哆嗦，我把视线从窗外收回来，看到对面并排而坐的两位男士，闭目养神者被身边的“阿嚏”震开了双眼，也斜了一下，那表情明显在说：好家伙！这动静！“阿嚏”者若无其事，丝毫没有觉察到自己弄出的响动，对周围人的震惊有多大，没事人似的，继续看自己的手机。一旁的人把头转向窗外，被喷嚏飞沫波及的一位女士，皱着眉头紧走两步，避开“阿嚏”者。

再看自己身旁，黄发小伙儿已经不见了，他把座位让给一位老者。

出门和在家就是不一样，看到的事总能刺激你的神经，让你或喜或烦或思或鉴。

止住一路小插曲，继续说小三儿。

我已经坐在大夫面前，她问：“哪个？”我说：“小三儿，右上从里数第三个。”她看来看去，看不出什么问题。于是自言自语：“没毛病啊。”有那么一会儿，我都觉得她作难了，没辙了。我闭着眼，双手紧紧攥着自己的衣服前襟儿，身子不敢动，脑袋更不敢动，怕被嘴里的铁器划伤。看不到大夫拿起了什么武器，只听到、感到了“咚咚咚”的敲击声，和小三儿并排的几个兄弟，挨个儿被敲打，敲其他的没事，只要敲到小三儿，我的双腿就不由自主地抖动。如此反复敲打，每次敲打小三儿，我和它一起难受。

大夫说：“一敲就疼，说明它确实有问题，可又看不出问题在哪儿。”玉米粒大的小三儿，裸露在大夫面前，居然看不透。由此想开去，人体众多的零部件，神秘莫测，要想看透它们，需要多么精湛的医术和责任心啊！

大夫决定对小三儿动武了，电钻落在它光洁的头顶，“吱吱吱……”一股焦煳味儿冒出来，电钻继续挺进，通过雪白结实的外壳，直达中心。电钻、锉刀等铁器轮番上阵，大夫的手劲够大，把我的眼眶子、脸颊、下巴摁得生疼。大夫说：“里面有个洞，很大的洞，几乎只剩一个完美的躯壳了。”

自认为是比较仔细的人，是注重细节的人，当小三儿稍有异样，我就去找大夫，并且找过多次，普通大夫、专家我都找过，他们没有一个人看出问题。我亲爱的小三儿，带病工作长达八九年，忠实妥帖地为我提供服务，让我感恩不尽，也心疼万分。

接下来，小三儿要接受治疗了，它需要进行多次的打磨和修补。感恩大夫，拯救小三儿。

2019.6.9

吃杏不扔核

闷热逼迫我放下手中的书，来到院子里。丈夫在院儿里抽烟，我搬把小凳也坐下来。院儿里的光线已经不适宜看书，空手坐着又觉浪费时光。于是，把吃杏积攒下的几十个杏核拿出来，手持小锤子，开砸。丈夫把烟从嘴里移出：“几个杏核，费那劲儿。”我说：“杏是好几块一斤买的，扔掉多可惜。”他说：“你呀，不愧是老八路的闺女。”

学着父母砸杏核的样子，伸出左手的拇指和食指，捏一粒杏核，把它竖起来，放在一块砖头上，小锤子落下，随着清脆的爆裂声，杏仁完好无损地出来了。一个接着一个，爆裂声脆响，放鞭炮似的。几十个杏核砸完，左手两个手指头被震得生疼。

砸杏仁的声音，听起来很入耳，很悠久。一声声脆响，把我带回到从前的日子里。

家乡有句俗话：“想吃杏儿，嫁到虎中。”我生在虎中，村南，是一望无际的杏树林，从青杏长出，尚未成熟，我和小伙伴们就开始揪着吃了，酸得一个个龇牙咧嘴。

杏熟了，我们不仅自己吃，还用提篮装了，送给亲戚们。吃了杏，杏核就晾在窗台上，夏天过去，窗台上堆满了杏核。快过春节的时候，父母亲就开始砸杏核，由于杏核积攒得多，那脆声响起来很持久。一大堆杏核，慢慢变成半盆子杏仁，用清水浸泡，直到能把外面的红皮儿剥下来为止。去掉红皮，露出雪白的杏仁，再用清水浸泡数小时，用开水煮过，捞出来，晾凉，切点葱花，放上盐、醋、香油，搅拌匀，是一道正月里耐吃的凉菜。每顿吃饭，盛出一盘，有滋有味地嚼着，其香无比。

那个时候，榆钱儿、榆树叶、槐豆，都是可以充饥的食物，杏仁自然也是。家乡的杏核是苦的，有毒，据说毒就毒在那层红皮上，只有像父母那样，经过去皮浸泡煮沸，苦味去掉了，才可以放心吃。父亲每次都把剥下的红皮连同浸泡杏仁的水，一同挖坑埋掉，否则，鸡吃了会要命的。

记得村中有两户人家，大人上工后，孩子在家里玩耍，饿了，找不到可以充饥的食物，就把砸好的杏仁炒了，香香的，很诱人。然而，杏仁的红皮紧紧包裹着白仁，要想剥离开颇费工夫。杏仁不像花生，炒熟了，用手指一捻，红皮就下来了。也许那孩子饥肠咕噜，没有足够的耐心将红皮用指甲一点点抠干净，她们吃下杏仁的同时，也吃掉不少红皮。结果，花骨朵一样的两个女孩，双双中毒身亡。何时想起来，都令人格外痛心。

如今，每当卖杏的人告诉我，他的杏核是甜的，吃掉杏，杏核也可以砸开吃。我总是将信将疑，看到杏仁外面那层红红的外衣，就如临大敌。要人性命的教训，总是深刻难忘的。

如今，想吃杏仁，出门到超市就可以拎回一袋现成的。积攒的几十个杏核，也许不值得花费时间去砸。然而，每一道工序，我做得都很认真。在重复父母曾经的劳动过程中，儿时的记忆，儿时的场景，儿时的欢乐，儿时的苦恼，一幕幕清晰地展现在眼前，如同折回头，从儿时又穿越一次，多种滋味一股脑儿涌上心头。

杏仁端上桌，爱人就着杏仁，喝着小酒，吱吱有声。他说，你做的拌杏仁吃起来还挺香，比买的好吃多了。

其实，何止是杏仁，许多东西，都是自己亲手做的好吃。比如亲手包的饺子、擀的面条、腌制的泡菜等。然而，如今的人，什么都买现成的，还有多少人愿意自己动手呢。

有个朋友原来也住二环内，如今搬远了，一年也见不了几次面。一次，他来我家串门，送给我几个花卷，还有一束郁金香花。我正纳闷，他说，花卷是他妻子亲手蒸的，郁金香是他妻子亲手制作的。我惊讶地“啊”了一声，双手接过来。欣喜激动了好一阵子。

现在的人，尤其年轻人，操作鼠标、把玩电脑、手机灵巧得很。然而，父辈们经常做的一些事情，还有母亲们人人都会的织、补、缝、绣，他们早已不屑一顾，更谈不上学了。有的人，衣服扣子掉了，都不会缝。如此下去，那双手会退化吗？

殊不知，劳作的过程，也是一种享受呢。

2016.7.26

雪中绿

发现它，是在冰天雪地的院子里，在青砖灰墙的缝隙中，耀眼的嫩绿，像一团火苗，带给我的是震撼，是感动，是惊喜。它瞬间点亮了我的双目，点亮了我的心情。

第一次见它，并非幼芽，已初具规模，七八片叶子舒展着，就那么赤裸裸，一点怕冷的迹象都没有，它已经钻出多久了？不得而知。我穿着厚厚的羽绒服，蹲在它面前，爱怜地问："冷吗？我为你罩件外套？"它好像摇了摇头。我一下子和它亲近起来，在2020年万物凋零的寒冷季节里，它和我，同住京城平房院，共对萧条雨雪天，外加新冠肺炎疫情。

在它头顶上方，一排丝瓜般粗的冰柱子，在屋檐下垂挂着，我冻得瑟瑟发抖，它却没事人似的，挺括而精神。我关切地注视它良久，然后想堆个雪人和它做伴。我拿起扫帚，把积雪从它周边清扫干净，一直扫到院子东头，在那里，我把小山一样的雪堆拍打实在，弄一个雪球放在上面，为它描眉画眼点唇，一个颜值很高的雪人便立在院中了，我嘱托它和小草做伴，猜想着人间万物都是害怕孤独的。

这个春节，由于疫情拦路，亲人之间不能走动相聚了。有数的两次相见，是侄女和外甥女先后开着车，为我们送了几个口罩。彼此站在马路上，相距一米开外，没说几句话便各回各家了。我们遵守着不出门，不聚会，居家抗疫。

由于久坐电脑前，屁股磨出了茧子，尽管平时喜欢安静，但多日不能出门，也憋闷得慌。在寂寞难耐的寒冷日子里，有顽强的小草做伴，也是一种温暖。我时常推开门，来到它身边，俯下身子和它说话。

2月13日，我像往常一样，睁开眼就抓起手机查看疫情，那个新增数字把我着实吓得不轻，心情瞬间被忧愁、焦灼、牵挂、惊吓塞满，我知道焦虑会降低免疫力，必须自我调节。

我推开门，深吸一口凛冽的空气，来到小草身边，它十分精神地挺立着，充满生机，像寒冷中的勇士，又像报春的使者。战斗在疫情一线的医护人员，还有快递小哥、司机、社区工作者、清洁工人等许多普通岗位上的工作者，他们更是名副其实的勇士，逆行而上，用艰辛的付出，换来众人的平安。

日复一日，我几乎每天都和小草说说话，每次和它在一起，总能受到鼓舞，心情会不知不觉发生变化。

天气逐渐转暖，它在我的注视下，一天天长大，叶片变长、变宽了，叶片两侧呈现圆润的锯齿状，结实的身躯挤满砖缝，蓬蓬勃勃，一团浓绿。

在朋友圈，看到外面的迎春花、玉兰花、杏花、桃花、梨花、海棠花，一波又一波地相继开放了，心里便痒痒的，想去赏花。但我一直克制着，不出去，努力做到洁身自好不添乱，以宅家的方式为社会做贡献。

院子里的那株草，好像读懂了我的心思。蓬勃的叶子中间钻出一根茎，伸长脖子向上窜，都一尺有余了。那几日，我因身体不舒服，连续几天躺着休息，或在屋子里转转。一天，想到院里透透气，推开屋门，一眼就看到了那株小草，它托举着一朵小黄花，在向我招手呢。啊！它怎么恁地善解人意！那花，黄豆大，开得精致紧凑小巧，分不出花瓣，就那么金黄的一圈，却极尽欢颜。我惊喜地蹲下，为它拍照，它挺胸抬头，笑眯眯的。我似乎隐约听到它在说：你不是想赏花吗？我开给你看。

午饭后，再次去院里和它约会，我惊呆了，它被一块板子严严实实压在下面。我慌忙拿开板子，它修长的身躯匍匐在地，从根部压折了。我轻轻将它扶起，连声道“对不起”。为它拍照时，因墙壁发乌，我嫌弃背景不理想，就用一块白色的板子遮住墙壁，拍完照，竟忘记拿开，风吹板子倒，砸坏了那株草。

扶起那根草茎，用东西支撑起它的身躯，我想，这下完了，它陪伴我多日，从寒冷的大雪天，走到春暖花开。眼下，正是它的青春旺盛期，茎上错落有致地伸出几个枝条，缀满花蕾，含苞待放，却被我的粗心毁了前程。草茎已从根部折了，如何再为花蕾输送养分，从此，它断然会发蔫枯萎甚至死掉，我不由得一阵心酸，懊恼不已。

第二天，我去看它，它一扫我心中萎靡不振的想象，亭亭玉立，盛开着许多小黄花，一身华丽，像待嫁的新娘。它是怎样隐忍着骨折的疼痛，使出浑身力气，让生命再一次绽放光彩。花朵虽然小，也学牡丹开。一朵又一朵的小花，像星星一样，闪烁着光芒，花瓣挺括而舒展，这一次，我看清楚了，金黄的一圈分出了花瓣，我举起放大镜数着，竟有十六瓣。多吉利的数字啊！

是的，最近好消息接连不断，国内疫情已经得到有效控制，全国各地支援武汉的医护人员也相继撤离武汉，他们出征时寒意正浓，归来时已春暖花开。而且，四万余名勇士、英雄已经平安回家。

我想把墙壁擦拭干净，再次为它拍照，一不小心，触碰到它受伤的身体，那根茎瞬间倒下了。我心疼地扶起来，赶紧用东西再次将它支撑住。家人说，一棵草，拔掉吧。我说，它曾在寂寞难熬的寒冷日子里，给我温暖，送我开心，我不能过河拆桥。我要陪伴着它，欣赏它平凡而又精彩的一生。它果然不负我所望，在以后的日子里，每天都有花朵绽放，它把院子当舞台，一招一式丝毫不马虎，朵朵染金，流光溢彩。开过的花朵还会托举起一团白绒球。黄白绿相间，蓬勃无限。

一天清扫院子，我小心移开支撑它躯体的塑料板儿，那根折过的草茎，挺拔直立，丝毫没有倒伏的迹象。哦，原来是后窜出的三根茎上分别伸出的手臂，牢牢拉住了主茎。我又一次被感动。

我查证了一下，它的大名叫黄鹌菜，对温度、湿度无太多要求，具有很强的适应性。花语：喜乐。哦，难怪它那么皮实、那么乐观。

2020 年 3 期《百花山》2020.6.9 中国作家网转载

第三辑　缘起人生

邂逅铁凝

2014年元月17日下午，无风且暖。在全国政协礼堂，在轻松愉悦的新春茶话会上，我见到了仰慕已久的铁凝。

早就知道，我的家乡有个女作家铁凝，小说写得好，模样长得俊。尤其在河北隆尧一中六十年校庆中，得知校友、原河北省作协主席尧山壁曾和铁凝在一起工作，便又增加了一份亲切感。

铁凝在石家庄的时候，我当时心想，恐怕今生也无缘相见。她担任中国作协主席后，其工作单位距离我家很近，骑车十多分钟就到。但是，我不愿意没来由地去拜访一位心中喜欢的人，也不忍心占用她的宝贵时间。

记得好像是2008年，听说铁凝要来劳动人民文化宫文学研修班讲课，闻后十分欣喜。我在日历上醒目地做好标记，提醒自己按时前往，一睹铁凝的风采。等啊，盼啊，不知什么原因，课程安排做了改动，我失望遗憾了好一阵子。

老家原来的县教育局局长，是我的一位老师，前不久打来长途电话，对我的文学爱好鼓励了一番之后，又说："铁凝这个人很好，你们都在北京，希望你能结识她。"我嘴上答应着，心里却说，铁凝是大作家，是中国作协主席，公务繁忙，我可不敢也不好意思去打扰。倘若日后有机会见面，站在一旁看一眼就知足了。

对于铁凝的小说，我最先读到的是《哦，香雪》。多少年过去了，那个用四十个鸡蛋换回一个铅笔盒的质朴纯真小姑娘，那个在黑夜里走30里路返回台儿沟的纯洁纯情小姑娘，依然在我眼前晃动着。接下来又读了她的小说《没有纽扣的红衬衫》《孕妇和牛》《马路动作》《对面》《永远有多远》《咳嗽天鹅》《安德烈的晚上》《小郑在大楼里》《春风夜》等。

前几天，我在网上搜索下载了她的小说《火锅子》。那一对八十多岁近九十的老人，他们那种平凡、平淡、平静的生活，他们之间的体恤、包容、扶助和彼此珍重，让人感到十分温暖、甜蜜和柔情。

铁凝的散文集《一千张糖纸》是我的枕边藏书之一,一字不落地细细拜读过了。读作家的散文，比读小说感到更亲切。我觉得与铁凝精神相通，心贴得更近了。

在整个新春茶话会活动中，每张圆桌上，人手一杯清茶，相互交谈着。而我的视线，总是捕捉着铁凝的身影，看她和老作家们亲切地握手、交谈、合影。她的模样同她的照片一样漂亮，她的小说像她的人一样好看。仰慕已久，期盼已久，今日相见，喜悦之情溢于言表。

以往，在书中，在网上，看到并下载过铁凝不少照片，也曾多次在网上观看她被采访的视频录像。对于她的模样，早已熟记在心。不过，当铁凝和中国作协其他领导走进政协礼堂的时候，当铁凝向我们身边走过来的时候，我依然眼前一亮。她端庄挺拔，穿一件咖啡色上衣，淡雅的衬衫在领口处打着一个蝴蝶结，看上去落落大方。她始终面带微笑，给人一种亲切、平易、本真、没架子的愉悦感，初次见面，一点都不陌生。我站起来同她打招呼，文友在一旁介绍说，她叫秦景棉，老家也是河北的，对你倾慕已久。铁凝“哦”了一声，脸上的笑意更浓了，她说了句什么，我居然没有听清楚。文友举起了相机，我不由自主地靠近铁凝，握住她的手，揽住她的臂，感觉很亲切、很心悦。不知文友是在对焦，还是调整别的什么，按下快门的时间长了点儿，我有些焦虑，唯恐多占用她的时间。而铁凝，始终亲切而又友好地微笑着，直到文友认为拍的满意为止。

因为酷爱文学，自然喜欢所有小说、散文、诗歌报告文学写得好的人，那是由衷的、情不自禁的。文学太有魅力了，那些经名家之手组合在一起的汉字，常常使我魂牵梦绕。

写这篇文章的时候，面对那张同铁凝的合影，仍然感受到照片的温度。仔细端详，发现铁凝的美，不仅是外在，而是蕴含着一种内在美的自然流露，使得她越发气质高雅，不同凡响。真是腹有诗书气自华。

有人说，读书能改变人的外在面貌与精神面貌，我坚信这一点。有了丰富知识的滋养，有了博大精深的文化底蕴，能使一般人变得气质不凡，能使貌美的人锦上添花。铁凝的地位变了，依然有颗平常心，依然善良纯真质朴。铁凝，也许是河北燕赵大地上，积蓄了多年的精华才出现的一位女性作家。我作为河北人，作为女性，颇引以为自豪与骄傲。

我曾经留心观察过，那些读书多的人，那些做大学问的人，那些我曾经见过的一些大作家，不管他们原本的模样如何，在他们的面相上，在他们的举止里，洋溢着一种气质，那就是优雅的书卷气。

“高山仰止，景行行止。”仰视名家，向他们学习，多读书，读好书，让精神逐渐升华，让内心变得逐渐强大与富有，做一个内在外在有修养、有气质、有情趣的人，对自己、对社会都是大有裨益的。

2015 年 6 月《京民文苑》总 11 期

老爷子刘芳萱

邂逅多年不见的老邻居，那叫一个亲热。你来我往地从长辈到晚辈问了个遍。末了话题又落到我家老爷子身上，她说：想啊，一闭眼就全是老爷子画画的场景……有一次，他和几位知名画家应邀到北海公园作画。铺开宣纸，寥寥数笔便画出一幅惟妙惟肖的芦雁，引得周围不少人驻足欣赏。这时，有个小男孩紧盯着飞翔的大雁看得入了迷。他拉住老人家的衣襟恳求道："爷爷，送我一张行吗？"老人家慈祥地笑了，亲切地问："小朋友，你喜欢芦雁？"小男孩使劲点点头。老人家和蔼地告诉他："这是公家的宣纸，不能送你。改天到我家，我专门为你画一张。"说着给小男孩留下自己的住址。第二天，那孩子在父母陪伴下登门求画，老人家铺开上等宣纸，精心为他画了一幅芦雁……

街坊说的老爷子是我公公刘芳萱。他生前是北京中国书画研究社理事，擅长画芦雁。当年，荣宝斋、颐和园谐趣园画舫、北京饭店、香山饭店等地均有他的作品展售。画界曾有一说，画芦雁"南有吴青霞，北有刘芳萱"。他名气大了，却一点架子没有，始终平易近人，一副很温和的样子。每逢邻居或朋友的子女结婚、生子、乔迁新居，他都要挥毫泼墨，作画题词，送去真诚的祝福。有时碰到喜欢他作品的陌生人或外国人，他照样慷慨大方，将自己的佳作送给他们，留作纪念。

老街坊的故事，打开了我回忆的闸门：是啊，有一次，一位来京观光的外国老者，在颐和园看到一幅芦雁，非常喜欢。通过画舫多次联系，想求见作者本人。老爷子得知后，把自己的画作慷慨送给那位外国老者。

不少人劝老爷子，您的画很珍贵，不要轻易送人。他听后不以为然。周围左邻右舍，几乎家家都有他画的不同规格的芦雁。他常向我们讲起大雁的许多好品质，比如，大雁遵守纪律，对爱情专一等。

对于登门拜师求学者，老爷子诲人不倦，一律耐心指导，从不收取一分钱。相反，哪位学生家庭困难，他便购买毛笔和宣纸送给学生。

与老街坊分手后，往日的思绪依然挥之不去。我家老爷子有两个儿子，大儿子大学毕业后分配到外地，小儿子先插队而后到山西军工厂参加三线建设。多年来，老爷子和患高血压、心脏病的老伴相依为命，生活中有诸多困难，但他总是报喜不报忧。由于老伴体弱多病，干事力不从心，在一次晾晒被子时不慎摔倒，胳膊骨折。他在给儿子的信中只字不提摔伤之事，总是说家中一切都好，嘱咐儿女安心工作。有一年，我和丈夫带着不满两岁的儿子回京探亲，老爷子看到聪明可爱的小孙子满心欢喜。小孙子喜欢看爷爷画画，和爷爷寸步不离，全家团聚，其乐融融。在探亲的日子里，我每天看到老人家从早忙到晚，家里的画友、客人、学生来来往往。老人家作画、教学生、带徒弟、参加各种公益性的社会活动。白天，他在外头忙碌，早、晚伏案作画。

清晨，我一觉醒来，隔窗望去，发现他已经作画多时了。简单地吃过早餐，带着画具就出门了。他常常应邀当场作画，一站就是几个钟头。晚上，他除了教学生画画、帮徒弟指导作品外，依然要伏案作画，在铺开的宣纸上挥毫泼墨。一只只大雁，或在空中飞，或栖芦苇丛，极尽飞鸣、食宿、游泳之态，泼墨中微带淡赭，大笔挥洒，浑厚中饶有风骨。观赏老爷子作画，是一种艺术享受。

探亲假转眼到期。老人家到火车站为我们送行。孙子看到爷爷站在车窗外挥手，好像意识到了什么。他奋力从我怀里挣脱开，使劲从窗口探出身子哭喊："找爷爷！找爷爷！我不走！"孩子不顾一切地叫着要找爷爷，邻座的乘客看到一老一小难舍难分的情景，情不自禁地流下眼泪。老人家攥着孙子的小手，眼圈红红的。他和老伴已经年过七旬，多想把小儿子一家留到身边，然而，在很多知青返城后，他却从未说过自己的困难。

老人家去世后，我们调回了北京，和年迈多病的婆婆生活在一起。老人家晚年最需要人照顾的时候，我们却远在外地，没能在他身边尽孝，每每想起来都深感内疚。

作为刘芳萱的小儿媳妇，我对老爷子的人品、画品一直十分敬重，他的品德影响着我去工作、去学习、去生活。我一直牢记老爷子说过的一句话：“人要是把钱看得太重，人情就淡了。”是的，老爷子一生都认为钱和东西是身外之物，人不以物累，他曾经购买过一处房子，多年让别人居住着，很少过问，最后归了公。

那处房子坐落在香山新营，前后两个院子，十几间房屋。当时老爷子手里有几个钱，那是他家和妻子娘家给他们在京的安家费，他们担心钱放在家里变毛，就置买成房子。买后自家人没去住，让当地人李小辫住了进去，一住就是几十年，老爷子没要过一分钱的租金。1983 年政府落实私房政策，他曾和李小辫联系，因其一家老少三代，在北京建外印刷厂宿舍只有 2 间房子，住房困难，无法解决。为此，老爷子依然让李小辫居住着。李小辫去世后，他儿子想住，当地政府让李小辫的儿子去问房主，房子是刘芳萱的，要经过他的认可，并写个字据，同意李小辫的儿子借住。于是，李小辫的儿子找到我们家，说明来意，并留下联系方式。

时间一长，联系方式被我们弄丢了。当时由于天天上班，早走晚归，无暇顾及此事，没有去找李小辫的儿子，也没有去找香山房管所。多年后再打听，说被房管所收了，归公了。老爷子花钱购买的一处宅院，就这样一直行善，被住房困难户享用着，最后把它奉献给了公家。我曾提醒爱人去核实一下，看究竟是归了公，还是由李小辫的儿子继续住着。他说算了吧。一听就是老爷子影响出来的儿子。

在老人家的言传身教下，我们的家风厚道朴实，个个重情义，淡名利，相互之间乐于奉献，从不索取。这，也是我们后人足以告慰老爷子的。

2018 年 7 月 26 日《北京晚报》

优雅的美

寂静的夜晚，我又一次欣赏了古典舞《太湖美》的录像。每每看罢，那歌声依然缭绕在耳旁，那舞姿不断在眼前回放。让人久久沉浸在美妙的陶醉中。

这段舞蹈，轻柔、高雅、摄人魂魄。舞者，身轻如燕，翩翩欲飞。柔韧、舒展、优美、连贯的形体语言，将内心对歌词的理解，准确自然地流淌出来，把《太湖美》这支曲子演绎得生动而妩媚。她时而滚动双足，如行云流水，时而曲伸长臂，宛如驾驭一艘小船儿，在湖面上滑行。她神情优雅，遥看水上白帆，观赏水边芦苇。我被不断变幻的舞姿牵引着，飘飘欲仙，飞往湖面。同舞者一起看水下红菱，望湖中鱼虾，似乎闻到了缭绕在湖边的稻香、果香。我记不得欣赏过多少遍了，然而，总也看不够。这是一种高雅的艺术享受，让人的心灵，在曼妙的音乐和舞姿中，得到愉悦、陶醉和升华。

古典舞《太湖美》的表演者，是年过六旬的徐老师。退休后的徐老师，把生活安排得充实、有品位。眼下，她担任两个社区舞蹈队的教练，日复一日，年复一年，将自己精心编排的一个个古典舞义务传授给队员们，为社区居民奉献出一场又一场健康向上的文艺节目。

最初，徐老师在社会上学习各种舞蹈的时候，曾遭遇不少委屈和不公，然而，她均以谦虚礼让的态度对待之。徐老师文文静静，个头儿高高的，四肢修长，举止优雅，颇具江南女子的柔美气质。也许性格使然，她深深爱上了高雅柔美的古典舞。为了提高舞技，她自掏腰包，向专业舞蹈老师学习，一学就是好几年。在古典舞班进行专业训练时，她凭着自己对古典舞的喜爱、理解和悟性，用心琢磨，一遍遍刻苦练习，逐步达到了炉火纯青的地步。

自学成才后，她没有把学到的技能当成个人私有财产，而是义务教给社区舞蹈队成员。她在两个社区舞蹈队任教的几年中，从未拿过一分钱的报酬。相反，为了组织队员们参加演出，有时还要倒贴钱。她编排演出的古典舞，可以说个个精致、出彩儿。每次演出，都受到观众的好评。她编排的古典舞《甜蜜蜜》曾在2013年朝阳网络春晚大赛中荣获二等奖。

在现实生活中，在物欲横流的今天，人们会经常看到，有的舞蹈老师教课收取费用，有的舞蹈老师当教练领取工钱。而徐老师却不计报酬，甘愿做一名无私奉献的文艺志愿者。为了使队员们提高技艺，每次演出后，徐老师总是反复观看演出录像，对队员逐个进行评议，不说优点，只提不足。哪个队员哪个动作没有做到位，哪个队员在某个音节上抢拍了，甚至一个眼神儿的失误，她都认真指出来加以纠正，从不放过任何细微之处。她认为，古典舞和广场舞、民族舞相比，有一定的难度，尤其对气息的掌握和运用上难度更大。她要求队员，一定要把气息运用好，每个动作都要恰到好处地和音乐吻合，做到天衣无缝。只有这样，才能不断拿出高水准的舞蹈节目。

每次演出，只要有徐老师领舞，就会使节目添彩生辉。但是，为了培养更多的新人，她把领舞的机会安排给一个又一个队员，使她们得到了不同程度的提高和锻炼。

可以说，徐老师对古典舞的热爱达到了痴迷的程度。作为一个真正有水准的教练，她不满足于现状，不断学习新东西，脑子里装的几乎都是古典舞，她甚至在乘车、走路、做家务时，也在想着舞蹈。从编排一个新舞蹈，到教会队员们学会跳，跳得整齐，跳出韵味和美感，然后登台演出。在这个过程中，她要付出多少心血和汗水啊！对此，徐老师无怨无悔。她把教舞当成继续学习提高的过程，她在为社会奉献的同时，自己也受益匪浅。舞蹈充实精彩了她的人生，舞蹈使她变得比同龄人年轻。虽已年过六旬，依然有着挺拔修长的身材、轻盈欢快的舞步、柔韧灵活的腰肢。她曾说，我愿和舞蹈为伴，在充实的生活中优雅地老去。

倘若有幸到排练大厅，观看徐老师带领队员们练习，一定会被那种场面深深吸引。伴随着悠扬的乐曲，她们一会儿高踢腿，一会儿深下腰，一会儿迈动着灵动的台步，尤其徐老师，舞动起来轻盈自如，焕发出勃勃生机。她带领着队员们，把退休后的生活经营得有滋有味、异彩纷呈，充满阳光和活力。

徐老师对古典舞的热爱和执着，对精神生活的向往和追求，对社区公益文化事业的无私奉献精神，使得她风雨无阻走到现在，并将继续走下去。这是她传播精神文明、输出正能量的一种生活方式，是一种优雅的美。

2015.3 月刊《首都公共文化》文学园地

挚友贾大夫

541是20世纪70年代初建起来的一个三线厂，十几个分厂6万余名职工，分布在中条山脉的山沟里。贾大夫是541三分指医院的大夫，医术高明，人长得漂亮，说话慢声细语，待人和蔼可亲。她当大夫是这样，升为院长依然如此。平时谁家的老人孩子生病了，不方便去医院，她总是带上听诊器、血压计上门诊视，不分上下班时间和节假日，也不分白天还是黑夜。

我儿子发高烧，她上门看病打针，孩子好了，欢蹦乱跳地跟着她，找她的儿子一起玩耍去了。我父亲病了，她立刻登门看望，舌苔看得仔细，情况问得详细，前胸后背听得认真，望闻问切全用上了，诊断后开出药方，让护士立刻到家里输液。

我们所在的军工厂自成体系，有医院、商店、邮局、影院、学校等，一个单位工作，人与人之间大都认识，关系处得融洽，就更亲近了。护士小秦、小吴是贾大夫的同事，她俩上门为我父亲输液，一向做事干练、技能娴熟的小秦握住我父亲的手犹豫了，她把针递给小吴说："还是你来吧，我下不去手。"小秦把我父亲当成了她父亲，小吴接过针头，精准而温柔地为我父亲输上液体，安慰我别着急。那一刻，我被温暖紧紧拥住，眼里盈满泪水。在贾大夫和她同事的医治关爱下，我父亲很快康复了。生活中就是这样，因爱生暖，又因暖生爱，我被温暖了，他被温暖了，生活因此变得更加美好。

平日里，我身体哪儿不舒服，总爱咨询贾大夫，完全由于对贾大夫的绝对信任，已经形成习惯。

何止是我，541三分指的所有职工都对她充满信赖。皆因她的医术高明，把患者当成亲人一样尽心呵护。

三分指医院组建初期，设施很简陋，即便如此，什么样的急重症患者都会到医院就诊。贾大夫居住的楼房紧邻医院，一有急症患者就会找她。

那个时候，几乎每周都会出现有机磷中毒的患者，有的意识清醒，经过洗胃、积极阿托品化、有机磷相关解毒、给氧等综合治疗后好转，也有不少患者是重症有机磷中毒。有一次，贾大夫正在忙其他患者，一位大夫找到她说："有位有机磷中毒患者抢救无效……"没等对方说完，贾大夫立刻把手边工作安排好，急忙去看望那位危重患者。患者是女性，28岁，血压测不到，呼之毫无反应。贾大夫马上调整药物、调整剂量，患者血压慢慢有了，心率、意识慢慢好转，又经过几天的治疗，患者康复出院了。

后来，医院把贾大夫安排在病房工作，当时值班是24小时，第二天上午要查房、处理治疗住院患者，下午才能休息。有一次，贾大夫值完夜班，午饭后，爱人去上班，孩子们去上学，贾大夫刚要睡觉，突然有人敲门，院长让她立即到医院。贾大夫听到有重症患者，就如同军人接到命令，一路跑步直奔病房抢救室。

这是发生在1979年的事情，当时医院条件稍微好了一些。贾大夫一看心电监护器，是重症室性心律失常，很有可能发生室颤——导致心脏骤停，情况十分严峻。贾大夫追问病史，判断患者因患关节炎，使用川乌草乌泡药酒所致，她立即对症用药治疗，并给家属报告病情和可能出现的问题。用药后患者室性早搏逐渐减少，这时已经下午6点多了，贾大夫让医院相关科室的医生、护士下班，让夜班医护人员先回去吃饭，她和一位护士留下。贾大夫一边看着心电监护器，一边想着下一步的治疗。此时，患者室性早搏再次加重，贾大夫目不转睛观察患者的情况，患者脸色突然发绀，意识丧失，当时医院里没有除颤仪，也没有起搏器，只能立即徒手心肺复苏。时间就是生命，贾大夫一边按压，一边果断指挥护士给液体通路上加药，护士的操作和贾大夫的口令紧密配合，大约20多分钟后，患者会咳嗽了，脸色逐渐好转，意识清醒了，心电监护也好转了，此时的贾大夫已大汗淋漓。

大约稳定了半个多小时，患者脸色再次发绀，意识丧失，室颤再次发作。不由分说，贾大夫再一次徒手做心肺复苏，患者身高体胖，增加了工作的强度，贾大夫还要吹气，同时指挥护士加药滴注，护士紧密配合。大约 20 分钟后，患者脸色好转，意识清醒，心电监护规律顺序发生。这时已近晚上 8 点了。患者家属十分感谢贾大夫精心果断治疗，使患者转危为安。

20 世纪 80 年代中期，贾大夫调往西安，小秦、小吴调到太原，我来到了北京。从此，很要好的朋友分开了。

记得 1990 年秋天，贾大夫来京出差，住在我家。晚上洗漱后，毫无困意，我俩便聊起在军工厂的生活，聊各自目前的状况，聊读书。贾大夫是医生，是专家，我是仪表技师，专业不同，但我们有个共同的爱好——爱文学、爱读书。她谈起陕西作家路遥、陈忠实、贾平凹等人的作品，有说不完的话。我们彼此都觉得，能与作者一起在另外一个世界里快乐、悲伤、愤怒、平和，是一种享受，是精神上的舞蹈。她说路遥的《早晨从中午开始》写得很感人，我说没看过，只读过他的《平凡的世界》。

贾大夫回西安后，我就去借阅、购买《早晨从中午开始》，未果。越是找不到，越是想读。贾大夫得知后，把那篇文章复制下来，从西安寄往北京。捧着厚厚一沓子复印件，有一种众里寻他千百度的惊喜，有一种雪中送炭的感动，我一字一句认真拜读完，给贾大夫写了回信，谈了我阅读后的感受。

最近，看到贾大夫在云南大理拍的照片，由衷地为她高兴，她已经年过七旬，依然那么年轻，那么气质高雅，那么美。常言说，人美在年轻，花美在初开。看到贾大夫，我只认可后半句。

如今交通便利，高铁四通八达，然而，好朋友一旦分开，见一面就不那么容易了。我和贾大夫，已经 30 年未见面了，心里着实想啊！没事的时候，想和她坐在一起聊天品茶；有事的时候，想对她说说知心话；生病的时候更想她，有她在身边，就有了足够的安全感。

贾大夫叫贾晋莲，当年在军工厂无人不晓，无人不夸。

2019.11.21《北京广播电视报》

真想叫她一声妈

当听到父亲有历史问题的时候，我就像一株蓬勃向上的树苗，被兜头浇了一盆滚水，耷拉着脑袋，提不起半点儿精神。拳头大的心里，塞进一块铁疙瘩，沉重极了。那一年，我刚满 18 岁。

我的高中生活，是在毛主席提出要“复课闹革命”中度过的。再次走进教室，感觉格外亲切，也更加珍惜。那个时候，学校仿照军队编制，把年级称为连，把班级称为排，把小组称为班。我是一连二排排长。作为学生干部，首先要把各门功课学扎实。

然而，有着严重偏科倾向的我，对语文出奇地喜爱，对数理化，从心里发怵。高中的读书经历可以用跟头把式、一路狂奔来形容。班级里的学生，有读完一年初中的，有读完两年初中的，也有把三年初中课程全部念完的。学生文化程度参差不齐，给教学带来不少难度。老师上下兼顾，对于只读过一年初中课程的我，难度确实不小。我初中念的是俄语，要和已经学过三年英语的同学一起，读一样的英语课本，那种吃力程度可想而知。

尤其让人头疼的是数学，老师第一堂课在黑板上演算数学题，包含了许多我不曾学过的东西。我听得一头雾水，站起来指着黑板问：“那算式中的小房子是什么？”老师笑了，继而恍然大悟，赶紧说：“我忘记有些同学还不曾学过开平方，开立方。”于是，老师回答，这小房子是根号，匆忙补充了几句，一带而过。

尽管困难一个挨一个，但我不服输，死啃硬磕，时常开夜车。通过猛跑快追，各门功课的考试成绩还是很喜人的。

我们以学为主，兼学别样。在学校里，除了上课，还学工，学农，挖防空洞。无论干什么，我都十分投入，舍得出力气。每个学期，我都被评为三好学生。学校根据我各方面的表现，要发展我入党，让我担任学校团支部书记。

外调工作结束后，杨云霞老师把我叫进了她的办公室。

那是个阴天，云层很厚，沉甸甸的，像汪着水。我走进杨老师房间，她见了我，没有像往常一样微笑，洁白的牙齿，躲在唇后，好一会儿不出声。我感觉有些异样，心里开始打鼓，想不出自己究竟做错了什么，惹老师不高兴。她拉出一把椅子，示意我坐下。我慢慢蹭到椅子面上，只坐实了半个屁股。杨老师长叹一口气，好像不知道如何开口似的，完全没有了课堂上的干脆爽快劲儿。我说："杨老师，我哪儿做错了，您就批评吧。"杨老师用温和的眼神儿看着我："你很优秀，没有做错什么。有件事给你说了，千万别有思想负担。"我疑惑地望着杨老师，静听下文。

当得知父亲被人揭发有历史问题，说他带领八路军战士执行任务时，被国民党军队俘虏过，我的头嗡的一下大了，眼前金星飞舞，身下一股热浪汹涌而出。我知道，学校对发展的第一名党员非常重视，怎能选择一个父亲有问题的人担任团支部书记？杨老师还在慢声细语地开导我，我却只想冲出房门，找个没人的地方大哭一场。那个年代，老子有问题，给子女的精神压力甭提有多大了。我从椅子上站起来，拖着沉重的步子向门口走去。杨老师也站起来，送我到门口。当我伸手开门时，她从后面拍着我的肩膀，用母亲一样的口气问："来事了？"正疑惑她是怎么知道的，突然瞥见椅子上红了一片，下意识摸摸身后，手也红了。我羞得不知所措。杨老师转身，拿出一卷卫生纸，麻利地撕下长长一条，叠加成长方形，然后两边斜对着各叠起一角，再一折，薄厚适中，长短正好，递到我手上，又找出一条深色的裤子，示意我换上。她走出房间，轻轻把门带上，站在门外等候。

那一天是周末，从杨老师办公室出来，我就回家了。走出学校不大一会儿，雨水夹杂着冰雹，唰唰唰砸下来。我没有雨伞，双手抱头，疾步猛跑。雨水打湿了头发，浇透了衣服，也戳痛了我的心。在跳过一片积水洼路时，脚下一滑，重重摔倒了。我鼻子发酸，眼泪怎么也止不住。

突然，我的头顶撑起一把伞，扭头一看，是杨老师。她责怪说：“傻闺女，下雨了，也不知道躲一躲。女孩子这时候受凉，是会闹毛病的。走，回学校去，换身干衣服再走。这是雷阵雨，不会下多长时间的。”她一直为我打着伞，我的头顶立刻出现一方晴朗的天空。

她用自己的擦脸毛巾包住我的头，来回揉搓着。散发着香味儿的毛巾，吸走了我发中的雨水，勾出了我眼里的泪水。那一刻，我真想依偎在她身上，叫她一声妈。

过了两天，我到杨老师办公室交物理作业，她笑着鼓励我：“听语文老师说，你的作文写得很好、很细腻、很传神，继续努力，也许将来能成为一名作家呢。”作家，这个神秘而梦幻般的字眼儿，把我的目光一下子擦亮了。我意识到，十八岁以后的路，还很长很长。那一刻，似有一盏美丽的灯，在遥远的天际，闪烁着。憧憬着美好的未来，给残酷的现实生活增添了一抹暖色。

杨老师以母亲般的细致和关心，把我遭重创被揉成皱巴巴的心，抚平了，给我的心里注入了明媚的阳光。

后来，父亲的历史问题澄清了，杨老师听后十分高兴，她眼放光芒，笑得比我还要开心。后来，我的第一篇作品发表了，收到杨老师写来的信，字里行间充满了对学生的殷切希望和鼓励。再后来，她退休了，不知去了何处。

杨老师对我作文的肯定，使得我至今还深爱着文学。当我的三本作品集出版后，第一个想到的就是杨老师。然而，几次拿起书欲进邮局，却苦于打听不到她的通信地址。

我时常在心里急切地呼喊着杨老师：妈，您在哪里？！

2014年7月3日《北京日报》副刊

见证幸福

当文友第一次向我介绍你的时候，是短暂的相遇，之后，便各奔东西了。那一次，没有记住你的穿着、发型甚至模样。只记住你姓名中有一个太过寻常的字。以后多日不见，你在我心目中，就像耳旁掠过的一阵风儿，毫无痕迹了。

第二次相见，是在朋友的聚会上，你就坐在我的对面，言语不多，皮肤幽暗，眼睛细长却开启度不大，眸子像是蒙上了一层东西，神情里有隐隐的忧伤、焦渴。总之，通体给人的感觉，犹如大田里久旱的一株庄稼，干瘪，萎靡不振。

不经意间，听到有关你的传闻，丈夫有外遇，对你不理不弃，为了让读高三的儿子不分心，就那么冷冷地长期把你搁置一旁。

今天，在朋友处又一次见到你，我惊异地愣住了。在你身上，发生了太大的变化！这是以前的那个你吗？皮肤变得滋润有光泽了，使人很自然地联想到“肤如凝脂”的古语；眼睛变得清亮明净了，宛如两股清澈的小溪，不时飞溅起欢乐的浪花；腰身变得挺拔婀娜了，像即将起跳的舞蹈演员；头发变得讲究了，刚刚修剪拉直的长发，像瀑布一样垂在腰间；举止变得轻柔端庄了，好像身上携带着珠宝，唯恐动作大了会弄碎什么美好物件似的。这奇妙的变化告诉我，一定有什么故事发生了。

随着时光的流逝，大多数人，必然地走向青春不在，容颜老去。也有一些人，比如你，反而给人的印象是，乘着岁月的列车，驶向优雅和美丽。难道你食用了什么灵丹妙药？难道你驻颜有术？不久，听到的传说揭开了我心中的谜，是爱情使然。是噼啪燃烧的爱情之火，滋养了你。有人说，女人是为爱情而生的。你的变化让我坚信了这一点。

爱情是女人最好的化妆品。这种特级化妆品，不是涂抹在脸蛋儿表层上的粉红、嫩白，而是渗透骨髓的神奇魅力。爱情可以使浪子回头，脱胎换骨；爱情可以让长相一般的女人变得妩媚而有内涵。爱情在装扮女人的同时，也装点了这个世界。

听说那个爱你的男人，倾全力帮助你的业务，呵护你那颗曾经受过重创的心。一个粗犷的男子汉，手心儿里有了宝，变得细致入微了。你的一个皱眉，足以牵动他的心，异性朋友一个寻常举止，他都唯恐对你形成伤害。看得出，他对你的爱是痴迷的，风来了，为你挡风，雨来了，为你遮雨，恨不得把你揉进他的身体里、灵魂里。你们为了对方，都在用心经营自己，都在改变、提高、完善自我。

无论男人和女人，都需要一个在心灵上能够听懂对方、能够对上话、能够有话想倾诉的人。再看重建功立业的男人，也离不开爱情的润泽，离不开女人的温情，这是生命的根。

北京作家韩小蕙曾经在一篇文章中说过，只有爱情之火的烧炼，能够涅槃女人，使她成为一只神奇的火凤凰。我不敢说你就是一只神奇的火凤凰，但至少是久旱逢甘霖，相貌变得滋润美丽了，内心变得幸福陶醉了，人生变得丰富精彩了。能够得到一个男人的真爱，已是人生最高的福祉。纵观现实生活中，有多少事业有成、相貌美丽的优秀女人，内心里却有着一种无法言表的孤独和痛苦，皆因她们在茫茫人海中，寻觅不到神圣的爱情啊！

还有一种女人，她们死心塌地为男人生儿育女，赡养老人。生活的艰辛，岁月的风尘，将她们凋敝成一束晚秋的瘦菊。可是，到老，也不曾赢得男人的那颗心。

相比之下，你是一个幸福的女人，或者说，你体味到了什么是幸福。

见证别人的幸福，也是一种幸福。你的幸福粉饰了我的生活，装点了我的心。我由衷地为你愉悦，不动声色地，默默地为你祝福。

2018.8.22《昌平报》

老街坊

2017年冬季，一天晚上，将近10点钟的时候，我在电脑前，从手机里导出东西。微信中闪现出一个“老街坊”。记忆中，没有这么一个人。点开，才知道是一位特熟的老邻居，把我们两口子和他们夫妇拉到了一起，起名“老街坊”。

他问我们是否同意？我当即文字回复：“没意见。”紧接着，又补充一句：“祝贺你多个头衔！”过了一会儿，他语音：“月薪多少啊？”我闻后挺纳闷的，这位群主刚上任，就关心民众疾苦，了解个人收入。于是文字回复：“三千多一点儿。”他语音：“我是问群主的月薪？”我家那位写：“说两岔了，哈哈！”我反应过来后，也觉得好笑。于是乎，房间里爆出哈哈哈，呵呵呵……怎么也收不住了。

笑声像波浪一样，蜂拥而至老李那一头，手机里爆出嘿嘿嘿、呵呵呵、哈哈哈，可谓笑声大聚会。在各种名目繁多的群里，“老街坊”刚刚出现，就以这种大笑、群笑的方式闪亮登场，确实别开生面。笑声焐热了三九天，欢乐溢满房间。

我家和组群的老李家，有30多年的交情了。我家摆在醒目位置的花瓶里，插着老李爱人亲手制作的郁金香花，艳丽、挺括、漂亮。记得他们家购买新居后，约我们两口子去串门。我喜欢参观亲朋好友的新居，由衷地祝福，兴致勃勃地欣赏。就在那一次，我发现老李爱人的制花手艺堪称一绝，她做出的花逼真，比真花还水灵、漂亮。

时隔数天，老李来我家串门，从兜子里掏出几个花卷儿，说是他爱人做的。紧接着又说：“还有一样东西，你一定喜欢。”说着变戏法似的，拿出一束郁金香，赤橙黄绿粉蓝紫，一共18朵，细皮嫩肉的好模样，鲜亮华丽，顿觉蓬荜生辉。我一个劲地说：“谢谢！谢谢！”这就是交情深厚的老街坊，没有客套，实打实，你不是没做过花卷吗？尝尝我做的；你不是喜欢花吗？我亲手做几枝送你欣赏。

记不得 20 世纪 90 年代哪一年了，一天晚饭后，我家那位骑着自行车，到朋友家帮忙修理电视机，临出门说："今儿去的地儿远，两台电视、一台电风扇，还有一同事说厨房的灯不亮了。估计回来要晚一些，你和孩子先睡吧，别等我。"出乎意料的是，回来晚到我实在承受不了了。我一趟又一趟地到胡同口看，不见他回来，都夜里两点了，我心急如焚，该不会出什么事吧？越想越坐卧不宁。当时没有电话，也不知道他去的地方在哪里。

实在没辙了，我敲响了老李家的门，说明了情况。听到老李爱人睡眼惺忪地说，快起来，帮着去找找。老李出门就劝我："别着急，他一个大男人，不会有什么事。"然后问我，知道他去谁家吗？我说不知道。又问："骑车去了哪个方向？"我说不知道。他说："先回你家看看，也许已经回来了。"到了家，儿子在床上熟睡，依然没有他。我们又走回胡同，这边走走，那边看看，这种情况下，根本无处可找，老李能做的，就是稳住我的心，他看我快要崩溃了。

突然，有个骑车人朝我们驶来，是我家那位回来了。见到他的那一刻，我的声音变成了哭腔："你想把人急死啊？！"老李说："行了，赶紧回家吧。没见过你这样义务服务的，赶明儿帮人干活，别太晚了，让家人担心。"他笑笑说："修起东西，就忘记看表了，去一趟，想把问题都解决了。"

大约 1992 年的盛夏，天气热得厉害，我儿子拉痢疾发高烧，刚刚住进医院，又遇上我弟弟、弟妹带着儿子来看病，忙得我们焦头烂额。老李说："你们的儿子，交给我吧，我在这里陪着，你俩赶紧去照应你弟弟那边的事。"老李坐在病床边，精心看护着我的儿子，一会儿给孩子喂点水，一会儿让他吃两口苹果。他拉着我那发烧打蔫的儿子，一次次举着输液瓶去卫生间，全然不顾及痢疾是一种传染性极强的疾病。

那年严冬，我父亲住院，因为无床位，就在走廊支一张行军床输液。行军床是老李家的，老李的母亲说：“这大冷天的，别再受了凉，把我的狗皮褥子拿去铺上。”

……

提起往事，一桩桩一件件，全都涌现在眼前。老街坊的深厚情谊，就是这样在相处中建立起来的。老李的头发长了，爱到我家，找我那口子理发。他的收音机出毛病了，经常揣在怀里就来了。他女儿说：“叔叔，甭给我爸修理那破东西，早该淘汰了，我给他买新的了。”我家那位说：“闺女，你不懂，理发、修收音机在其次，凑到一起聊聊天，是真的。”

几十年的老街坊，如今不在胡同居住了，老李夫妇先是搬进楼房，后又换了新居。时不时找个由头，就得抽空走动走动，看看，说会儿话。春天，老李送来一把二月兰，初夏，老李送来两把马齿菜，洗干净用开水一炒，拌个凉菜，老街坊的那份惦记、那份真情，全在里面了。

2018.3.10《北京晨报》

令人尊敬的方青卓

走进北京天桥艺术中心中剧场，因有登台领奖一项，我被工作人员安排在左侧第一排第一个座位，落座后，服从调整，又向左移动一个位子。

活动尚未开始，我精力集中地关注着台上的大屏幕，上面播放着有关第七届书香中国·北京阅读季的宣传片。

坐在我左侧的女士对我说："麻烦你站起来一下，我想和方老师合个影。"我并未留意右侧的人是谁，便站起来，离开位子。当她们合影后，我继续坐在自己的位子上。此时，右侧的女士靠近我说话了："给我们俩照一张。"我一看，是演员方青卓，心里一动，又一喜。我见过普通人主动找演员合影的，没见过演员主动说和身旁的普通人合影的。

她很亲切，就像相识已久的姐妹，笑得很美、很由衷，皮肤细腻有光泽，比影视中的方青卓要年轻漂亮许多，一点不像 62 岁。于是，我同她一起笑着，目光投向举起手机的拍照者，留下 2017 年 12 月 5 日下午的那一瞬间。

第七届书香中国·北京阅读季阅读盛典颁奖典礼开始了，方青卓坐回自己的位子，我和她之间，隔着走道外加一位男士。

对漂亮女士，谁都愿意多看一眼，我也不例外。每当有掌声或有新的发言人上台时，我总愿意扭脸向右看，看谁呢？当然是方青卓。有几次，我俩的目光相遇，对视，笑由心生，十分友好的样子。她的笑是温暖的、甜美的、平易的，我对她一见钟情。这个词是用来形容男女之间的，拿来形容我和方青卓的相遇，也挺确切的。女人和女人之间，也讲究眼缘儿。有的人一看就喜欢，有的人怎么看，甚至怎么相处，都觉得气场不对。

自认为不是浅薄之人，所以也绝非以貌取人。我之所以写这篇小东西，还是因为接下来的两件小事。

颁奖典礼上有几人朗诵，其中我能记住的，有《话说长江》中的男播音陈铎，有演员方青卓，有北京广播电台主持人郭炜，有作家刘一达，有北京新东方学校的俞敏洪等人。方青卓上台后，首先介绍自己不再是26岁，已经62岁了。说自己演了36年的戏，从来不怯场，今天有点紧张。她朗诵的时候，我不错眼珠地盯着她，她在用心用情朗诵。我猜测，朗诵的内容是否临时给她的？她读着读着，回头问陈铎："老师，这个字念什么？我不认识。"按说，在众目睽睽的台上，发生这样一幕，应该叫作失误还是什么？我不确定，但她叫老师问字的真诚，深深打动了我。我一点不觉得有什么不妥，反而对她留下很好的印象。

有一位盲人女孩上台朗诵，后来和方青卓等人在台上领奖。要走下台的时候，盲人女孩是有人搀扶的，然而，方青卓一直拉着盲人女孩的胳膊，一起走，一起下台阶，唯恐盲人女孩有什么闪失。我又一次被她的举止感动了。三个小细节，足以打动我的心。

原本人是平等的，无论你当演员，我做工，他为官，只是分工不同。然而，常常人为地把有些人捧上了天，出场费高得惊人……看多听多了离谱的事情，不能不对坐在我右侧的演员方青卓肃然起敬。

2018年7期《新老年》

说说老 A

老 A 和我在一个单位上班，他的聪明劲儿，全用在钻研技术上了，什么棘手的故障到了他那里，都能被降服并排除。出色的工作使他荣获几顶不错的帽子：先进工作者、工会积极分子、优秀党员、劳动模范等。

老 A 第一次见到我的时候，是在军工厂职工夜校的教室里。据老 A 后来说，那天，结伴进来三位陌生姑娘，他第一眼就喜欢上了我。不料，没来得及搭话相识，又不见了踪影。原因是，我们结束了在长春汽车厂的一年实习，回厂在职工夜校听了两节课，又被派往洛阳拖拉机厂实习两年。

三年学徒期满回到厂，经人介绍，在寒冷的冬季，我结识了老 A。

有人说，被人喜欢或曰被人爱，是幸福的。我想说，被一个陌生人喜欢，挺别扭的。那个时候，我的心，还在云里雾里飘着，迟迟不肯着陆。

老 A 用实打实的做法，坚守着他的喜欢。

记得是 1976 年春节前夕，老 A 等几位在重要岗位值班的年轻人，每人出六块钱，搭帮过年，我也在其中。我们去南梁采购年货，集市上人挤人，路边老汉提着一只鸡叫卖，我问："多少钱？"回答："两块。"我说："一块八行吗？"回答："行。"我想叫住伙伴，征求他们的意见，不料，刚才还在前面走的几个人，此时不见了踪影。我慌神了，急着去追赶他们，却被老汉一把拽住胳膊："你还了价，咋不买？不买别走！"吓得我眼泪都出来了。

是老 A，最先发现我没有跟上他们，急匆匆返回来，看到老汉拽着我的袖子，上前质问："干什么？！"老汉看到突然冒出一个小伙子，立刻松了手。

老A爱好无线电，我爱好文学，纯属两股道上跑的车。他却利用自己的爱好，想曲线帮助我。

为了让有机会接触到的作家，对我的稿子提点具体意见，20世纪90年代前后，他先后登门帮G老师修理大哥大、电话，帮D老师修理打印机、传真机，帮W老师修理录音机、电视机，帮L老师修理电脑、照明灯、电动玩具……而被他帮助过的人，对我的帮助，远不如老A帮他们那样认真、由衷。莫非G、D、W、L看我写的东西，根本不像作品，无从下嘴说什么。

老A看到我痴迷文学，而求师无门痛苦不堪的样子，曾劝说："跟我学无线电吧。"按说，我本职工作是自动化仪表，他愿意倾力相助，是件求之不得的好事。然而，每每打开电路图，望着密密麻麻的二极管、三极管，可控硅，多级放大，正反馈，负反馈，我的头都大了。我之所以能把毫无兴趣的工作干出色，考取并成为全厂唯一的一名自动化仪表技师，除了自己下苦功夫，和老A的帮助有很大关系。

当工作不顺的时候，当被误解受到委屈的时候，当对文学、舞蹈的爱好感到自卑汗颜、无地自容的时候，我最想见到的人是老A。他安慰我，劝说我，鼓励我，驱散我心中的郁闷，直到云开雾散。

想说老A前，满肚子的话向外涌，一旦真说，口笨笔拙，竟不知说什么。

老A是他的微信昵称，叫着很顺口。在3.15这个日子里，我要感谢老A，和我风雨同舟，走过整整四十年，并将继续结伴前行，观赏沿途风景，享受幸福时光。

2018.3.12《劳动午报》

我眼里的徐子建

双手捧读徐子建先生送给我的新作《父亲的军装》，心里的话一涌一涌的，总想说点什么。我和他都是文学爱好者，都对如何提高写作水平有着强烈的欲望；他曾在企业当过车间主任、总厂调度长，我在工厂待过26年，是自动化仪表技师；我儿子和他儿子曾在同一所大学读书。无论从哪方面讲，都有聊不完的话题。然而，因我嘴笨，不会说什么，只好打住。

最近，看到徐子建的《父亲的军装》，被人民文学出版社评为2019年十五大好书，又冒出想说点什么的念头。

我和徐子建先生相识，是在7年前北京劳动人民文化宫职工文学研修班上。记得那一年的研修班招生，已经开始限制年龄。徐子建打电话给文化宫杜老师，由于他求学心切，态度诚恳，被破例恩准。那一年，我也报名了，因年龄问题被拒之门外，后来经人推荐，才有幸参加那年的学习，并在班里结识了徐子建。

记得徐子建第一次去听课，我们坐在同一排，桌子挨桌子，经高锋霜介绍，彼此便相识了。徐子建高高的个子，国字脸，宽肩膀，英俊帅气，作为才女徐静蕾的父亲，他没有端什么架子。凭借第一印象，就赢得我和其他学员的敬重。

每次听课，我几乎都是踩着钟点去，下课后，背起包就回家，很少和其他同学接触交流。偶尔和大家走在放学的路上，隐约听到许福元、许震等同学被徐子建约到家中，一起有针对性地探讨写作中的问题。这在以往的学习班上，是不曾有的，起码我没有听说过。徐子建不仅上课认真听讲，课后还和班里写作好的同学一起切磋学习，我对他便又多了一份敬重。

慢慢地，我才知道，徐子建有个宏伟计划，他要写家族三部曲。用他的话说：“《父亲的军装》为家族三部曲‘家园徐望’的第一卷，写上两辈人，就是我祖父家业的兴衰，还有我父辈的战争传奇。第二卷是记述我自己，30 多年前，我家比较穷，当时我揣着 100 元钱就下海了，后来在广告这个行业里面算做了一个领头羊。第三卷是写我对子女的培养，女儿徐静蕾是 2 岁多开始进行早期教育，其实不光是写字，她 6 岁就能把三年级的语文、算术都学完了。因为写字比较早，她现在那手指头是歪的。早期教育为她一生的发展奠定了基础。我愿意把自己培养子女的经历与体会，真诚地奉献给亲爱的读者。”

为此，徐子建坚持在文化宫研修班学习了三年，他还到东城图书馆、海淀文化馆、现代文学馆听课，学习写作技巧和方法；他购买阅读了大量书籍，尤其是经典的传记文学，光毛笔抄录的笔记就有几尺厚；他跑了很多地方查阅核实资料，去重庆、飞台湾、跑南京、奔湘潭……在南京中国第二历史档案馆，他一待就是 27 天，将近一个月的时间里，天天对着浩如烟海的战史资料，日日盯着屏幕抄录；他和不少知名作家以及身边的文友聊创作，听取他们的宝贵意见；做实、做细、做足了著书以外的很多艰苦繁杂的功课。他说：“真实是回忆录的生命，实地探寻历史是我对读者应负的责任。”

写作是个辛苦活儿，徐子健有时从早晨 6 点写到中午，站起来时，人都有些打晃。毕竟不再年轻了，但他的心态以及做事的执着劲头，绝对在年轻人之上。

徐静蕾在《父亲的军装》序里说：“爸爸不是一个专业作者，虽然在饭桌上听他讲过许多过去的事情，讲得生动有趣，但是变成文字，又不是那么简单。十年间，见证了他写作的巨大进步，从一开始文章中常见‘大词’的思想汇报感悟，到最后的成稿，非常客观地说，确实是量变到质变。而这种挑战自我的不懈努力和坚持，真的很有成效，并且令人尊重……这篇序写得我战战兢兢。但是你们懂的，我有多骄傲，因为有这样一个爸爸。”

作为徐静蕾，见证了爸爸的巨大进步；作为103岁的徐成沄，见证了儿子无论干什么，都干得风生水起，精彩纷呈。何止他的家人，作为博雅文学沙龙里的几位文友，我们也都见证了他是如何一步步走向书写《父亲的军装》成功的。

相识八年来，我感觉徐子建的心思，大部分都用在了读书学习提高、撰写家族三部曲上，在他的建议发起下，2018年10月组织成立了博雅文学沙龙，当月20日下午2点，在他家举办了第一次活动，随后，一期一个重点，每个人都要畅谈己见。开始，沙龙有6个人，我和另外一位文友，是第一次扩招时被吸收进去的。我嘴笨，不爱说话，仅这一条，就不符合要求，因此被吸收前，专门有人给我打电话，提出尖锐批评并叮嘱一定改正。走进博雅文学沙龙，我是有很大压力的，必须学着对具体作品提意见、谈看法、学经典、解困惑、说收获。人无压力轻飘飘，有了压力，兴许会督促自己有所进步吧。

一次，博雅文学沙龙的几位文友一起去看戏，剧院门口见面打招呼时，我发现徐子建戴着耳机在听什么，看到他那样抓紧一切时间学习，便不忍再说什么。片刻，许福元到场，他同许福元谈起下一步沙龙的打算，我站在一旁，目睹两位年过七旬的老先生聊得十分投入，充满对未来的憧憬，佩服敬重的程度，又在我心中加倍翻飞。

假如你看到徐子建那种以命下注、奋力一搏的决然无悔的劲头，假如你看到他日复一日在著书立说中下的苦功夫，你就会坚信，他的家族三部曲“家园徐望”第二部、第三部书会更加精彩。

2020.1.14《劳动午报》

无可奈何打工者

太阳已经下班回家了，饥肠咕噜的他，被王老板叫去加班。他和几个工友二话没说，去了工地。

他的年龄，已经被小伙子的队伍开除了，但在心里头，却依然把着青春的边缘不撒手。这主要表现在，和年轻人干一样的累活儿，他从来不示弱。大卡车上装满了钢板，需要尽快卸下来。他攀上大卡车，不一会儿，便汗湿衣衫。用衣袖抹一把脑门上的汗珠子，直起腰，挪动身子，一脚踩空，只听“咚”一声，屁股重重地撞在水泥地上，疼得他龇牙咧嘴，怎么都站不起来。

拍片检查，尾骨骨折。受了伤，他没有为难王老板，更没有提出赔偿问题，只是用商量的口气说：“王老板，我不能干活了，想回家养伤，把工钱结了吧。”王老板说：“不急，先歇几天，算你出工。”

白天，他独自待在工棚，很无聊，躺着躺着，就睡着了。到了晚上，工友们放平后，片刻，鼾声四起。而他，却迟迟睡不着，耳边的鼾声，变成了噪声。加之闷热，室内的腋臭味儿、汗酸味儿、臭脚丫子味儿，呛得人直恶心。他从兜里摸出一个精致小瓶子，这是白天上工，经过垃圾箱捡到的，像是女人丢弃的过期化妆品，有一股挺香的味道。他拧开瓶盖，用食指勾出一块雪花膏似的糊状物，涂抹在鼻孔口儿，多少冲淡了一点儿酸臭味儿。

他卧床歇了几天，手脚就开始痒痒了，不能干活儿，憋得难受。他会理发，还当过会计。于是，忍着尾骨的疼痛，义务为工友们理发，为王老板的几个亲戚理发，还帮助负责记账的人画表格，把工资账目弄得井井有条，一目了然。

王老板一直没提工钱的事儿，他催促道：“王老板，把工钱结了吧。”

王老板支支吾吾地说：“那啥，再等几天吧，现在手头没钱。”

没办法，他只有耐着性子等着。

工地上搅拌机出现故障了，工友处理不了，到工棚问他，他听了叙述的现象，帮着分析，出主意，工友回去照着他说的去操作，故障果然排除了。他是王老板雇用的打工者，却处处像给自家干事一样，尽心尽力。

半个月过去了，王老板依然没有结算工钱的意思。他心里发毛了，不知道王老板葫芦里卖的什么药。忽一日，听说某工地出了事故，要求管辖区域内所有施工队停工整顿。他所在的工地，也在整顿之列。他着急了多日，也没有提前拿到工钱，只能和大伙一起等待结账了。

王老板为每个民工写了巴掌大的纸条，他的纸条上写着：110×91。也就是说，每天110元，他干了91天的活儿。谈的时候说好一天120元，结果变成了110元。大家问怎么回事？王老板说，每人每天扣除10元，给中介人。他没再说什么，看着手里的纸条计算，他可以领取10010元。

不料，攥着纸条，没有了下文。大伙儿追问王老板：“为什么还不发钱？”王老板说他手头没有钱。民工们一听急了，把王老板团团围住，有的说：“我老娘有病，正急等着用钱！”有的说：“我孩子的学费就指望这钱呢！”他更着急，他不仅供着两个孩子读书，他还养着岳母和岳母的姐姐两位老太太，家里更需要用钱。

王老板说通了来自他家乡的民工，为他们每人发了600元路费，让他们先回家收割麦子。他和其他五名民工，一分钱也没有得到。他们追着王老板要钱，王老板随即又开了一张纸条：“晓臣等五人没有领到工资，请把工地剩余钢筋卖了，给他们发工钱。”他们拿着纸条，去找工地负责人，得到的回答是：“这钢筋任何人不许动。”无奈，他们只好返回去，找王老板说明情况。结果，等他们回去，王老板不见了。这时候，他们才明白过来，中了王老板金蝉脱壳的诡计了。

他们又找到律师事务所，工作人员认真接待了他们，并为他们安排了律师。但律师看到他手中的纸条说：“110×91是什么意思？是长乘宽？

还是长乘高？你明白是 110 元乘以 91 天，别人就不一定看得懂了。要找老板开正规欠条。”听到此，他们傻眼了，唯一签着王老板姓名的真凭实据——领取工钱的条子，被律师说成了长乘宽、长乘高。

其余四人看到要工钱无望，只好回老家了。

他心想，不能就这样被人欺负了，连个响屁都不放。这钱对于他们来说不是个小数目，五个人加起来 5 万多元呢。他决定到干过的几个工地、库房以及王老板曾经住过的几个地方，去寻找王老板。

他拖着疲惫的身体，忍受着尾骨骨折的痛苦，在偏僻的郊区跋涉，一个村庄接着一个村庄查看，王老板的一个库房就在那一带，他凭着干活时的记忆，希望在那里能找到王老板。头顶上的毒日头，不停地喷射着火焰，烤得他浑身冒油。他走得腿软了，脚疼了，口干了，体乏了，仍然没有找到曾经去过的那个库房。

没有挣到钱，说实在的，根本没有脸面回家。他姐姐在北京，他背着行李从朝阳区的吕家营去了姐姐家。姐姐一听，和他一样着急，和他一样痛恨拖欠工资不发，逃之夭夭的黑心老板。

姐夫和他一起，继续寻找老王版，毫无收获。几天后，姐姐给了他几千元，让他先回家，她说，一定想办法帮他讨回公道。

执着的姐姐，不知跑了多少路，碰了多少钉子，她和他一样，认准了，在天子脚下，就不信找不到说理的地方，岂容黑心老板如此猖狂。她用了整整两年的时间，花销了名目繁多的费用，终于为他打赢了官司。

这是一件多么开心的喜事，由此，他对首都北京更加热爱了。天子脚下的有关工作人员，天子脚下的法官，他们还普通打工者一个公道，他万分感激、感恩。

然而，官司赢了，工钱却未要回一分，通知王老板到庭，他缺席。判决书生效后，查他银行卡，没有钱。用赔了夫人又折兵，来形容这件事，再恰当不过了。两年当中，姐姐花费了多少精力、财力，到头来，竟是这种让人气愤、闹心的结果。

他不得不承认，对于这类事情，个人的力量是弱小的，是无可奈何的。难道对于拖欠农民工工钱的黑心老板，政府就没有办法制裁吗？就没有办法帮助讨回本属于他们的血汗钱吗？

他依然愿意执着地期待着。

2017 年 9 期《北京文学》

小娟的初恋

初恋，在小娟的心里，是最温馨的两个字，镶金镀银，亮闪闪的。

当年，小娟并不知道那是什么，只知道彼此喜欢；她和李建交往期间，连手都不曾拉过，但每一次遇见，心里就像闯入一只小兔，蹦跳得极欢；彼此看不见想见，见了面又故意躲闪。说不清，道不明的，两个人何时想起对方，心里就暖暖地发甜。那段时间，是他们一生中最难忘、最刻骨铭心的日子。直到多年后，小娟才知道，那是她的初恋。

李建年轻时写给小娟的信，是嚼着甘蔗蘸着蜜汁写成的，让小娟看得脸发烧，心狂跳。小娟在李建的眼里，美丽，清纯，温柔。李建在小娟的眼里，伟岸，幽默，体贴。真可谓青梅竹马。

也许是嘴上没毛办事不牢，也许是乳臭未干喜欢信口开河，也许是属耗子的，说过的话，撂爪就忘。李建参军前，家人为他说了一门亲事，要求定亲后再走，不知怎么李建就答应了，并且很快订了婚。他对小娟，连声招呼都没打就走了。

对此，小娟不解，郁闷，恼火，同时也听到一些闲话，说李建对小娟只是耍耍嘴皮子玩玩。尽管如此，小娟依然觉得，在自己平静如水的少女心里，第一个走进去的是李建，李建给小娟写的一封封书信，早已俘虏了她的心。

小娟做事较真儿，有始有终，在情感方面也是如此。于是，她极想写信问问李建，却苦于没有通信地址。她一向头脑简单，对谁都充满信赖，她把写给李建的信，粘贴好，交给李建的嫂子代寄。

那是一个月明星稀的夜晚，小娟去邻居家串门，还未进屋，就听到李建的嫂子在里面说话，小娟停住了脚步，里面的话隔窗飘出："小娟的信写得真好，这封信绝不能寄给李建，他如果看了，肯定要反悔。"说着，居然当着邻居家的人，念起了小娟写给李建的信……小娟羞得无地自容，又气又恼又怒，急得不知所措，她扭头跑回家，蒙住被子哭了。

尽管如此，小娟回想起自己的初恋，依然是当年看情书时的美好感受。她反对那种不成朋友便成敌人的做法。她认为，如果初恋的人在生活中能友好相处，互相帮助，可能要比一般朋友真诚得多。然而，她错了。尽管小娟和李建初恋时，连手指头都不曾碰过，但在李建的妻子那里，他们肯定是什么事情都做过了。弄得李建对小娟，唯恐躲闪不及。

一次，小娟托李建给母亲带去点零花钱。李建说："区区小事，保证办到，尽管放心。"真要做，李建胆怯了，把事情交给自己的妻子去办理……小娟何时想起来，心里都堵得难受。我曾劝小娟，别和李建来往了，他如果真的对你好，是不会那样做事的。小娟依旧不信。

后来通信发达了，网络普及了，小娟和李建再次取得联系。小娟始终认为，李建做事不会无情无义的。有一段时间，小娟和母亲好多天没有联系上，非常惦记。情急之中，通过网络给李建留言，让李建路过母亲家门口时，进去看看，将实情告诉她。像这种不费吹灰之力的事，李建居然以害怕别人说闲话为由，还是没有办。小娟得知后，立刻求助另一个人，那人放下电话就去了，回来告知，老母亲感冒发烧咳嗽多日，是有意不接女儿打来的电话，怕她惦记。

之后，接连遇到几件事，李建开始都是爽快答应帮忙，最终还是以种种借口推脱了。小娟有些心灰意懒，她原以为，有过初恋这层关系，是乐意互为对方帮忙的。其实不然，办起事情来，还不如一般人。尽管如此，小娟对李建就是恨不起来，她不愿意破坏李建在自己心目中的最初印象。为此，小娟决定，通过网络说几句话可以，千万不要再求对方办任何事情。也许李建患有严重的妻管炎，也许他只在意他自己，任何不利他的事都拒绝做。在小娟看来及其平常的小事，到了李建那里，就是不可逾越的高山。小娟多次警告自己，要长记性，不要强人所难。然而，一遇事便又想到李建。是否不可救药了？

年过八旬的老作家赵大年在讲课时，结合自己写过的一篇作品，提到了他的初恋。白发老人声情并茂，娓娓道来，那情真意浓的叙述，把听者带入诗一般的美妙意境中。

小娟，愿你忘掉所有的不快，留住最初让人心动的美好。

2016.8.15

相聚邢台

五十年对于一个人来说，绝不是小数字，撑死了能拥有两个，何况多数人都拥有不了呢。

少小离校老大聚，怎不叫人激动万分。

因为次日一早，我要参加千里之外的同学聚会，比平日里提前俩小时卧倒休息，并上了双重闹铃。然而，夜里十二点了，我兴奋得难以入眠。于是，开始数数，无济于事，昔日在校的情景，同学间的趣事，一桩桩一件件，潮水似的往外涌。我命令自己，赶快睡觉，无奈大脑完全不受控制。爬起来看看表，一点了，再次爬起来看，两点了……一直到四点以后，才慢慢入睡。

凌晨六点，闹铃响了，一边洗漱，一边情不自禁哼起自己篡改的歌儿：穿越沧海，穿越桑田，穿越五十年，来与你相见，烟雨中回荡着校园书声，你是否还记得我的容颜。繁华世间，红尘中流连，千万人之中，再一次相见，你的声音她的笑容那么暖，我们在欢聚中举杯畅谈……

走进聚会大厅，先到的几位男生女生呼啦啦走过来，握手、拍肩、拥抱，亲热得不得了。他们当中，多数人已经五十年没见过面，但通过一张张记忆深刻的笑脸，我立刻把眼前人，同五十年前的他们逐一对接上。尽管岁月在他们身上留下诸多印记，但笑容依旧灿烂，个个精神十足，健谈如初，神清气爽，乐观向上。

那些昔日的市委书记、交警支队政委、医院教授、厂长、县妇联主任……还有画家、摄影家、企业家等，进入聚会大厅，好像全都变成了没有血缘的亲人。然而，有一个头衔，却被所有同学亲切地称呼着，那就是群主。从初一到高三的同学，都这样称呼她。

群主叫翟建平。记得 2016 年 3 月，她从地球村马尔代夫小队遛弯回来，途经北京到我家，闲聊中，她想建立隆尧一中校友群，我发给她一张在校时的老照片，她也一直保存着这张合影，当即决定，就从这张照片上的同学找起。

离开学校几十年了，大家各奔东西，要想寻找，谈何容易！

当年的隆尧一中，是河北省重点中学，学校有高中一、二、三年级共十二个班，初中一、二、三年级六个班，建平是初三 44 班的，她所在的班级承上启下，加之她是县委书记的千金，在学校认识人多，认识她的人也多。最主要的不是这些，而是她的热情和执着，一心想把大家聚在一起。

她回到石家庄自己家，开始四处联络，有的同学找到了，却不会用微信，她鼓励他们学。昔日的姑娘小伙儿，如今大都晋升为爷爷奶奶、姥爷姥姥级别了，不会使用微信，也是正常的事情。

俩仨月过去了，终于联系上两名女生，当她把我们几个拉到群里的时候，老同学相见，分外激动。紧接着又拉进来两名女生，常言说，三个女人一台戏，当群里拥有小毛、景华、书彩、景艳等六名女生时，别提有多热闹了。

吃过晚饭，群主冒出来招呼大家：群里开会啦！我们呼啦啦，从北京、石家庄、邢台、隆尧等地冒出来，你言我语，开心极了。

建群两年来，队伍在逐渐扩大，人气见长。每每进来一位同学，大家都要热聊一阵子，握手的，拥抱的，跳舞的，放炮的，好像一下子都返老还童了。

眼下，我们迎来了一中校友群第一次聚会的日子，2018 年 10 月 13 日，秋高气爽，大家从四面八方汇聚邢台，组委会的几名同学忙前忙后，使聚会在亲切友好的气氛中进行。

群主、孙彦敏、武盛军、现任校长祝红旗等同学相继发言后，播放了学校的纪录片。开场京剧《洪羊洞》《朝霞》，把聚会的气氛推向高潮，赵二红同学声音洪亮，一板一眼，字正腔圆，紧接着，景艳、金果、海香、成春等同学纷纷登场，他们唱腔各异，或高昂，或婉转，或喜悦，或缠绵，听得我如醉如痴，这哪里是京剧爱好者所唱，一个个分明都是专业水平。还有天津快板、太极拳等，我为大家表演了一段舞蹈《不眠的星星》，因为不会使用播放器，鼓捣好一会儿不能重播，起跳时音乐已经过半，导致结尾出错，深感愧对老同学。最后，海香指挥大家唱了一首红歌《大海航行靠舵手》。虽然事先没有安排，也没有节目表，但主持人组织有方，同学们一个接一个上场，就这，还有不少同学没有时间施展自己的才艺。

画家马生有当场为同学们挥毫泼墨，无偿赠送书法作品人手一幅，还向学校赠送了字画，并用书法致辞和绘画，布置活动现场，为聚会增添了浓郁的文化氛围。主持人邢成春忙得不亦乐乎，赵永彬举着相机在大厅里穿梭，王新民为让大家聚会结束后即刻拿到合影照，顾不得吃饭，跑去洗照片。组委会李林山、胡书彩、连爱魁等几位同学更是自始至终为大家操持忙活……我被他们深深地感动了。

更令我激动喜悦的，还有一件事，经多方打听，终于同五十年不曾见面的班主任李九淑老师联系上了，并同几位同学在聚会的前一天，去看望了李老师夫妇。他们已经八十多岁，身体健康，谈笑风生，李老师还为我们唱了京剧梅派名段唱腔《贵妃醉酒》，那声音甜美悦耳，韵味十足。

一中校友群第一次聚会，给我留下许多美好难忘的瞬间，每次翻看照片，心情即刻被点亮，暖暖的同学情、师生情，滋润着我的人生，使平凡的日子变得甜蜜而美好。

2018.10.18

非常时期的牵挂

一晃，我和燕妹先后调离541军工厂，已经三十多年了。三十多年来，我无时无刻不在思念着她。尤其在前几天，2020年1月21日，我在一个微信群里第一次听说，燕妹居住的武汉市，发现新型冠状病毒肺炎病例，我的心立刻揪起来，对她的惦念和牵挂越发加剧了。我在日记中写道："期盼武汉疫情尽快得到控制……天佑武汉！天佑中华！"

身居北京，我已经宅在家里多日了，连日来，心总揪着，难受，烦躁，着急，上火，牙床子肿起很高。每天睁开眼睛的第一件事，就是抓起手机，上网查看新冠肺炎疫情动态，看到确诊的人数，在每天增多，看到雄鸡版图上的深红颜色范围，在逐日扩大，我的心阵阵作痛，备受煎熬。

一批批医护人员奔赴武汉，无数名白衣天使日夜忙碌在疫情第一线，看了相关报道，让人心疼、感动，泪流满面。

我平时比较喜欢安静，按说，要求宅在家，尽量不出门，正好可以看看书，练练笔。其实，满不是那么回事，一天又一天，心里忐忑不安，如坐针毡，尤其2月13日那天，看到公布的数据，我急得发疯！我强烈牵挂着外面发生的事情，武汉怎么样了？北京怎么样了？全国各地怎么样了？一会儿拿起手机看看，然后放下，一会儿又去看，好像我能怎么着似的。其实我能做的，就是待在屋里不出门，保护好自己和家人。人人无恙，则国家平安。

这几年通信技术高速发达，尤其有了微信，人和人无论在地球村哪个角落，文字留言，语音留言，图文并茂的视频，轻轻一点，就能飞往世界各地。然而，我和燕妹是80年代分别的，那个时候，彼此还没有家庭电话，离开军工厂便中断了联系。我曾多方打听她的联系方式，均未果。那些曾经和她很要好的朋友，也都彼此中断了来往。多年来，由于一直找不到燕妹，搞得我像失恋一样痛苦不堪。有人劝我：“何苦呢，茫茫人海，到哪儿找不到一个朋友？”

是的，身居北京闹市中心，如果愿意，可以结识很多新朋友。但是，谁都替代不了她在我心目中的位置，她是我走向社会结交的第一个知心朋友。1971 年，我们在山西中条山下的军工厂相识，紧接着，被送往长春第一汽车制造厂实习。当时，我来自河北邢台地区，说话乡音重，师傅们听不懂，是她一字一句纠正我的发音，教我学说普通话。我时常感叹，她是武汉人，普通话为何说得那么好。在她的帮助鼓励下，我勇敢地丢掉乡音，在师傅们面前说起普通话。当然了，有些字的发音，我经常说错，比如我们天天上班接触的热电偶，那个“偶”字我就说不好，她便一次次给予纠正，就像校对编辑挑错别字一样，挑剔我语言中的错误发音。

我们相处得如同亲姐妹，她生病了，我一日三餐把合口的饭菜端到她床前，把白天从师傅那里学到的自动化仪表知识，毫无保留地传授给她。我把母亲从河北寄往长春的花生拿给她吃，她把家人寄来的武汉特产和我分享。那个时候，我们每个月的口粮中，只有八斤细粮，天天吃高粱米、玉米面饼子。我母亲千里迢迢寄给我几封细挂面，被一位有小孩的年轻师傅看到了，她想用粗粮和我对换，把细挂面给她孩子吃。尽管不舍，还是和燕妹做伴，拎着挂面慷慨地送给那位师傅。我们上班一起学技术，下班同住一宿舍，形影不离。她夸我穿的黑白方格上衣好看，我立刻写信给母亲，母亲百忙中赶织出一块相同的布料，寄往长春。从此，燕妹有了一件和我式样相同的衣服，我们穿着一样的衣服走在大街上，像一对双胞胎似的。

燕妹比我小三岁，却在某些方面像姐姐一样护着我。记得 1973 年的冬季，我们结伴去澡堂洗澡，人很多，两三个人合用一个喷头，我俩彼此谦让着，她在喷头下洗一会儿赶紧让给我。此时，来了一个陌生人，一下子挤在我前面，冲洗了好一会也不离开，我双臂搂着肩等在一旁，冻得瑟瑟发抖，于是伸出手去接水，来暖和自己。那个女的见我从她身子上方接水，凶巴巴地问："你干什么？"我一时不知如何回答，在一旁搓泥的燕妹听到了，走上前："你说干什么？洗澡！我让给她冲洗，你抢了先也就算了，还没完没了啦？"那人说："我还没洗好头。"燕妹说："一边搓去，让她先冲冲，瞧把她冻的！"那一刻，她倒像个姐姐。

20 世纪 90 年代，我到武汉出差，当时只记得燕妹住在江汉区民生路，不知具体地址。于是，便傻乎乎地伫立街头，密切注视着过往的行人，巴不得她的身影出现。到武汉出差的几天里，我几乎天天都在留心寻找她，走在大街小巷，目光扫来扫去，期盼着她能从人群中跳跃出来。

夜静了，大街上行人寥寥，喧嚣的武汉入睡了，月牙像个婴儿，仰卧在摇篮般的白云里。起风了，卷起地上的树叶沙沙作响，我不禁打了个寒战。该回住处了，明天一早就要回北京了。走过长江大桥，我低着头，迈着沉重的脚步，心里很茫然，很失望。

2019 年 10 月 16 日至 22 日，我应居住在武汉的侄子之邀，到武汉游玩了几天，欣赏了武汉的灯光秀。无论走到哪里，我依旧是瞪大眼睛，在人群里仔细扫描，希望能够在黄鹤楼，在武汉长江大桥，或者在某个商店、某条马路上邂逅燕妹，我期盼奇迹出现，期盼在大海里捞起一根针，期盼在人海里能够遇见她。然而，几天过去了，直到我踏上回京的高铁，才不得不承认，希望再次变为失望。

在武汉的那几天里，我感叹着：武汉真大真美！武汉的人真热情！有一次，我们在汉口的一条街上，向路边一位女士打听怎么倒车。她耐心做了介绍，我们道谢后已经走出一段路了。她又热情地追上来，更加详细地介绍了，我们欣赏完某个地方可以到哪里就餐，然后晚上再到哪里欣赏夜景，她介绍了很多，我记不住，但侄子记住了，说她提供的是最佳游玩路线。我们一再深表感谢，她笑着说不客气。她的普通话说得和燕妹一样好，我多么希望她就是我找了多年的燕妹啊！

光阴荏苒，不知不觉，从进厂到现在，已经过去近五十年了。半个世纪的风风雨雨，皮肤打了皱褶，头上添了白发，但直率纯真的性格没有变，与人为善的品行没有变。我想燕妹也一定是的。我和她之所以相处得像亲姐妹，多半是因为我们都具有单纯真诚的性格吧。

我曾经在心里无数遍地呼唤：昔日清纯的燕妹，你在哪里？你还好吧？虽然她在武汉，我在北京，相信我们的心是相通的，我们在不同的城市，彼此保护好自己，保护好家人，就是在为社会做贡献。

身居北京，心系武汉，我由衷地向战斗在武汉疫情第一线的医护人员致敬！期盼患者早日康复，期盼疫情早日结束，期盼一线的医护人员早日平安回家，也期盼能和燕妹在茫茫人海中，早日取得联系，畅叙友情，共祝愿祖国好！

2020.3.18

甘甜醉心窝

天，湛蓝，洁净；云，雪白，蓬松。9 月 2 日这一天，是个难得的好天气，我随从采风的文友，来到北京丰台区长辛店枣园。满园的枣树，牵手搭肩，蔚然成片。每一棵枣树，枝头累累，缀满青的，红的，红绿相间的果子，闪烁着诱人的光泽。

听枣园主人白玉全介绍，园里枣树品种很多，有白枣、梨枣、冬枣、马牙枣、磨盘枣、璎珞枣……我一边听着，一边欣赏，满树一嘟噜一串的枣儿，绿的似翡翠，红的像玛瑙，很是喜人。路旁有棵树，沉甸甸的枣子，压弯了枝头，尚未挂红，还是淡绿色的，个头很大，模样也十分好看。我问白玉全的夫人戴国珍，这是什么枣？她说，是白枣。

哦！我一阵惊喜，这就是北京人传说的“长辛店白枣”，今日得以相见，果然貌美形端。禁不住诱惑，摘一枚品尝，皮薄，肉厚，核小，酥脆甘甜。我说，尚未完全成熟，就已经很甜了，再过些日子，还不像喝了蜜一样。戴国珍笑着说，今年雨水多，枣子上甜的时候，遇上了下雨，甜度比不上往年。她的话，让我记牢了白枣，也记牢了长辛店白玉全枣园。

如今在北京城内，枣树已经不多见了。偶尔遇到一棵，老朋友重逢似的，分外惊喜。听我爱人说，他小的时候，枣树是北京四合院里常见的一景。那时，他家住在东四三条的四合院里，院子很大，四进四出。在二门里有一棵大枣树，两个人抱不过来，颇受全院大人孩子的宠爱。

五月，初夏了，满树的枣花开得正喷。枣花，近看，细碎，不起眼，满树看去，才发现繁花似雪。大人孩子路过树下，都会情不自禁地抬头仰望，深深地呼吸，享受着醇厚绵长的枣花香，蜜蜂在花间飞舞，嗡嗡嗡唱个不停。

夏日，形同一把绿色巨伞的枣树，其枝杈倾力向四处伸展着。满树的绿叶，酿成一片浮动的绿云，为院子搭起了凉棚，遮天蔽日，排拒着炎热的阳光，成为人们纳凉歇脚的好地方。

在孩子们期盼的目光中，枣子一天天长大了，开始挂红了。俗话说，七月十五枣红圈儿，八月十五枣落杆儿。中秋节前的某一天，孩子们终于盼来一个特殊的节日——打枣。院里年龄大一些的孩子攀上树，或摇晃树干，或用杆子敲打，院子里噼里啪啦下起欢快的枣雨，一树的红艳，倾泻而下，滚满一地玛瑙。树下的孩子们，蹦着，跳着，笑着，把红枣一个个捡起来，放在铺开的席子上。打枣的过程，是享受收获的过程，是全院孩子的欢乐聚会。打完枣，分成堆儿，一户一堆。接下来，孩子们的衣兜里，就有了香甜的零食，嚼得脆生生，满院子都是枣的甜香。

如今，四进四出的院子已经不存在了，那棵枣树依然枝繁叶茂，成为古树，被保护起来，是难得一见的稀罕风景。

枣树，记载了许多人的美好童年。我也不例外，想起老家院子里的枣树，就想起了儿时曾经拥有的美好和甜蜜。

童年见过的枣树，只有一种，吃过的枣，也只是那种最常见的圆枣，个儿一般，也脆甜，至于叫什么名字，说不出来。到了长辛店枣园，使孤陋寡闻的我，大开眼界。

听文友说，据我国元代的《析津志》记载，北京地区的枣，有 4 个优良品种，长辛店白枣便是其中之一，其果形端正，色泽红艳，肉厚核小，汁多脆甜，堪称果中佳品，深受消费者的喜欢。

你想亲近枣树吗？你想回味童年的甜蜜吗？你想品尝北京最具代表性的果中佳品——白枣吗？那么，就去长辛店枣园吧，那里有成片的枣树。花开时节，满园枣花飘香，醉了蜜蜂，醉了游人。枣子成熟的季节，品种不同的枣树，棵棵披挂着喜人的诱惑。那红透的枣儿，吃在嘴里，喜上眉梢，那甘甜的汁液，缓缓下咽，醉了心窝。

2016.9.2

姐弟情

一

静和杉是姐弟俩。

那是一个深秋的下午，西斜的阳光透过玻璃窗，暖洋洋地照进房间，照在杉那张严肃而绷紧的脸上。静不知道怎么做，才能为杉的心里注入些许阳光，才能让笑容在他脸上绽放。正当她不知所措时，杉猛然朝她左腿上踢了一脚，疼得她眼里蓄满了泪水。那一脚太重了，她的腿上青紫了一大片，持续多日才慢慢好转。

静大老远把父亲和杉从老家接出来，想让父亲在暖融融的楼房里越冬，想让杉换换环境。这样做，也许对杉时好时坏的精神病有些益处。

杉比静小两岁，已经是条男子汉了。静像对待孩子一样，帮杉洗头理发，帮他洗脚剪指甲。然后，换上她丈夫干净整洁的衣服，杉立刻变了一个人，本来就浓眉大眼的杉，看上去精神了许多。

静上班后，父亲叮嘱杉：在你姐姐家，要讲卫生，用纸擦鼻涕，扔到垃圾桶。杉不乐意了，走出家门，不停地在一楼到三楼的楼梯上走动。父亲看出异常，担心他犯病，伤及在楼道玩耍的小孩儿，及时把情况告诉了静。

静把杉领回家，为他抚平身上的衣服，拍着他的肩膀和气地说："咱爹也没说啥，别不高兴。"杉突然双手攥住衣服下摆，用力向两侧扯拽，衣服上的扣子噼里啪啦掉下来。静关切地问杉："你怎么了？"只见杉脸上的肌肉不停地抖动着，冷不防踢了静一脚。这是平生第一次，也是唯一的一次，她被杉铁榔头似的大脚板子踢了。她知道杉是被病魔驱使的，是不由自主的，是无辜的。如果那样做，能让他心中的火气或疯劲儿发泄出去，挨他一脚也没什么。

二

杉小时候很乖，胖乎乎的圆脸，大眼睛，长得很好看。他读小学时，非常用功，夜间，常能听到他在睡梦中念叨课堂上学的内容：a、b、c、d……但是，到了学校，老师提问，他经常回答不上来。汉语拼音二十六个字母以及声母韵母，他学得很认真，依然跟不上。后来只好辍学下地干活了。

静参加工作离开家乡的时候，杉好好的。一日，静在职工食堂吃早饭，看到邻桌有两个男孩，立刻想起自己的两个弟弟，思念的泪水不由自主地滚下来。

第一次回老家，推开家门的那一刻，静是那么激动、兴奋、高兴！她喊着："爹！娘！"也喊着大弟和小弟的名字。然而，无人应声。她径直走进北屋，父母和杉都不在家，只有小弟一人在午睡。静推推他，小弟迷迷瞪瞪睁开眼："姐，你怎么回来了？"小弟长高了，嗓音也变粗了。问及家里的情况，才得知杉住进精神病医院。

沉重的打击从天而降，静立刻让小弟带路，去看望大弟。走进医院，心立刻缩成一团儿，紧巴巴地难受。她听到吓人的大呼小叫，看到给患者通电治疗的揪心场面。

杉比别的患者安静许多，他默默地坐在椅子上，眼睛看着地，一声不吭。他脑袋上扎着很多针，针的另一头连接在仪器上。估计所通电流相对别人小一些。随着通电频率的波动，她看到杉头上的针在一下又一下地抖动，他的脑袋随着频率也在收紧抖动。静心疼地流泪了，她憨厚可爱的大弟，怎么变成了眼下这副模样？

从此，静心中多了一份沉重而痛苦的牵挂。

三

父母写信，总是叮嘱静安心工作，不要惦记家里。静十分清楚，杉这种疾病，对于父母亲来说，意味着什么。

那天，从杉踢静到晚饭后，一直相安无事。睡觉前，静把父亲和杉安顿好后，才悄悄离开。蒙蒙眬眬刚要睡着，听到父亲痛苦地叫了一声。她慌忙下地，来到父亲和杉房间，父亲捂着耳朵，双眉紧锁。静的爱人闻讯，也随之跟进去。当他得知杉用手电筒打了父亲时，气得推搡了杉两把，边推边质问他："你为什么打爸？"杉一声不吭，任凭姐夫推搡。此刻，静的心滴血了。她心疼父亲，也心疼大弟，流着眼泪制止爱人："你别推搡他，给他好好说。"

静不敢再睡了，穿好衣服，守在父亲和杉中间。她对父亲说："爹，你安心睡吧，我守在这儿。"

本打算让杉住些日子，看来不可能了。假如静和爱人上班后，再次发生什么意外，岂非事与愿违。既然更换环境，没能让杉高兴起来，而且如此之快就犯了病，静只好同意送杉回老家。

天亮后，静的爱人和一位朋友护送杉，登上开往老家的列车。他们走后，静发现家中菜刀不见了，瞬间，心悬在半天空，担心菜刀被杉拿走，路上伤及他人。后来才得知，她爱人把菜刀藏起来了。

四

杉怎么会变成这个样子？

记得小时候，杉挺可爱的。静听母亲讲，杉生下来后，没有奶水喝，于是，为他找了奶妈。也许奶妈家孩子太多，自顾不暇，疏忽对他的照顾。每次母亲去看望杉，他总是在尿湿的棉垫子上爬着自己玩。母亲攥住棉垫子用手一拧，里面的尿小溪般淌出来。母亲把杉抱在怀里，泪水夺眶而出。静常常想，杉从小寄养在别人家中，喝别人的奶，这对他的成长，肯定有着不小的负面影响。

后来，杉被父母接回家，渐渐长大了。一些爱开玩笑的人，总拿他开涮：“你不是亲生的，是捡来的。你爹娘不喜欢你，他们喜欢你姐和你弟。”继而又说些顺口溜刺激他：“你姐惯，你弟娇，你却生在半当腰，半当腰，受人气，气得老二眼疼哩。”这些话日复一日，经常在杉的耳旁缭绕，天长日久，他信以为真了。信以为真的杉，内心一定很痛苦，很郁闷，很压抑，很想不开。据说，很多疾病都和心情郁闷想不开，有着密不可分的关系。静想，那些拿大弟开涮的话，对于他后来患精神方面的疾病，一定起着举足轻重的刺激作用。

静有一位学姐，身材苗条，长相漂亮，读高中期间，曾接到来自部队某军人的求爱信，不料被其他同学看到了。于是，一传十，十传百，很快在学校流传开来。有个女生为了羞辱她，居然当众念出某军人来信的内容。那位学姐脸皮薄，心理承受能力差，不久，精神失常了。看来，刺激羞辱诋毁他人的话，是颇具杀伤力的。

五

小时候，憨厚的杉在他们姐妹当中，总是扮演吃亏的角色。过年了，父母把炒好的瓜子、花生以及糖块分成三份，每个孩子一份。杉总是舍不得吃，留起来。机智聪明的小弟，不是快速把自己那一份吃掉，就是把自己那一份藏起来，然后向杉索要。杉乐意把自己那一份，同小他一岁的弟弟和长他两岁的姐姐共享。

有一年杉过生日，母亲煮了四个鸡蛋，说好杉吃两个，静和小弟每人吃一个。揭开锅，转眼工夫就少了一个，母亲问谁拿了，他们都说不知道。结果，杉和姐、弟一样，只吃了一个鸡蛋。事后，得知小弟把那个鸡蛋藏进风箱里。杉发现小弟从风箱小窗口，掏出那个鸡蛋独享时，笑了笑，什么也没有说。

静第一次带着不满两岁的儿子回家探亲，杉看到小外甥，喜欢得不得了。为哄孩子开心，他上树捉蝉，下田捉蝉蛹。一次，他举着一根五分钱的冰棍，风风火火从外面赶回家，却发现孩子已经睡着了。静劝杉：“你吃了吧，等孩子醒了，冰棍就化了。”杉舍不得，他把冰棍放进碗里，把碗放进凉水里。他一会儿进屋看看孩子，一会儿到厨房看看冰棍，望着碗里的冰棍在一点点瘦身，杉一副焦灼不安的样子。在冰棍即将融化前，孩子终于睡醒了，他急忙举着细细的冰棍，献宝一样递给孩子，看到外甥的小嘴巴含住冰棍的那一刻，杉笑了，笑得那样心满意足，笑得那样舒心幸福。

说来奇怪，每当静回家探亲的时候，杉都表现得很兴奋，很高兴，和常人一样。有人说，杉见到他姐姐，病就好了。然而，静每次回家探亲，都有着严格的时间限制，不可能久住。于是，静想到把杉接到自己家试试看。她以为换个环境，杉会感到新鲜，心情会舒畅一些，没想到杉在她家只住了短短两天，就被送回老家。

六

杉的病情时好时坏，反复无常。这给他父母的生活带来意想不到的负担和麻烦。他们的心头，始终笼罩着一片驱散不掉的阴云，日子过得艰难、揪心、提心吊胆。

有一年静回家探亲，发现杉的房间里，房梁上拴着一根长长的铁链子。她问怎么回事？小弟告诉她，杉犯病打人摔东西的时候，他就训斥、吓唬、收拾杉一顿，然后把他关进屋锁上。静心疼地说：“你别打他，他怪可怜的。”小弟说：“母亲曾被他打得头破血流，父亲的一只耳朵被他打聋了，我不打他，他就没有惧怕的人。”静双眉紧锁，低头不语，泪水怎么也止不住，心如油煎一样难受。小弟接着又说：“我也不愿意那样做，实在没办法。那次锁了几天，发现他正常了，我去帮他解开，他说：‘别解了，万一犯了病，伤着人，不好。’那一次，我流泪了。”静听了，心里别提有多难受了。

静曾无数次祈祷上苍，让杉的病赶紧好起来吧，让她的父母过上正常人家的安稳日子吧。

每当静在生活中，看到像杉这样的人，心就会剧烈地疼痛。为精神病患者，更为精神病患者的亲人。静得知著名电影明星秦怡，有个患精神病的儿子，犯病时会劈头盖脸地打他母亲。她还得知大作家梁晓声，有个患精神病的哥哥，把学生时代的梁晓声以及家人折磨得痛苦不堪。无疑，著名电影演员和稿费颇丰的作家，他们的生活条件要比普通百姓好得多。那些普普通通的老百姓，日子过得本来就艰难，再摊上一个精神病患者，日子过得越发艰难，越发揪心了。他们当中不少人，是没有经济能力，让患病的亲人长期住在精神病医院的。

梁晓声在《兄长》一文中写道：“中国境内，不是所有精神病患者家里，都有一个有稿费收入的小说家，或一位著名的电影演员啊！”他还写道：“上帝啊，人间有些责任，哪怕是最理所当然之亲情责任，亦绝非每一个家庭只靠伦理情怀便承担得了的！您眷顾他们吧，您拯救他们吧……这一次，在我意识中，上帝不是任何神明，而是——我们的国……”

静想，她和大作家梁晓声的心是相通的，感受是相同的。

静心疼杉，心疼所有的精神病患者。她由衷地敬佩精神病患者的家属，更加由衷地敬佩工作在精神病医院的医护人员。是他们，用爱心，用难以承受的痛苦，陪伴着患者，一路前行，确保社会有序安定。

2012.10.20

深圳之行

火车进入深圳，已经是晚上 8 点钟了。皆因第一次来，目光里装的，全是久违的好奇和激动。隔窗望出去，这个城市给我的第一印象，如同充满朝气的帅小伙，一下子拽住了我的心。

我和爱人是应侄子之约，前来深圳游玩的。因为在这座城市里，居住着我的至亲，虽说初次来，从感情上却没有任何生疏感。我们不必像出差、开会、跟团那样，受种种约束限制，也不必自己做计划、看地图、四处问路，一切听从侄子的安排。身心完全放松，原本就是一件非常惬意的事情，加上逛山水赏名胜，悠哉乐哉。

2013 年 3 月 30 日，开车行驶在深南路上，两旁的勒杜鹃，好像两排充满朝气的少女欢迎仪仗队，热烈、亲切、妩媚，冲你一个劲儿点头招手，看得人心里喜气洋洋的，好像自己也变成了一朵勒杜鹃，舒展着，开放着，一副美不够的样子。

几天下来，陆续去了不少地方：福田中心区、深圳湾滨海公园、大梅沙、欢乐海岸、东部华侨城、图书馆……行走在深圳的每一寸土地上，领略着她的繁华与美丽，感受到一种强烈的气息，那就是她的青春和朝气。深圳是座年轻的城市，浑身上下洋溢着年轻人的风采。

听说，在 1997 年之前，深圳的城市基础设施建设，已经打好了国内最好的底子，中国最宽、绿化最好的第一城市干道，深南大道横贯东西。三大城市隔离带，由笔架山公园和深圳中心公园、香蜜湖度假村和特发高尔夫俱乐部、名商高尔夫球场和沙河高尔夫球会组成，分别宽约 800 米。三大城市隔离带，给了深圳大片的绿地，畅通的气流，还有市中心的休闲娱乐基地，一改那种传统摊大饼的城市格局。

深圳辽阔的海域，连接着南海和太平洋，和香港毗邻。市域边界设有全国最多的出入境口岸，是中国经济最发达的城市之一，2012 年经济总量居中国第四位。站在海边，目光不停地忙碌着，远远地抛出去，再缓缓地拉回来，看蓝天白云，观海阔浪涌，置身在深圳的海边，只觉得天蓝海蓝，养肺养眼，呼吸欢畅，心情敞亮。

不论走到哪里，所到之处，都是绿树成荫，鲜花烂漫。漫步在街头，我常常被不曾见过的树木、花草所吸引，有时，视线被小鸟牵引着飞翔。有一种鸟，像袖珍麻雀，歌喉脆响，三五成群，在树间飞来飞去捉迷藏。每当这个时候，我总会驻足观赏，忘记是行走在马路上。

有一种树，留着长长的胡须，或曰长发，一缕缕，像线绳似的，柔韧细长。风动长发飘飘，别有一番景致。侄子说此树叫榕树。一次，到我爱人同学家串门，在他家小区的绿地里，我再次看到这种树，它比路边栽种的树要粗壮很多很多，而且，长发落地生根，长成一棵又一棵树。爱人的同学告诉我，长发不断落地生根，长成新树，新树再生新发，新发落地再生根，如此下去，数年后，就会遮天蔽日蓬蓬勃勃连成片，变成很多很多棵树。独木也成林，说的就是这种树。我站在巨树下仰视，心想，假如给这种树木一座山，它的子子孙孙就会不断蔓延，给整座山搭起一片绿色帐篷，那该是一种何等壮观的奇景啊！漫步在树下的花丛中，呼吸着清新的空气，情不自禁地发出感叹：深圳无愧于国际花园城市的美称。

深圳气候宜人，舒适的气候可以让人一年四季都愿意勤奋工作。有人说，中国北方经济不如南方发达，相信气候是其中一个重要的原因，北方的人终究比南方要懒散得多。据说深圳与硅谷极为相似，每年春节前后，约有半个月左右天气较为寒冷。其间，穿上毛衣或皮衣就足矣了，不必像北京人那样，把自己包裹在厚厚的羽绒服里。另外，每年夏天，有一个多月较为热燥或阴湿。除此之外，深圳绝对是一个适宜人类展开一切经济活动的城市。

每每提起深圳，脑海中立马会闪过一个词汇“经济特区”。正是深圳这个中国第一个经济特区的设立，掀起了中国改革开放的浪潮，从而见证了中国经济的腾飞。经过30多年的建设和发展，深圳已由一个昔日的边陲小镇，发展成为具有一定国际影响力的新兴现代化城市，创造了举世瞩目的“深圳速度”。

2008年12月7日，深圳被联合国教科文组织全球创意城市网络认定为“设计之都”，成为中国首个获此殊荣的城市。另外，深圳还被称为国际化大都市、全球先锋城市、国家自主创新城市、世界无线城市、文明城市、卫生城市、知识城市、窗口城市、手机之都、时尚之都。

深圳之美，美在多姿多彩，且莫说为人熟知的“深圳八景”，也莫道世界之窗、锦绣中华民俗村、红树林与青青世界，单是为大运会兴建而成的深圳湾体育场“春茧”，便足以令游人流连忘返，叹为观止。

深圳是一幅画，一首诗，一个梦，让我赏不够，让我乐不思蜀。

2016.1期《兴星》

母亲说从前

柔软舒适的长条沙发上，我和白发老母亲侧身而坐，中间摆放着棋盘，我们专注地移动着红绿棋子，头几乎挨在一起。爱人在一旁看到这一幕，举起相机，按动快门，留下温馨的瞬间。

白天上班，没有时间陪伴母亲，下了班，珍惜分分秒秒，鞍前马后围绕在母亲身边，陪她下下跳棋，聊聊天。她在家寂寞一天了，盼来我们，室内气氛就活跃了，热闹了。我可以利用晚上时间，弥补她白天的无聊。冬日的夜晚，我和她一起坐在电视机前，缠缠毛线，为她织一双厚厚的手套和毛袜。那种家常的、妥帖的母女交流，那种暖融融的气氛，是母亲最喜欢的。

母亲 81 岁那年，越发耳背了，她不喜欢戴助听器，助听器放大说话声音的同时，也放大周边的杂音，她说乱得慌。因此，和母亲聊天是需要费些气力的。有时候，我大声说好几遍，母亲依然听不真切。于是，我一遍遍重复，她一遍遍猜测，比如，睡觉听成尿尿，扒鸡听成拉稀，常常打岔打得让人笑出眼泪，笑疼肚皮。所以，和母亲聊天，尽量选择她熟悉、感兴趣的话题。

吃罢晚饭，先不急着离开桌子，就那样围在一起，慵懒地坐着，听母亲讲从前的事情，讲她听过的故事。有关狼的传说，我已经听过好几遍，依然像第一次听时那样专注，想让娘高兴，需做她忠实的听众。

有一天夜里，一只饿狼跑到农家院里寻找吃的，走到窗台下的鸡窝旁，听到屋里有动静，老两口还没睡着，正在说话，老太太对老头儿说："俺不怕虎，不怕狼，就怕漏。"意思是害怕自家的破房子雨天漏雨。那种外面下大雨，屋里下小雨，外面雨住了，屋里还滴滴答答下个不停，到处湿了吧唧的情景，让老太太腻歪透了。狼听后，不知其意，心里暗自琢磨：莫非今晚“漏”要来，“漏”这个家伙，肯定比我和老虎更厉害。狼担心碰上“漏”把自己吃掉。于是，夹起尾巴，慌慌张张逃走了。母亲看我听得专注，笑得开心，紧接着又讲开了：那年收秋，天黑了，有个长工正准备牵着驴回家，突然蹿出一只狼，他吓得急忙爬上树。驴上不了树，又不甘心被吃掉，就壮着胆子大声喊：“我耳朵尖尖嘴巴长，圣上封我也为王。昨天吃了两只虎，今天送来一只狼。”狼听后，哧溜钻进小树林不见了。长工看到驴的喊叫吓跑了狼，便从树上下来，牵着驴回家了。母亲讲起她听过的故事，一桩桩一件件，记忆犹新。说到兴奋处，眼放光芒，仿佛回到年轻时代。

母亲记性很好，很多劳动场面或劳动过程，讲起来出口成章，一套一套的。记得她曾一口气说出种棉花摘棉花织布的过程，一点磕巴不打：棉花籽，小灰拌，种到地里锄八遍。打花尖，去猫耳，遍地开花黄灿灿。立秋群尖要掐完，结的棉桃一连串。桃咧嘴，吐白莲，孩子大人去摘棉，包皮系腰站垄间，双手忙碌不得闲。弹的棉花像羊毛，搓成棉卷细长条。纺花车 24 根梭，左手拉线右手拧，纺的线穗圆又圆，拿起枴子去拐线。枴子拐，落子落，彭线娘娘嘭嘭啪，落线娘娘呼啦啦，经布娘娘走长道，挂厥娘娘对脸笑，印布娘娘站两边，卷杅娘娘坐正冠。织好布卖好钱，籴来小米做成饭，一家老小围桌坐，日子幸福又美满。我和家人听后都笑了，由衷佩服母亲的记忆力，那么长，记得如此清楚。单看我们的表情，母亲就明白了，这个时候，母亲绝对是家庭里的主角。当好她的听众，时不时插句话，提个问题，每一次聊天，就这样变成一件愉悦心情的开心事儿。说过笑过之后，母亲会很知足地截住话题，起身收拾碗筷，我伸手帮忙，她用胳膊挡开：“你别管，忙你的事吧。”

母亲饮食简单，常吃的主食是馒头、面条。常吃的蔬菜有豆角、白菜、西红柿等。生活中有很多食物，母亲不但不吃，甚至连味儿都不愿意闻。比如鱼、虾、蟹，比如香菜、茴香、蒿子秆等，都被母亲拒之嘴外。因此做饭的时候就得格外注意，比如做冬瓜汤，做好后，要先为母亲盛出一碗，然后再放香菜、虾皮。忽视了这些小细节，母亲一口都不吃。

每天晚上，做顿热汤面，面条里放些倭瓜片，黄亮亮的如同蛋黄。虽说简单，但母亲一辈子就爱吃这一口。因此，家里的倭瓜不能断顿儿，一个未吃完，再购买一个储存着。豆角是母亲最爱吃的青菜，所以，家里几乎顿顿都有炒豆角。

母亲的饭量比较小，生活需求很简单，只要是母亲喜欢的食物，一年四季都要保障供应。

由于整日忙忙碌碌，我们很少记住自己的生日，常常是过去了才突然想起。但是，对于母亲的生日，无论如何是不能忘记的。每年，我提前在挂历上标上记号，时刻提醒着自己。到了那天，为老人买上一束鲜花、一个生日蛋糕。做几样菜，全家举杯，祝愿母亲健康长寿。母亲要的是这份热闹，要的是这份温馨和睦的家庭氛围。

饭后，大家依然坐着不动，我有意把话题引向从前，引向母亲熟知并记忆犹新的往事中，这个时候，母亲眉毛向上一挑，会说一段古：从前有个穷小子叫大牛，炕上只有一床被，乌涂涂的，露着棉絮，身上的衣服，多出破洞，屋里空空的，缸里没粮，经常挨饿。他家土坯墙上，祖上留下一张画，画上有个小女子，衣裙飘飘，眉眼弯如月，模样俊俏，穷小子从地里干活回来，从缸里舀瓢水，咕咚咕咚喝下，盯着墙上的画发呆，喜欢至极，心想能有这么个媳妇就好了。

一日，他干活回来，又累又饿，推开门，闻到一股饭香，再看屋里的小桌，摆好了饭菜，馒头冒着热气，菜里有肉块，鸡蛋汤飘着葱花。他很惊喜，也很纳闷，里外找遍了，没发现家里有人。夜里睡不着，想是谁干的。是邻居二妞？是村东杨婶？是……大约二更天了，他想得脑仁疼，也困了，忘记吹灭灯就睡着了。蒙眬中听到屋里有嘎巴嘎巴的动静，他屏住呼吸，悄悄睁开眼，看到墙上那张画正在来回扭动，他一动不动地盯着，画上的小女子已脱离画纸，款款走下来，拿起他的衣服，在破洞处一针一线缝补起来。大牛突然明白了，饭一定是她做的。他突然钻出被窝，扑向挂画的那面墙，小女子看见，立刻站起身，扑向那张画，此时大牛已从墙上把画扯下来，三下五除二撕碎了。小女子回不去了，便和大牛结为夫妻。从此，男耕女织，过起安稳的小日子。

母亲肚里的故事很多，都带有传奇色彩，很吸引人。我从小作文好，该不会受了母亲讲故事的熏陶吧。

从小到大，母亲给予我的太多太多，从未向我索取什么。我醒悟迟，懂事晚，能为母亲做的微不足道，但母亲对我的夸赞总挂在嘴边：俺老两口沾了闺女的光，老了怕冷，每年天一凉，就被闺女接到北京，少受多少罪。每当听到这话，我都无地自容，父母在的时候，我的日子比较穷，没有让他们享受到好的生活。家常饭，平常衣，但彼此的情感是深厚、富足的。

2014.4.9

牛姐

几十年了，我就像笼中的鸟，一直栖息在北京二环之内的平房院内。是文学，让我走出家门，走向郊区，走进顺义、怀柔、密云、大兴、门头沟等地，结识了不少郊区文友。

我在北京职工文学研修班里，认识了来自顺义的许福元，经他介绍，相继结识了顺义几位文友，牛姐就是其中的一位。

牛姐的第四本大作《陌上细雨》出版了，送我一本。这又是一本赛城墙砖的书，翻开清新的封面，真诚亲切的话语，直往人心里头钻。

牛姐属牛，今年70岁了。她经常自称是一头牛，在我看来，她更像是一匹日行千里的马。牛姐干事雷厉风行，那种神速，那种麻利干脆劲儿，令我羡慕佩服爱。她写文章，快！她校对稿子，快！她刺绣做针线，还是一个字：快！《陌上细雨》刚拿到手，她的另一部作品《灯下絮语》已经完成。对此，我由衷地祝贺牛姐！为她点赞！

和牛姐还不曾谋面，就从文友那里得到一只做工精致的花垫儿，像一朵盛开的葵花。文友说："这是魏子楚亲手为你缝制的，托我转交。"手捧花垫儿，我看直了双眼，多么精美的手工艺品，这需要花费多少工夫啊！

当时，我的散文集书稿经许福元介绍，正在由牛姐进行校对。还不曾见过面，就劳烦她，心里已经很不安，又收到一只高雅的花垫儿，心里所装的，满是感激和过意不去。

从文友那里得知，牛姐是女四中的才女，曾遭遇很多坎坷，下乡后，经历了不少磨难，人间的各种苦，吃了一肚子。

和牛姐第一次见面，是在2012年6月20日。那天，她见到我，第一件事便是，拿出我刚出版的《追梦》，她已经逐字逐句又仔细看了一遍，把里面的错误之处做了标记，并抄写在信纸上递给我，叮嘱我在书里和底稿中改过来。这几个错字。很有可能是印刷厂没有更正过来的原因，再说，错字数目在允许范围之内。但她把责任全部揽过来，并深表歉意。初次见面，她给我的第一印象是不苟言笑，办事一板一眼，有条不紊。

之后，我们成为很好的文友，邮件往来，无话不谈。

一日，牛姐从顺义到东城图书馆听文学讲座，课后，有位姓张的老人，把她出版的一本书，赠送给所有听课者。说实在的，不少人拿到书，也就随手翻翻，顶多看上几篇。但是牛姐拿到书，一篇接一篇，一字不漏，认真阅读完，把错误之处在书中做出更正，连同自己的读后感一起，通过其他文友转交给这位陌生作者。

牛姐这种做法，可能有点令人费解，一个陌生人的书，看了也就看了，没必要一处处标上错字，予以更正，还要一定交到作者手中。但是，这就是牛姐。

牛姐帮文友校对书稿，帮杂志社校对文稿，帮陌生人看稿子，只要拿到校对的文字，就不分白天黑夜地看，常常弄到深夜。

牛姐挑错字成瘾，无论在哪里，见到错字不指出来就难受。她为报纸挑错字，把信件寄往报社。她在我的博客里挑错字，发邮件指出具体错处，随后还要进行跟踪检查，看是否已经更改过来。她甚至在饭馆的菜谱里发现错字，也要向老板提出来。有人问她这样做累不累？她说："我就是一头爱干活儿的老黄牛。"她认为，无论在哪儿，看到错字就指出，让对方及时更正，使汉字得到净化，是一件很快乐且有意义的事情。

我有时碰到拿不准的字，就请教牛姐，她及时给予答复后，对我提出批评：你身边就有最好的老师——字典，你要养成查字典的习惯，消灭稿子中的错别字。

有一次，牛姐的一篇征文获奖，她用获奖所得的奖金，为我们几个写稿容易出现错别字的文友，每人购买了一本《现代汉语词典》，那本词典比城墙砖还厚，沉甸甸的，价值 95 元。捧在手里，我感动得无以言表。

牛姐笑着说："我给你们请了最好的老师，你们要常翻、常看、常请教，以后写稿子，不许再出现错别字，出一个错字罚款10元。"我使劲点头，把最好的老师紧紧搂在怀里。

顺义有个莲花山文化生态园，经常组织一些文学爱好者开展文学研讨活动。活动室的墙壁上，悬挂着牛姐绣的大小幅十字绣，雅致美观，给室内增添了浓郁的文化氛围。许多文友家中，都有牛姐送的十字绣作品，那些字画，要花费牛姐很长时间，听说有一幅画，她用了40余天，缝了一万多针。一幅又一幅字画，要耗费她很大精力，一针针一线线，渗透着她对文友的深情厚谊。有位文友接到她刺绣的梅兰竹菊，感动得说不出话来。这四幅十字绣，倾注了她太多的心血，捏针的手，疼得都打不了弯儿。她在无数个日夜里飞针走线，将对他人的真诚和爱，密密实实缝在了一幅幅作品里边。

牛姐这头牛，吃了不少苦，挤出的却全是甘甜。尽管几十年风风雨雨，坎坎坷坷，遭受很多磨难，她却把痛苦埋在心底，释放出来的是甜美，是温暖，是真诚，是奉献。无论命运怎样待她，她依然笑对人生，一路向前。

老牛亦解韶光贵，不待扬鞭自奋蹄。牛姐用老黄牛的精神，用骏马奔腾的速度，活出了自己的精彩。

经常听到有人感叹："世风日下，以诚相待的人越来越少了。"我想大声告诉诸位，牛姐就是一位以诚待人的牛人！我想以后改口叫她牛姐，不仅因为她属牛，更主要的是，她干事的速度牛，干事的质量牛，有太多牛的地方。

2018.12.10

协和大院里的人物

我曾经一次又一次地想象，协和大院会是什么样子。觉得它很优雅、很神秘、很令人向往。何以对协和大院产生如此兴趣，缘于拜读了韩小蕙老师的作品《我的大院，我昔日的梦》。后来，又拜读了她的《绝唱》，越发对这座大院肃然起敬。几次欲前往看个究竟，又担心门口有站岗的，不让外人进。于是，只有心动，不见行动。

直到今年春天，2017 年 4 月 12 日，我才有幸走进协和大院，亲耳聆听了韩小蕙老师对该院的介绍。巧的是，协和大院和我想象中的模样基本吻合。当然，这得益于韩小蕙老师在文章中的精准描写。

那天，是个难得的好天气，风轻柔，云洁白，天湛蓝。我跟随东城区文艺家一行 30 余人，在北京市文保单位蔡元培故居，参加落实区委“一条主线、四个重点”战略任务调研创作座谈会，会后，探访了协和大院、原外交部、李鸿章祠堂旧址、睿亲王府旧址等 13 处调研点。

走进协和大院，被鲜花和新绿簇拥的一座座美式小洋楼拽住了我的视线，而拽住我心的，是小楼里曾经住过的人。用韩小蕙老师的话形容：我们大院的“人物”太多了，碰面即名医，往来无白丁，简直说也说不完。

我听得入神，步步紧跟韩小蕙老师，唯恐遗漏了什么。

全国闻名的林巧稚大夫，住在大院门口东侧的 28 号楼。林大夫是北京协和医院第一位中国籍妇产科主任，是首届中国科学院唯一的女院士，一生共接生五万多个婴儿。五万多，这是一个了不起的数字，无论是婴儿还是成人，无论是躺在一起还是列队站立，那该是多么震撼而庞大的阵营啊！从胚胎在子宫里形成，到十月怀胎，再到林大夫用温柔灵巧充满爱心的双手，把一个又一个的新生命，引领到这个世界上，这期间，倾注了林大夫多少心血啊！她的精力，全都用在了关注、关心、疼爱、迎接新生命的事业上，而自己，却孑然一人，质本洁来还洁去。住在28号楼的，还有梁植权院士，他是中国生物化学与分子生物学学科的奠基人，为中国的基础医学教育和科研事业做出了突出贡献。

与28号楼毗邻而立的29号楼，住的是劳远琇大夫，她是新中国成立后，协和眼科的第一位全职医师，在视交叉疾患发生视野缺损机制、激素分泌性垂体瘤等的研究上，获得多项国家级和省部级成果奖，曾挽救千千万万个患者，为他们保住了无比珍贵的眼睛。眼疾患者遇上她，便是遇上了光明的天使。

住在41号楼的黄家驷教授，是著名的胸外科专家，中国医学科学院第一任院长，那么大的官，却和蔼可亲，整天笑眯眯的。李宗恩院长也曾住在41号楼，是一位大腕中的大腕，泰斗级的人物，是热带病学医学家、医学教育家，毕生从事医学教育和科研工作，在黑热病流行病学研究中尤有建树，被选为第一届中央研究院院士。

我一边听讲，一边注视着41号楼，想象着他们会是什么样子，想象着患者遇上既权威又亲切的他们，该是何等的幸运。

韩小蕙老师如数家珍，继续介绍着。

住在36号楼的张均教授，是解剖学家，20世纪40年代，曾以中国人脑沟回模式的科学事实，回击了帝国主义分子污蔑中国人种“低劣”的谬论；住在33号楼的王世真院士，是著名的生命科学专家、中国核医学事业的创始人和掌舵人；住在32号楼的吴征鉴院士，是生物医学专家，毕生致力于人体寄生虫病的防治研究，确定了中华白蛉是我国黑热病的主要传播媒介，为我国基本消灭黑热病做出了重大贡献；吴蔚然大夫，也住在32号楼，他是著名外科专家，相貌堂堂，永远的君子风度，修养清雅高洁，温柔和气，对患者和颜悦色，一辈子诚以待人，善以待人。

我一边听韩小蕙老师的介绍，一边在心里默默地向这些专家教授致敬。我对医术高超而又平易近人的大夫，向来尊敬有加。患者若是遇上他们，是幸运的。人，都免不了生病，患病已很痛苦，如果遇到不通情理而又医术低劣的大夫，无疑雪上加霜。做人做事，是需要认真负责的，尤其是从事治病救人的专业，稍有疏忽，就有可能酿成大祸。我的公公，一位专门画芦雁的画家，曾是北京中国书画研究社理事，一辈子身体硬硬朗朗，没有住过医院。他经常应邀当场作画，一站就是几个小时。那年暑期，我们一家回京探亲，同他老人家一起，去工人体育馆观看海豚表演，他大步流星，我们紧随其后，都追赶不上。孰料，那年冬天，仅仅隔了几个月，他感冒转成肺炎，住进北新桥附近某医院，恰逢过春节，值班医护疏于看护医治，竟然导致公公病情加重，匆匆离去。何时想起来，都万分难过。

韩小蕙老师一边介绍一边指向一座又一座小楼。

中国第一代著名病理学家、大牌医学教授胡正祥大夫，住在 42 号楼。他对黑热病和病毒性乙型肝炎的病理形态有独到研究。泌尿外科专家吴德成，住在 43 号楼。同楼住的宋儒耀教授，是中国整形外科医院第一任院长。住在 35 号楼的何观清大夫，是流行病学和公共卫生学专家，被尊为“中国流行病学先驱和奠基人之一”，为中国确立“流行病学”这一现代概念做出了重要贡献。

协和大院除了 16 座美式小洋楼外，还有一座风格迥然不同的英式灰楼，大院的胡懋华大夫就住在该楼内。她是中国第一代著名放射学专家，中国临床放射学奠基人之一，朴实，低调，安详，平易和气，没有名教授和主任的架子。

又是一连串的教授、专家，又是低调、平易和气。我为陌生患者能遇到他们而庆幸，而祝福。

我曾在某医院，遇到一位做胃镜的年轻大夫，态度令人生畏。踏进胃镜室的门，我就腿肚子转筋，怯怯地说：“我紧张得不行。”希望能听到几句鼓励的话，哪怕是一个安慰的眼神儿。然而没有，只有一句冷冰冰的话，把我噎得够呛：“那就别做了。”本来就紧张，碰到这种大夫，心情坏到了极点。我按照指令躺在床上，两眼一闭，握紧双拳，只有任人“宰割”了。本想眼不见心不烦，谁料眼前一黑，所有的注意力，都集中到了感觉上，反倒加剧了痛苦。

装有镜头的管子捅到嗓子眼，引起一阵恶心，喉咙骤然收缩，紧紧夹住管子，抵御它的侵入。大夫操纵的管子冲破阻力继续向下延伸，不停地上下抽拽。巨大的恶心导致不停地干呕，嗓子眼好似竖着一根木头棒子。又好似孙猴儿钻进了胃里，不停地上蹿下跳，用金箍棒在胃里搅拌翻腾，弄得人撕心裂肺，揪肝扯胃，难受极了。我不知道什么时候伸手抓住了大夫的白大褂，遭到呵斥后，我又狠劲攥住自己的衣服。我的胸腔内翻江倒海，五脏六腑都要吐出来了。在剧烈的干呕中，口内的托儿突然滑出，噌的一下，牙齿咬破舌头，竟然不觉得疼，一阵紧似一阵的恶心压倒了一切，我感到都快被折腾死了，期盼着那根管子快快从胃里滚出去！

想起自己的遭遇，越发钦佩协和大院里待人和蔼可亲的名医、专家。

韩小蕙老师继续介绍着，住在 31 号楼的张乃峥大夫被称为“中国风湿病之父”，是中国风湿病学的奠基人；住在 34 号楼的张安教授，是血液内科专家，中国血液病学的开拓者之一；住在 38 号楼的李铭新教授，是实验生物学家、生理学家及肿瘤病因专家，中国实验肿瘤学奠基人之一；住在 39 号楼的池之盛教授，是内分泌专家，中国糖尿病学界泰斗；住在 40 号楼的杨简院士，是病理学家，中国实验肿瘤学主要创始人之一，曾建立了中国第一株转移性瘤株和第一个瘤株实验室；住在 7 号楼的薛社普院士，是著名的细胞生物学家，实验胚胎学家和生殖生物学家，中国细胞分化调控研究的开拓者之一。

这些医术高超的专家、教授，使协和大院熠熠生辉。正是有了一大批对医术精益求精的大夫，使得协和医院名震四方。我家距离协和医院也就几站地，平日里，听说全国各地到协和医院看病的人很多，挂号很难。所以，有病就到家附近的医院。

去年秋天，我咳嗽多日不见好转，到家附近的医院拍了片子，说是气管炎。我照样参加舞蹈队的训练活动，咳嗽发作时，赶紧跑向洗手间，回来继续坚持练习。有一两次，在室外活动，雾霾严重，我捂着口罩，练得满头大汗。其间，天天服药，咳嗽丝毫没有减轻，相反，越发厉害了。我不由得胡思乱想，惊恐万分。于是，想到了一流的协和医院。

协和医院的大夫看过片子，诊断为肺部感染。叮嘱我再继续服用 4 天消炎药，就停止用药。至于咳嗽，很可能要拖延一段时间。两三个月以后，做 CT 复查。那位大夫，说话简明扼要，态度和蔼可亲，让我紧绷的心，一下子放松不少。我爱人在一旁说，她这种情况，看网上说得很可怕……大夫笑笑说，刚才那个小伙子也是剧烈咳嗽多日，上网一查，吓得睡不着觉，以为得了不治之症。记着，有病上医院，别胡乱猜想。我点点头。好大夫，不仅能医治身体上的病，那平易和气的话语，还能医治心病。

从韩小蕙老师那里，我了解到协和大院有那么多的佼佼者，他们个个都是协和医院的骄傲，是祖国的骄傲。而我，在协和医院碰到的大夫，让我越发对全国一流的协和医院肃然起敬。

那些住在协和大院里的精英们，是为生命保驾护航的各路神仙。这些令我们崇敬的男神和女神，使大院变得优雅、美丽、灵动、神奇。他们是各个专业领域里的佼佼者，他们的光芒，映照着协和大院，使大院充满神奇。

2017.2 期《东城文苑》

美丽的传说

四月，丰台的芍药花开得正喷。红花和绿叶缠绵，呈现出一片销魂的美艳。一朵朵丰满、妩媚的芍药，像仙女舞霓裳，占尽风光，展尽风华。衬得周边赏花人，犹如在画中行走。周围的一切，全变成画中景物了。人们脸上洋溢着幸福的笑容，像是和芍药比美似的。有艳阳照着，有花开着，有人欢乐地走着，恰似人间仙境，婉转清扬。

我的魂，被芍药的美一把摄住，闹市中的喧哗，心中的烦忧，瞬间退避数千里。我屏声静息，任心中欢乐的波涛，兀自澎湃不已。

丰台，素有“花乡”美称，自古就有丰台芍药甲天下之誉。丰台，与花结缘，和花相依，变得美不胜收，香飘万里。春季，是一年之中最好的赏花时节，老北京的赏花胜地，应当首推被誉为“花乡”的丰台。丰台花木种植的历史源远流长，兴于金元，盛于明清，已有800多年的历史。由于旧时交通不便，人们多是到京城周边的一些地方看绿赏花，而位于右安门外的草桥、黄土岗一带，紧邻京城，出行方便，花木繁多，柳绿花红，景色迷人，成为人们赏花踏青的好去处。明清时期，很多文人墨客到丰台看花，即兴吟诗作赋，写下不少诗篇。其中，清代举人庞垲的《丰台看花歌》更为知名：“四月晴和芍药开，万紫千红簇丰台；相逢俱是看花客，日暮歌笙夹道回。”传说，乾隆皇帝多次出右安门，到丰台赏花，即兴写下多首《丰台诗》。

看来，无论是诗人还是皇帝，无论是古人还是今人，对花的喜爱和赞誉，对美的欣赏和向往，都是相通的。

丰台一带之所以成为“花乡”，据说主要是因为具有得天独厚的地理条件。丰台地处永定河洪水冲积扇的脊背一侧，永定河几次迁移改道，形成的冲积扇，地势平坦，由此造成地下潜水承压溢出，湿地众多，土壤肥沃，水源丰沛，其酸性沙质土壤，溶肥，渗水。装盆，土不黏手；浇水，土不板结；换花盆时，土坨不散。正是永定河的滋润，使得花乡人种花养花，有了得天独厚的自然条件，被古人誉为“诚此地难得之佳壤也”，“唯植花木最盛之地矣”。

黄土岗曾是丰台区的一个乡，其辖域包括“十八村”中的大多数村落，还有夏家胡同、草桥、郭公庄等。由于地处永定河冲积带，形成了堆积大片沙质黄土的岗丘，故名黄土岗。这里的土质适宜种花。养花业发展很早，明代已进入盛期。清代为京城主要的花卉供应地。1987 年，为了更好地借助地域优势，发挥花卉的品牌作用，丰台区决定将管辖原“丰台十八村”地区的“黄土岗乡”更名为“花乡”，可谓名副其实了。

1985 年，丰台花园作为北京市重点公园建设工程，得到由驻区部队及中央市、区属 345 个单位及个人捐款、捐物建成。这是丰台区第一座以花为主，突出丰台“花乡”特色的综合性公园，也是丰台区第一次发动群众，赞助修建的北京西南郊的第一座花园。丰台花园打造“一年常青，四季有花”的花园特色，以“春芍、夏槿、秋菊、冬梅”作为四季主花卉，园内有落英缤纷的樱花园、暗香疏影的蜡梅园、清新淡雅的丁香园、花团簇锦的芍药园、姹紫嫣红的牡丹园等。

与花为伴的丰台人，赏花多了，眸子里的美，潜移默化地向心灵渗透，化作了行为美。某日，我去丰台区图书馆，听丰台作协主席毕淑敏讲文学创作的秘密。由于急着赶时间，匆匆洗漱，简单用过早餐后，便乘公交车而去。在岔路口下车后，向一位丰台女士询问，到图书馆怎么走？她耐心地告诉我：“前行，过马路，到马路对面向左走 200 米，路边就是。”清楚明白，态度和蔼。我说谢谢！四目相视，她轻声说：“你的扣子。”我低头看，发现一枚扣子开了，不知是车上拥挤，还是匆忙之中原本就没扣上。我赶紧系好，冲她笑笑，再一次深表感谢。她像一面镜子，帮我正衣冠。她的模样定格在我的心里，长长的马尾巴垂在脑后，大眼睛双眼皮，白皙的皮肤，红扑扑的，宛如丰台绽放的一朵花，赏心悦目。这件微不足道的小事，让我对丰台人有了极好的印象，对有关丰台的来历等传说，产生了浓厚的兴趣。

丰台，是北京地区历史最为悠久的地名之一。有关“丰台”这一名称的由来，历史上已争论了数百年。清代乾隆年间成书的《日下旧闻考》中，曾列举了三种不同的说法：其一，丰台是对金代中都城南面的正门丰宜门外拜郊台遗址的简称，“丰台”取自丰宜门之“丰”，拜郊台之“台”；其二，今天的右安门外草桥一带有金朝的别墅群，名“远风台”，史料上有“今之丰台即远风台之遗址”的记载。明时此处已出现村落，名曰“风台村”，清时称“丰台镇”；其三，元代的园亭多在此地，“丰”是说养花的花房繁多的意思，“台”是说花乡中有许多亭台的遗迹。

关于“丰台”的来历，还有一个美丽的传说，“丰台”是金朝第六位皇帝金章宗完颜璟赐名。一天，金章宗完颜璟梦遇百花仙女，相约同游百花谷。待他步入其中时，只见遍地奇花异草，四处香气袭人，到处云杉成荫。完颜璟暗喜：果然是人间仙境！众仙女摆宴敬酒、奉献歌舞之余，纷纷跪地讨封，恳请他将“丰台”一地赐予她们。完颜璟不明“丰台”位于何处，众仙女笑答“丰台在中都城南，丰宜门外，拜郊台一带，就是皇城的南郊。”金章宗回到皇宫，即刻传御旨，将丰宜门外至拜郊台间的地界儿，赐名“丰台”，并令当地百姓广植花木，按时进奉。

传说中的丰台很美，现实中的丰台更美。

一日，在丰台公园赏花拍照后，继续前行。身后追来一位男子，手里捏着一个纸团，对我说：“这个，是你丢的。”我说：“对不起，我不是有意乱扔纸屑，可能是掏口袋掉出来的，你扔垃圾桶吧。”我指指他旁边的垃圾箱。他没扔，继续说：“没错，是你刚才掏手机拍照，从口袋里掉出来的。里面好像有什么东西，你还是看看吧。”我纳闷地接过来，打开，纸团里包裹的，是一条铂金项链。哦，我想起来了，早上洗澡摘下来，用一张餐巾纸包住，装进口袋忘记戴了。我说谢谢！谢……不等我把话说完，他已经笑着离开，去追赶他的儿子和妻子。我望着他们一家三口的背影，又一次感到，生活在“花乡”里的丰台人，以阳光的心态，花的姿态，为人处事，给人留下极其深刻的美好记忆。

在“花乡”里，人养花，花养目，随养心。花，是美的极致，和美相依相伴，既陶冶情操，又滋润心田。生活在“花乡”的丰台人，他们深深懂得，己心妩媚，则世间妩媚；己心温暖，则世间温暖。人和花一起，把丰台装扮得五彩缤纷，温馨祥和。

2016.9.19

相拥土地

一

他和土地相拥了大半辈子，依然亲不够。我劝他，儿女都大学毕业工作了，你该出来歇歇了。他说：“闲着难受，离开土地更难受。”我说：“你该来北京复查耳朵了。”他说：“地里活正忙，等农闲吧。”

春节前，他来做了复查，想节后再回老家。没想到，1 月 21 日看到一条微信，说武汉发现新型冠状肺炎病例，时隔一天，又听到武汉封城，紧接着，疫情像洪水猛兽般袭来。他被困在北京，暂时回不了家。他开始是心里长草，而后是坐立不安，归心似箭。他着急上火，开始嗓子疼，扁桃体红肿，家里的消炎药都被他吃完了，依然不见好转。非常时期，不敢去医院，到卫生所开了点中成药，症状才得到缓解。

他从来没和土地分开这么久，他是农业科技示范户、大棚种植能手，是疫情把他滞留在北京，阻隔了他和土地的亲密接触。为了安抚他，我突发奇想说：“我这里有一包菜籽，你把院儿里的花盆当成微棚，种上菜吧。”他果然来了精神，松土、撒种、浇水、扎上拱形支架，蒙上塑料布，四周系上绳子，一个微型塑料棚就做好了。看着他揉捏黄土的亲切专注劲儿，我何尝不愿意让他早日归乡，回到农田里，钻进葡萄大棚，开始辛勤而又甜美的劳作。但眼下去往老家的汽车还未开通，只有宅在我家耐心等待了。

这个人是我弟弟，小我三岁零六个月。

二

三岁半，放在中年人身上，也许没有多少差别，放在儿时，我已经满地乱跑，满嘴说人话了，他却刚刚出生。腊月里冻手冻脚，接生的本家奶奶抻开宽腰棉裤，把一个紫红的肉蛋蛋，暖在肚皮上。这是我对弟弟的第一印象。

他聪明、机灵、好看、惹人爱，好几岁了，夜里，还被母亲搂在怀里睡觉。

父母忙，按说照看弟弟是我的责任，然而，弟弟三次受伤，让我十分愧疚。第一次，他从房顶梯子上摔下来，下唇被木杈穿透，至今留有疤痕；第二次，他和几个孩子玩耍自行车，右手无名指绞进飞快旋转的链条里，落下伤残；第三次，我做饭，让他找柴，他拿起锛子劈木头，却锛在自己脚脖子上，筋被砍断了，鲜血流了一地。我至今想起来，后脊背还在冒凉风。

弟弟念完高中，正是废除高考制度的年月，无论其功课如何，只有回乡务农一条道儿。届时，我已参加工作，远离故乡。得知弟弟想当兵，便给公社武装部写了一封信。贾部长很快回复说，只要你弟弟体检合格，参军不成问题。孰料，天有不测风云，还未等到征兵季节，贾部长突患急病，嘎嘣走了。那一年家乡的参军者，转业后全部留在首都机场。

弟弟从学生到农民，虽然这个转身不怎么情愿，但从小受到的家教，促使他干什么像什么。他侍奉庄稼、种植果树、帮人做粉条、吹笛子吹笙，样样做得专注、干得漂亮。

改革开放后，他承包了一片荆棘丛生的荒草地，深耕细作，一趟又一趟开着拖拉机，到养鸡场买鸡粪，把丰厚的有机肥料，喂给脚下的黄土地，愣是把贫瘠的荒滩喂成了良田。

他买来技术书，边学边干，种植了十几亩苹果树，结束了当地村民从未见过苹果树的历史。树苗栽下去，手指般粗细，一天天，一年年，他比养育孩子还要尽心尽力。漫长的四年时间，只有投入，没有产出，他依然干得欢实。施肥、浇水、整枝、打杈，终于迎来了第一个结果年，使乡亲们吃上了他亲手种植的苹果。

他天天长在果园里，对儿子的关心明显少了，儿子聪明懂事，不用他操心，成绩总是名列前茅。有一次，儿子告诉他，看东西有重影，双腿没劲儿，他听后并未在意。儿子知道父母忙，尽量不添麻烦，蹬不动自行车，就改为步行上学。直到有一天，孩子放学后，出现了行走困难、言语不清的症状，才引起弟弟的重视。他立刻带孩子进县城，去邢台，跑石家庄，上北京。北京专家一句宣判，如晴天霹雳，打得他头发蒙，心淌血。在石家庄为孩子治病期间，他舍不得花钱吃医院的饭菜，到街头买一把辣椒拌上盐，当菜吃。他四处借款为孩子治病，不见好转。最终，孩子离他而去。

儿子是家庭中的小太阳。小太阳还未升起就坠落了，这巨大的打击太残酷了。他送走儿子，挣扎着站起来，又走进果园。他用不停顿的劳作，排解内心的痛苦，泪水伴着汗水，洒在一棵棵果树下。

收苹果的时候，村里人争着去帮忙，看重的是弟弟善良，讲信誉。摘一天苹果多少工钱，弟弟从不拖欠，收工时，钱即刻发到大家手里。有人把模样好、个头大的苹果，悄悄藏在萝卜缨下，收工后包进衣襟，匆匆离去。弟弟看见了，装作没看见。苹果刚成熟，他就送给左邻右舍尝鲜儿。乡亲们去果园购买，连吃带拿。一斤苹果卖两角钱，价格便宜得惊人。最贵的时候，能卖到一元钱一斤，这和他们的付出根本不成比例。

尽管如此，他依然天天长在果园里，勤于管理，舍得投资，果树长势好，挂果越来越多，是家庭收入的主要进项。然而，有人眼红了，距离承包合同期还有几年时间，居然有人想收回合同，砍掉果树，瓜分土地。他多次找村里、镇政府、县上有关部门讨说法，无果。砍树的时候，他坐在果园里，低垂着头，脚下的土地被泪水打湿一片。昔日，一棵棵手指头般的小树苗，长成眼前的大树，长成一片绿林，长成喜人的风景，容易吗？说砍就砍了，果树被当成便宜的劈柴，被人拉走了。看见的，是泪流，看不见的，是心在淌血。

三

为了让亲人过上比较好的日子，弟弟什么都干过。

他看别人做粉条，眼看心记，很快就学会了，而且做出的粉条筋道儿、齐整。每当农闲季节，找他做粉条的人一家挨一家，一村接一村。每天从早到晚，他不停地重复着相同的程序，用红薯粉和好面，左手举着沉甸甸的瓢，右手不停地震动左手，将连绵不断、粗细匀称的粉条下到锅里，长时间保持一个姿势，累成了肩周炎。晚上，手腕疼，肩膀酸，脱衣吃力，睡觉翻身都困难。我得知后，心疼地劝他别做了，干一冬，才挣一千多元，这钱我出了。弟弟大有“君子不食嗟来之食”的气节，他说，面对乡亲们信任的眼神儿，拒绝谁，都难以张口。

他不懂五线谱，有些乐曲，反复听几遍就记住了，能模仿着吹出来。拿起大笛，吹出的音调，清脆，干净，悦耳，高亢。捧起笙，吹出的调子委婉悠扬，使人想起郎士元的诗句：“凤吹声如隔彩霞，不知墙外是谁家？重门深锁无寻处，疑有碧桃千树花。”

年三十儿晚上，家家张灯结彩，欢天喜地吃饺子。弟弟带着大笛，骑上自行车，奔县城去了。县城有个风俗，叫吹灯。此时此刻，家家户户都在为列祖列宗、各路神仙烧香上供，有人站在门口吹奏喜庆的曲子，图个吉利。弟弟到了县城，站在主人家门口，扬起头，喇叭向着天空，鼓起腮帮子吹起来，随着微微晃动的身体，喜庆的乐曲从笛子中流淌出来。一首首悦耳的曲子，吹得人心里美滋滋的，似有一片花蕾瞬间齐刷刷绽放。街头巷尾的空气，都跟着节奏欢快地舞动起来。笛声，为寒冷的冬夜注入一股晴朗的暖色。主人推开门，笑着叫好，给了赏钱。他沿街吹下去，一直吹到冻僵的手指不灵便了，才回家。数着一角、两角、五角的赏钱，加起来有十几元。他很知足，送人玫瑰，手留余香。他被自己的曲子感染了，哼着小曲返回家，已是午夜时分了。

乡亲们谁家儿子结婚，请弟弟去，他鼓着腮帮子，捧着笙，晃动着头，吹得极其投入。吹拉弹唱将近一天，每人挣一元五角钱。用弟弟的话说，他们主要是送祝福帮忙的。听说最近几年价钱涨了。他们这种民间乐队，我有幸听到过，是相当有水平的。有一年春节，他们被县电视台请去，录制了一期节目。

尽管日子艰难，弟弟在劳作的过程中，始终保持着乐观心态。在麦苗返青、抽穗、灌浆、成熟、收割中，在果树发芽、开花、结果、收获、出售中，他从艰辛的付出里，体味着劳动的快乐。满园果树开花时，他置身在其中，感觉自己好像也开花了。他看花开花落，如同欣赏一场精彩的演出。我曾说，弟弟多才多艺，当农民屈才了。他笑着给我讲了一个知足常乐的故事：大雪天，一对乞丐把双脚插在牛粪里，脑袋上顶着瓢，一个对另一个说，脚扎马粪头戴瓢，天上下的是鹅毛，咱二人得了安身处，你看穷人怎么熬。乞丐都这样知足，我的生活，比他们强百倍。说完，嘿嘿乐了。

四

我曾经抱怨过弟弟，结婚生子后不懂得孝顺老人。他若拿出一点心思用在父母身上，定能把二老哄高兴。但他执拗、倔强，总认为自己有道理，几次试图做我的工作，劝说母亲改正毛病。我说，在家里，不能太较真儿。况且，又不是什么大事儿，做儿女的应该让步，孝顺父母。一次探亲，弟弟送我到县城坐车，我塞给他 50 元，嘱咐他回家路上，为父母买点吃的。他说：“娘知道我身上从不带钱，一猜就是你买的。”汽车开动了，他将五十元钱从窗口扔给我，扭头跑了。

我曾羡慕别人的弟弟能说会道善处事，把父母姐妹兄弟哄得滴溜转。

也曾羡慕有的人家，张口就夸自家人，让人觉得他们家的人个个完美。随着年龄的增长，我才慢慢意识到，弟弟和我，遗传了父母的基因——不善说道。即使好话到了嘴里，听起来也带有几分生硬。

慢慢地，我还意识到，做什么比说什么重要。我曾羡慕的人，到了弟弟的果园，说说笑笑，亲亲热热，有的拿走两个北瓜，有的摘走一篮子豆角，有的搬走整箱水果。弟弟的果园好似百宝箱，他们是来尝鲜儿的。对此，弟弟同样遗传了父母的基因——既节俭又大方。他对自己很吝啬，什么都舍不得，守着满园子水果，专拣坏的吃，却把好的慷慨送人。

记不清从什么时候开始，我对弟弟的抱怨减少了，喜欢程度加深了。

弟弟承包果园的时候，只要我们回老家，就钻进果园不愿出来。弟弟削了一个大苹果递给我，咬一口，肉细脆，汁甘甜。我连夸好吃。弟弟乐了，一屁股坐在苹果树下，孩子般冲我叫着："姐，快看，坐在地上就可以吃到苹果。"他仰起头，张大嘴巴，低垂的枝头上，有几个苹果在他嘴边晃来晃去。

弟弟的这一举止，使我突然想起他小时候的一件事：那年，弟弟还未上小学，一日，天刚麻麻亮，我们被父母叫醒去浇地。推水车浇地是儿时最吃力的活儿。父母在前面拉，我和弟弟在后面推，一圈又一圈，机械而乏味地旋转着。浇完自留地，父母急匆匆回家做饭去了。我和弟弟又累又饿，远远落在后面。路过茄子地，弟弟看见一个嫩绿的茄子，走不动了，直咽口水。我忙说："不能偷吃别人的东西，小心爹揍你。"弟弟长出一口气，飞快蹲下，抱住茄子咬了一口，随即用叶子遮盖住，跑开了。我想打他，却下不去手。弟弟一定是饿狠了。我把这件事讲给大家，弟弟说："当时要是有个苹果，就不会偷吃别人的茄子了。"

我们在果园里很开心，我爱人举着照相机，儿子拿着摄像机，满园子拍照录像。弟弟摘下几个品种，不断让我们品尝。聊到兴奋处，我爱人提议让弟弟唱一段。他笑笑说，我先念一段豫剧道白吧，是《七品芝麻官》中的一段。他清清嗓子，双手在胸前拉开，做展开状纸的姿势，然后将眼睛贴近，上下快速移动："具告状人林门弱女秀英，年方一十八冬。状告严嵩之妹、西乐侯之妻一品诰命！她依势作恶纵子行凶，她子程西牛强霸奴身，奴父兄不从，严氏竟下毒手，勒死我兄林秀生。严氏一计不成二计又生，带领家丁拦路行凶。我父和他辩理，严氏活活打死我父丧残生。撇下民女林秀英，无依无靠孤苦伶仃。有仇无处报，有冤无处申，望求唐太爷追查追查。审清问明，永世不忘太爷恩情，太爷的恩情！"他口齿伶俐，吐字清晰，抑扬顿挫，节奏感极强，越念越快，一气呵成。活脱脱一个七品芝麻官形象。听说，这是戏曲演员最难学的一种念白，被弟弟演绎得活灵活现。儿子举着录像机拍摄，被有板有眼、快速流利的道白，逗得哈哈大笑，一屁股蹲在果树下。弟弟念完，摇晃着脑袋，学着七品芝麻官摇晃帽翅，嘴里念念有词：呔呔一呔呔呔咣……我们一个个捂着肚子，笑得东倒西歪。

生活带给他许多艰难和不公，而他，用顽强的毅力去克服，用坦荡的胸怀去面对，用勤劳的双手去谋生。每当我们回老家的时候，为了减少我们对他的牵挂，他总是尽可能地，把最快乐、最阳光的一面展现给我们。

生活在北京，几十年来，家中从未断过小米，那是弟弟亲手种的谷子碾成的。熬成粥，黏糊，喷香，好喝极了。

没有了苹果树，弟弟又开始学习种植大棚葡萄。种植大棚比种植苹果还要费心思，棚内温度、湿度都有严格的要求，需要仔细观察，精心呵护，冷了不行，热了不行，湿度大了也不行，真比伺候孩子还难。

但是，弟弟不怕难，和弟妹干得风生水起，三个大棚被他们侍奉得井然有序，外面的天气还冷，大棚内已是春意盎然了。前年"五一"回老家，看到大棚内的葡萄一嘟噜一串的，很是气派壮观。他说，再有一个月就成熟了。每年"十一"，弟弟都会捎来几串葡萄，那叫一个甜！我从来没吃过那么好吃的葡萄。

弟弟种植的中杂 9 号西红柿，又甜又沙，和儿时吃到的西红柿一样。

我问弟弟，为什么我们买的西红柿硬邦邦的，不甜更不沙，甚至连西红柿的味道都很淡了。弟弟说，为了运输方便。现在没人种沙甜的西红柿了，我种的西红柿好吃，但放一天就开始变软发阴，商家不愿意要这种好吃放不住的东西。

弟弟几十年和土地不离不弃，把心思全用在土地上了。土地以喜人的收成、优良的品种，回报他的付出。不少人向他请教大棚种植技术，他耐心传授经验，给予具体指导。正是有一大批像弟弟这样的人，不畏艰辛，默默劳作，城里人才能吃上飘香的五谷，甘甜的水果。他们是最底层的劳动者，是最需要关心和尊重的人。

2020.3.22

和残疾人聊文学

2013 年 7 月 19 日的中午，太阳处于隐身状态，然而，威力丝毫没有减退。它躲在灰蒙蒙的面纱后面，轻而易举就把空气舞弄得沸腾了。

我拎着两大包小说集《诱惑》，钻进 106 路公交车，脑门上的汗珠子流进眼里，涩涩的。偶尔有一股微风通过车窗飘进来，偏巧让我享受到了，很爽，很惬意。公交车行驶了几站地，被塞死了，一动不动地趴卧着。顿时，车厢变成了桑拿间，体内的水分通过汗毛孔争先恐后涌出来。浑身燥热的同时，心里更是冒火，因为我要到中国盲人出版社，为爱好文学的残疾人讲课，万万迟到不得。

还好，因为我的提前量足够大，尽管堵了近一个钟头的车，我还是在课堂大门未打开之前到达了。我一开始就说，我和大家一样，也是一位文学爱好者，能够和大家坐在一起，互相切磋，互相学习，聊一聊有关文学的话题，感到很高兴。

说实在的，我的嘴巴笨得出奇，哪会讲什么课。但是他们的信任，让我不好意思推辞。考虑到自己的写作情况，大都是真情实感的自然流露，是生活中琐碎小事的再现，如果说有的篇章含有一点小哲理的话，那也只是停留在很肤浅的表层上。至于创作技巧，我自己尚在云里雾里，琢磨不出子丑寅卯呢，怎好向他人讲授。所以，我同大家聊了聊有关自己对文学执着追求的一些话题。希望能够同残疾朋友们共勉。

他们希望我针对自己一两篇具体的作品，谈一谈是怎样构思和创作的。这个问题，我还真的说不好。我把带去的一摞子书，签上名字双手送给他们，作品水平虽然不高，但比起我嘴巴说的，还是要好一些的。

下课了，有的残疾朋友摇着轮椅来到我眼前，还有的架着双拐，一步一挪地走过来，其中一位女的，虽然没有依附任何东西，但手臂扭曲，双腿微颤，那几步路走得很蹒跚、很艰难。我心里一阵酸楚，夹杂着些许的怜悯，甚至还有一丝为她感到难为情，欲上前搀扶一下。她很自信地冲我微笑着，制止了我的行为。他们一个个很健谈，说刚才翻阅了我的书，都是写身边凡人凡事的，感觉很亲切。还有的说，欢迎我常来。他们欲和我合影留念，我赶紧站在他们的轮椅后面，一起冲着镜头绽放笑脸。

我想起几年前一件事情，那天请假为读高三的儿子开家长会，因为时间尚早，我没有直奔学校，而是先回了趟家。储藏室的门坏了，早就应该修一修。一连几天，丈夫没有时间。我看不过眼了，利用开家长会前的半个小时，拿起斧头和木块儿，踮起脚尖进行加固。由于操作无方，松动的门框不但没有加固紧，手中的木块儿连同原来的木头一同掉下来，狠狠砸在我的左眼角上。顿时，肿起一个大包，青紫青紫的。眨眼工夫，一张好端端的脸，破了相，我感觉痛苦极了，无颜见人了。

眼看快到时间了，我急得在家里转圈儿。孩子面临高考，这次的家长会比任何一次都重要，不参加是绝对不可以的。然而，镜子中的自己，模样惨不忍睹，我害怕走出家门，害怕被老师和其他家长看到了，以为我被谁殴打了。犹豫再三，还是硬着头皮去了。路上，低头弯腰，做贼似的。迈进学校大门，我的左手一直举着，覆盖住青紫的地方，总觉得所有的人都在盯着自己看。

其实，完全是心理在作怪，承受能力弱到了极限。别说突然遇到点儿意外，即使平常日子里，在许多事情上，我也是相当自卑，严重缺乏自信，任何一点儿不顺，都能把我打击得蔫头耷脑。在别人看来，简直是无病呻吟。

残疾朋友发自内心的一连串笑声，把我的思绪拽回来。望着眼前一张张乐观、自信、坚强、热情、亲切、友好的笑脸，我被彻底折服了，对他们充满了深深的敬意。他们的身影，让我想起了史铁生，想起了张海迪，想到了许多身残志坚的残疾人。

远的不说，单说今天，大的不说，单说听课，他们到达这里，要比我到达这里付出的艰辛，不知要大出多少倍。他们以常人无法想象的乐观态度和顽强毅力，勇敢地面对现实，挑战生活，挑战命运，有自己的追求，有自己的梦想，把平凡的日子经营得有滋有味，把充满艰难的生活编织得精彩纷呈。他们每个人，都有自己的感人故事。站在他们面前，我觉得自己是那样渺小。

原本，我是来讲课的，没料到，残疾人的自信和自强不息的精神，却为我上了一堂感人至深的课。我的身体是周正的、健全的，可是，在精神上，绝对没有他们健康、乐观、豁达、自信。他们，才是我真正的老师。

2013.7

一晃又一年

岁月这本书翻得忒快了，一晃，又一年掀过去了。

莫非时间也乘上了高铁，总觉得一年才开始没多少天，很快就走到了岁末。近年来，日子快得让人触目惊心，难以置信。“恨不得挂长绳于青天，系此西飞之白日。”

感觉新年伊始不久，春姑娘的身影很快就出现了，当你看到小草钻出地皮，还未来得及惊喜，仿佛只几天工夫，天地间呼啦啦一下子就绿了，一下子就五彩缤纷了。还没腾出工夫踏青赏花，和大自然拥抱亲吻，老天便捧出一腔热情，让你脱掉毛衣直接换成夏装，竟然不给人留出一点儿过渡期。夏来了，闷热难耐的日子，印象还是比较深刻的，因此，朋友之间常这样说：“等天儿凉快了聚聚。”当你刚欣喜秋高气爽来了，那种舒适的天气，短暂得还没来得及做什么，就一下子秋凉了，继而走进冬季，走到岁末。地球绕着太阳溜达了一圈，又回到了起点，开始另一圈的绕行，脚步匆匆复匆匆。

那首《一晃就老了》的歌儿，道出了我的心声：不知道何时鬓角已染霜，不知道何时颜容已沧桑，一瞬间发现人生太短暂，一瞬间发现路不再漫长，还没腾出双手拥抱自己，时光竟已走得这么匆忙。怎么刚刚开始成熟就老了，怎么刚刚开始明白就老了，怎么刚刚懂得时间不禁用，怎么转眼之间就老了……每每听到这首歌，心里总是酸酸的，想哭。

越是想抓紧时间，时间越像掌心里的沙子，不经意间，就从指缝中溜走了，深深感到焦虑和不安。这种焦虑导致自己在许多事情面前乱了手脚，这也想学想看，那也想做想干，常常在举棋不定中把时间磨蹭掉了。翻开最近几年的读书笔记，每一本都字迹潦草，没有了从前一笔一画的工整和沉得住气。时常是写着写着，心里着急，恨速度太慢，手下便龙飞凤舞起来，导致方块字失真变形，认不得了，只好返工重写，真是欲速则不达。

爱人的厚毛裤腰部和裤脚开线了，这在以前，绝对拆洗后重新编织，别说爱人的毛衣毛裤，就连爱人的父母、爱人的二姐甚至二姐的丈夫婆婆的毛活儿，我也帮着编织。而眼下，我舍不得时间再去一针一线织毛活儿了，哪里开线就把哪里织上完事。我做针线活儿和编织活儿，也比以前潦草多了。

按说我做事还是比较有耐心的，这源于母亲潜移默化的影响，和从小对我的严格要求。记得十几岁的时候，母亲教我为弟弟做鞋子，那是我为弟弟做的第一双夏天穿的布鞋，鞋底儿纳得密实，鞋帮做得细致，到了把鞋底和鞋帮往一起缝合时，我发怵了，因为手劲儿小，穿针很吃力，每每让针穿透鞋底和鞋帮一次，都要用顶针吃力地顶过去，再费劲地从另一侧把针拔出来。缝制的针脚也就半厘米，必须前进一厘米，再后退半厘米，每一针都要拽结实，这样才能一针挨一针，让细密的针脚拉起手。缝完一只鞋，我的手被绳子勒红了，勒出一道道印子。再看第二只鞋底鞋帮，我发怵了，继而突发奇想，找来小铁锤和钉子，密密匝匝钉了一圈钉子。我把完工的一双鞋子拿给母亲，她一看就火了："这是你做的鞋？有你这样做鞋的吗？拆掉钉子，重新做！"我想快点，我想省事，结果反倒费事了。

自那以后，我干任何事情，绝对一板一眼地认真做，不敢有半点马虎。二十岁那年，我参加工作离开了母亲，在长春第一汽车制造厂实习期间，我的棉袄脏了，自己把它拆了，把棉袄面和里子洗干净，晒干，续上棉花，重新缝制好。一位小师妹看到了，惊呼："天哪！你居然会做棉袄？"我说："你如果愿意，我可以帮你。"她说："这工程太伟大、太耗时了！"边说边接了一盆水，把棉袄囫囵个儿扔进水盆里洗。这一次，轮到我惊呼了。

如今，半个世纪过去了，缺乏耐心的毛病居然抬头了，尽管初衷是想珍惜时间，但是影响了做事的质量。没有质量的提速是不可取的。在保质保量的前提下，紧迫感意识是要加强再加强的。

难怪有人说，有些东西，失去了才懂得珍贵。是的，年轻的时候，我拥有大把时间的时候，为什么没有抓紧，没有多读一些中外好书？细想想，那个时候，我也没闲着，许多家务活都是亲力亲为，工作之余，我要照顾孩子，要孝敬老人，要蒸馒头、擀面条，要和煤泥、拖煤球、打蜂窝煤、伺候火炉子，要为全家以及亲朋编制毛衣、毛裤、毛袜、毛手套……

在加速度的日子里，我必须告诫自己，心不要慌，手脚不要乱，要尽量学会合理安排时间，踏实读书学习，事情一件一件地干，尽最大努力往好里干，对得起走过的每一天，每一年。

2018.12.30

后记

近几年，由于心懒、腿懒，我和大自然亲热的次数很有限，偶尔走出家门，去的地方也就是周边的几个公园，在那里，春赏百花夏赏荷，秋赏红叶冬赏雪。

我爱春天，喜欢赏花，曾经和花有个约定："你若盛开，我必到来。你若绽放，我必欣赏。"然而，2020 年的春天，百花如约而至，迎春花、玉兰花、杏花、桃花、梨花、海棠花……呼啦啦，相继绽放，在枝头上闹嚷嚷的，笑容依旧甜美灿烂，全然不知人间愁滋味。而我，却要因为新冠肺炎疫情拦路，失约一次了。

蜗居家里的这些日子，让我感受最深的是，有人享受岁月静好，那是因为有人替你负重前行；有人享受光明，那是有人为你遮挡了黑暗；有人享受安全，那是有人为你承担了危险。例如，在疫情肆虐的 2020 年春天，是战斗在疫情一线的医护人员，是快递小哥、司机、社区工作者、清洁工人等许多普通岗位上的勇士，逆行而上，用他们的付出，换来众人的平安生活。

不知道明天和意外究竟哪个先到。对这句话，我从来没有像现在这样理解得深刻。是的，谁能想到，好端端的武汉，好端端的寰球，说病就病了，而且病得不轻。每天听到死亡的数字，心就像刀剜一样疼，我和他们非亲非故，并不相识，但他们都是我的同胞、同类，都是活生生的生命啊，怎么说没就没了。无数个家庭痛失亲人，那种悲痛像山洪海啸，撞击着我的心。这一个春天，心总在抽搐，泪时常横流。

擦掉眼泪，生活还得继续，我尽量寻找事情做，用劳作调剂心情，把疫情以外的内容使劲往心里装，挤走或释放一些悲伤、忧虑和惶恐，以居家的形式抗疫。非常时期，能做到洁身自好不添乱，就是为社会做贡献。

我使劲劝自己：任何时候都要心有定力，不乱阵脚，让属于自己的那个无线电台始终保持正常运转，从天上人间不断接受美好、希望、欢乐、勇气和力量，虽年岁增加，理想和追求永不言弃。

我把最近几年写的散文整理了一下，打算结集成册，送给曾经激励过我的老师，送给那些一直以来关心帮助过我的亲友，算是我居家时期完成的一份作业吧，恳请亲爱的读者批评指教。

在此我要特别感谢魏子楚大姐，逐字逐句帮我认真校对书稿，感谢许福元老师帮我审稿并写序。有你们的帮助，我倍感温暖。

写于 2020 年春